U0045654
佐島 勤
Tsutomu Sato
illustration／石田可奈
Kana Ishida
魔法科高中的劣等生
The irregular at magic high school
Appendix 1
Kadokawa Fantastic Novels

Character
登場角色介紹

司波達也

一年E班，被揶揄為
「雜草」的二科生（劣等生）。
達觀一切。

吉田幹比古

一年E班，達也的同班同學。
出自古式魔法的名門，
從小就認識艾莉卡。

司波深雪

一年A班，達也的妹妹。
以首席成績入學的優等生。
擅長冷卻魔法，溺愛哥哥。

光井穗香

一年A班，深雪的同班同學。
擅長光波振動系魔法。
下定決心就頗為一意孤行。

西城雷歐赫特

一年E班，達也的同班同學。
擅長硬化魔法，個性開朗。

北山雫

一年A班，深雪的同班同學。
擅長振動與加速系魔法。
情緒起伏鮮少展露於言表。

千葉艾莉卡

一年E班，達也的同班同學。
擅長劍術，
可愛的闖禍大王。

柴田美月

一年E班，達也的同班同學。
罹患靈子放射光過敏症。
有點少根筋的正經少女。

The irregular
at magic high school

Dream game 夢幻遊戲

KEYWORDS

聖遺物

擁有魔法性質的歐帕茲總稱。分別具備特有性質，長久以來就算使用現代技術也難以重現。出土地點遍布世界各地，包括阻礙魔法發動的「晶陽石」或是性質上可以儲存魔法式的「瓊勾玉」等等，種類繁多。關於聖遺物依然有許多未解之謎，以國防軍與國立魔法大學等為中心持續進行研究。

夢境演算器

被稱為「遠古文明」時代的魔法技術製品——聖遺物的一種。原本應該寄送到國立魔法大學的聖遺物研究室，卻誤寄給第一高中的百山校長。會吸收和設定條件一致的想子自行啟動，發揮等同於精神干涉系魔法的作用。由於效果主要作用在靈子，所以一般使用想子架設的情報強化或領域干涉無法防禦，也能作用在擁有精神干涉系魔法抗性的人們身上。

魔法科高中的劣等生 Appendix 1

The irregular at magic high school

背負某項缺陷的劣等生哥哥。
一切完美無瑕的優等生妹妹。
這對兄妹就讀魔法科高中之後，

風波不斷的每一天就此揭開序幕——

佐島 勤
Tsutomu Sato
illustration
石田可奈
Kana Ishida

Kadokawa Fantastic Novels

The irregular at magic high school

夢幻遊戲

星期一：冒險的開始

西元二〇九五年九月十二日，星期一。這天，一份包裹寄到國立魔法大學附設第一高中。

三十公分見方的立方體木箱。密封過度嚴謹的這個物品，收件人是這所學校的校長百山東。百山校長有收集古董的嗜好，考慮到這也是歷史悠久的遺物之一，即使嚴謹密封也不突兀。但是說來不巧，他今天起要到京都的魔法協會總部出差一個星期。

現代的物流系統完全是指定時間收發制。唯獨那位校長應該不會忘記預定要簽收的包裹吧？八百坂教頭感到納悶，將這份包裹原封不動搬到校長室。

他並不知情。

這份包裹是寄件人不小心寄錯的物品。

原本要寄到國立魔法大學的聖遺物研究室，內容物是符合原本收件地點的未確認文明（俗稱「遠古文明」）的魔法技術製品。

聖遺物在箱子裡吸收和設定條件一致的想子自行啟動了。

幸好這不是有害物品。至少以肉體層面來說是如此。然而對於非自願被波及的當事人來說，並不是只要對身體無害就不成問題——

回過神來，達也發現自己位於森林裡。

（這裡是……哪裡？）

不過，他不記得自己去了有森林的地方。他的記憶在臥室的床上閉上眼睛的時候中斷。

（睡著的時候被擄走嗎……？不對，不可能。）

掠過意識的這個推測，達也以視覺情報否定。他在看自己的服裝。

達也穿著第一高中的制服。

就寢前有好好換上睡衣。應該沒有綁匪會幫肉票把睡衣換成制服吧。雖然記憶出現缺口的可能性也不是零，但他擁有的特異能力基於性質不會讓藥物產生作用，在四葉本家接受訓練之後，對於精神干涉魔法或是非魔法的洗腦手段也幾乎堪稱具備完美的抵抗力。何況他是想忘記任何事都絕對忘不掉的類型。

達也決定暫時不對這個狀況進行合理說明，而是先把握自己的現狀。雖然可能性極低，但是如果和深雪中斷連結就嚴重了。因為把他帶來這裡的犯人目的可能是要危害深雪。

他首先以認知情報體的視力朝向深雪。很快就找到深雪的情報了。將自己與深雪相連的祕術正常運作。妹妹正在自家寢室床上處於睡眠狀態。從肉體活動狀況推測應該是正在作夢。

此時達也察覺奇妙的事。自己和妹妹在物理空間的距離非常近。具體來說是各自待在自己房間時的距離。

他試著以「眼」看向自己，然後驚愕到差點不由得停止呼吸。

他的身體沒有實體。

明明有體感——也就是自己身體真實存在的感覺，達也「眼」中所見的自己身體卻沒有物質層面的構造。

（「擁有身體」的這份認知直接注入精神嗎？）

達也首先懷疑自己可能受到精神干涉系魔法的影響。但他立刻消除這個想法。如前面所說，他對於精神干涉系魔法具備強大抗性。當然，勝過達也抵抗力的某名術士做出這種事的可能性並不是零，不過這次除此之外，還有其他根據可以證明這不是精神干涉系魔法造成的幻覺。

達也現在的身體沒有實體，卻也並非什麼都沒有。

現在的達也身體是以靈子塑造而成。以他的能力無法解析靈子體的構造，不過靈子體產生的作用似乎能帶給觀測者「存在於該處」的認知。達也推測這大概是主動朝精神發送知覺情報的情報體。

這到底是什麼機制？達也好不容易才克制好奇心。至少就他所知，能將這麼真實的知覺情報傳送給精神的技術並未成真。不只賦予鮮明的視覺與觸覺，還令人完全誤以為這是自己的身體。

達也要不是刻意使用了能夠認知情報體的自身特異能力也不會察覺吧。這簡直已經是另一個現實世界了……

思考到這裡，達也試著將「眼」朝向周圍的景色。

結果正如他的預料。這座森林，這片天空，以及自己腳踩的這塊大地，都是以靈子情報體組成的。

（這是在夢中嗎……？）

達也腦中忽然冒出這種疑問。夢是用來整理記憶的精神活動，由於是以「產生虛擬體驗」的方式進行，所以原本應該從精神傳到身體下令的訊號誤傳到腦部，藉以應對這種虛擬體驗。以上是對於「夢」的一種假設。這種說法在現代，尤其在魔法研究者之間受到強烈支持，達也也知道這個假設的概要。而且他現在認知的這個世界是以靈子建構。這或許和精神創造的世界同義。

不過達也直覺這個推測是錯的。他沒有分辨靈子的能力，即使如此，也認為組成這個世界的靈子並非只來自他一人。

——這裡不是單一某人的精神創造的世界。

——這裡至少是從數百人的精神收集靈子，利用這些靈子創造出來的舞台。

這個靈感像是神諭般灌輸在他的意識。以此觀點重新「看」這幅風景，就覺得是正確解答。

如果這個世界不只是以我的靈子，也以別人的靈子當成材料創造，那麼位於這裡的人肯定不只我一個。為了驗證假設以及打開現狀，達也決定尋找自己以外的人。

為尋找村鎮或是通往村鎮的道路而踏出腳步的達也，發現這個「世界」沒有嚴謹複製現實世界。明明在森林裡，地面卻很平坦，沒有妨礙移動的樹根或雜草。應該可以說重現度僅止於某個程度的水準。感覺像是調整為令人感受到身在森林的氣氛，同時感覺不到行走不順的壓力。簡直是主題樂園吧……這是達也的真實感想。

如果這是主題樂園，差不多該遇見第一個遊樂設施了——或許達也不該冒出這個想法，也可能單純是他的預測應驗。

前方突然傳來踩踏草叢的聲音。朝著聲音傳來的方向看去，突然出現一個原本不存在的茂密雜草叢，草叢深處發出光芒（不是反射）的兩雙共四顆眼睛正在窺視。從草叢形狀以及距離地面的高度，達也判斷應該是體型匹敵老虎與獅子的狗或狼。

達也確認對方在一秒前肯定不存在。他沒有理解靈子構造的能力，卻可以認知到靈子的存在本身，辨識靈子分布的濃淡度。

（簡直是ＲＰＶＧ。）

達也自己沒玩過ＲＰＶＧ——角色扮演型的電玩遊戲（Role Playing Video Game），但他知道這種遊戲的愛好者廣泛分布在各年齡層，每年都有許多作品上市。使用虛擬型終端裝置的ＲＰＶＧ，如果只從視覺情報與聽覺情報來說，據說達到無法和現實區分的真實度。說不定自己現在被捲入的這個世界是這種遊戲的進化型，也就是RPVRG（角色扮演型的虛擬實境遊戲〔Role Playing Virtual Reality Game〕）。這個想法瞬間掠過達也腦海。

達也沒能追根究柢深入思考這個想法，因為他沒有這份餘力。從他在草叢發現發光的眼睛到對方來襲，花費的時間是一秒左右。達也不得不分配注意力來對付。

在靈子情報體建構而成的這個世界，他無法使用固有魔法。因為達也若要使用自己與生俱來的魔法，解讀構造情報是必備條件，但他無法認知靈子情報體的構造。普通的魔法恐怕也無法使用。干涉靈子情報體需要使用精神干涉系的魔法，不過他沒有精神干涉系魔法的天分。

現在的達也無法使用「魔法」這個最強的武器，也沒有其他能當成武器的物品，處於赤手空拳遭遇大型肉食獸襲擊的狀況。然而達也沒有陷入恐懼。面對撲過來的巨狼，他毫不害怕地握緊拳頭，把小指那一面當成鐵鎚往下揮。全長三公尺，肩高一公尺，體型龐大如獅的狼被打落在達也腳邊。達也朝著狼的脖子踩下右腳，傳來頸骨碎裂的確實觸感。連觸覺都這麼真實啊……達也冒出格格不入的溫吞想法。

之所以這麼說，是因為狼還有一隻。基於人類思考模式的戰鬥準則果然沒錯，兩隻狼分工合作從上下兩方向攻擊。達也打到地面的是鎖定喉頭撲過來的個體，另一隻狼咬住他的左腿。

達也低頭看著咬住他左腿的狼，隨意擺動這條腿。利牙沒能插入皮肉的狼被這一甩就輕易鬆開下顎，對於出乎意料的事態感到驚慌失措。俯視這隻狼的達也對於這個符合預料的結果面不改色，抬起右腿踢向狼的頭顱。從身體尺寸來看不低於兩百公斤的巨狼身軀撞上樹幹摔到根部。

達也對於這個結果不感驚訝，反倒是相當滿意。因為他對於自己身體的推測是正確的。

現在達也的身體是以靈子組成。那麼基於性質，他認為自己肯定能以精神之力進行干涉。自己的身體可以隨心所欲地行動，就是這個推測的根據。而且在剛才，狼牙無法咬進他的身體，加上他發揮了肉身實在不可能發揮的威力，達也因而確信自己的假設正確。

達也經由自己的魔法體驗過高於常人數百倍，在某些狀況甚至高達數千倍的痛苦。這意外發揮了等同於宗教僧侶苦行的效果，讓他的精神堅強無比。

苦行不會促進開悟。這是佛教開山祖師發現的真理。持續毆打稻草人會導致拳骨變形皮膚硬化，同樣的，持續承受痛苦的精神在變得剛強的同時會失去柔軟性。不會被外部的干涉影響，代價是內部再也無法進化。因為進化是弱者成為強者必備的權利，已經是強者的話就不會被賦予進化的權利。

不提這種宗教上的話題，達也確實在跨越痛苦之後獲得堅強的精神。這不是他自以為是，是擅長精神干涉系統的四葉魔法師們公認的事實。

現在這具身體是靈子情報體，甚至影響到自己的精神，那麼只要自己正確認知到「這個世界不是現實」，達也認為這具身體不會因為外部的要素而變化。換句話說自己不會被傷害。

而且和巨狼的戰鬥證實了這一點。要是精神更深入被這個世界侵蝕（例如現在身上這套穿慣的制服變成奇幻風格的服裝），或許會依循這個世界的法則受傷甚至死亡，但是目前不必擔心這件事。以上是達也做出的結論。

被達也踢飛的巨狼搖搖晃晃站起來。體型再龐大的野獸，肯定也因為剛才那一踢受到重創。如果是有血有肉的動物，應該就不會繼續爭鬥而是選擇逃走。

然而這隻狼即使動作缺乏精力，卻還是再度襲擊達也，簡直像是別無選擇，簡直像是被程式這樣設定。

實際上應該正是如此吧。這隻巨狼被賦予的職責，是不斷襲擊設定為目標的對手直到自己死亡。這份魯莽的執著只讓人這麼認為。

達也打算幫牠做個了結。即使對方是幻影的猛獸，被迫戰鬥到死的模樣也令達也無法置身事外，目睹這一幕會覺得內心不太舒服。

狼齜牙咧嘴撲向達也。

達也的身體跳到狼的頭部上方。彎曲的雙腿在空中伸直踩踏猛獸的頭。達也就這麼和狼一起落下，將狼頭踩在地面。

達也從屍體上方往後跳，就這麼觀察片刻。確定狼不會復活再度襲擊之後，他再度踏出腳步要走出森林。

依賴靈子的濃淡度行走不久，達也抵達街道了。別說水泥或是柏油，甚至沒鋪石板，只是將泥土加壓成形的道路。看來這個世界至少不是設計為早期近代風格。只不過街道上完全沒長出雜草，果然很像是偽造出來的。達也一邊抱持這個感想，一邊思考要往這條路的哪個方向走。

既然有道路，走哪個方向肯定都會通往有人住的村鎮。達也相信這個世界是基於人類的邏輯打造而成。平坦的地面，等距排列的樹木，寬度固定的道路。從這種規律的舞台設計來看，達也認為這個世界的造物主肯定和他一樣是現代人。既然這樣就不必擔憂「道路不通往任何地方」的可能性。問題在於走哪個方向可以更快遇見他以外的人。

只不過，達也沒有決定方向的檢討材料。他對於這個世界依然一無所知。如果這裡是他想像的那種遊戲世界，下一個事件差不多該發生了。剛好在達也這麼想的時候，馬蹄聲與車輪的軋轢聲傳入他的耳朵。

（喂喂喂……真的要發生下一個事件了？）

對於這種稱心如意的展開，達也覺得「遊戲世界」這個假設的可信度增加了。他甩掉這個急於下定論的想法，整個身體轉向聲音傳來的方向。

街道呈現平緩的弧度。繼聲音之後從樹群後方出現的東西，正如達也預料是馬車。四匹馬的體型不巨大也不奇怪，是普通的馬。馬車是木製的，由此看來這個世界的工業技術水準似乎設定得很低。不過車身的作工本身很紮實。即使是在藝術素養不高的達也眼中也相當華麗的裝飾處處可見，感覺這方面的水準很高。

馬車伕是現代日本人的容貌，服裝卻是歐洲中世風格，就達也看來也很誇張。不是「中世」而是「中世風格」。是現代日本年輕人聽到「歐洲中世紀」就會浮現在腦海，電影風格或電玩風格的那種誇張打扮。這個世界或許是反映出和達也年紀相近的少年與少女意識。達也又發現了一個考察的材料。

馬車的速度緩慢，大約是二十多歲男性小跑步的平均速度。道路也夠寬，輕易就可以往旁邊讓路。

「叫住馬車」這個選項也浮現在達也腦海。如果當成遊戲事件來看，這麼做應該是對的。正因如此，所以達也沒選擇這麼做。他擔心正確照著劇情走就會逐漸被這個世界吞噬的風險。劇情在將來演到他死亡，因而對自己精神造成負面影響的可能性也不是零。

不過，將他拖進這個世界的「元凶」似乎不是這麼好對付的對手。達也想讓馬車直接過去，馬車卻沒放過他。

馬車的門來到達也正前方的時候，馬車伕拉起韁繩停下馬。緊接著，遮住車內模樣的窗簾開啟，對於達也來說最熟悉也最悅耳的聲音從馬車裡叫他。

「哥哥！」

雖然早就猜到，不過看來深雪果然也被拖進這個夢幻的世界——前提是他的假設正確。

「果然是哥哥！神啊，感謝您！」

仿造的人物應該無法表現出這種真摯的情感表露吧。達也確信這名少女不是根據他的記憶建構的故事登場角色，而是確實具備深雪本人的心。

然而外表和以往的深雪不同。一如往常的閃亮美貌，一如往常的優美儀態。但是身穿的衣物不一樣。不像達也穿著第一高中制服。

馬車門開啟，深雪像是要撲過來般快步下車。右手捏起長長的裙襬。長度及踝的禮服。沒使用大幅撐起裙子的骨架（達也不知道「裙撐」這個名詞）。胸口大幅敞開，稍微看得見乳溝。現實世界的深雪絕對不會在自家以外的地方穿這種服裝。

頸子上是鑲嵌大顆寶石的寬頸鍊。雙手手腕是金飾工藝的手鐲。雙手中指各戴著一枚同樣嵌著大顆寶石的戒指。

純白的禮服將這些珠寶飾品襯托得非常漂亮，不過考慮到深雪的嗜好就有點過於花俏。達也認為妹妹恐怕被這場夢吞噬了。

達也深信這名少女是深雪本人。少女是酷似深雪的另一人或是湊數用人偶的疑惑，連一瞬間都沒浮現在達也腦海。他不必使用特殊的情報體認知視力「眼」也不會認錯自己的妹妹。達也對此有著堅定不移的自信。少女無疑是深雪本人，既然不是一如往常的深雪，就只能認定是某個原因讓妹妹變成這樣。

迷失進入這個世界之後，達也至今未曾感受到不安或恐懼。因為既然確認自己的肉體健在，就知道遲早可以回到現實世界。但是目睹深雪這副模樣之後，他內心產生急迫感。

深雪的魔法天分遠超過達也，差距大到即使只是相比都是一種冒犯。達也認知到這是客觀的事實。對於精神干涉的抵抗力未必和魔法力成正比，但是深雪基於魔法師的特性，對於精神干涉系魔法的抵抗力肯定很強。達也甚至認為深雪先天擁有的抗性比他後天獲得的抗性還高。

雖說是在夢中，但是這個妹妹完全被操控。達也不知道自己還能維持自我多久，著急覺得必須快點找到清醒的方法。

「哥哥？」

達也陷入自己的思緒，但是深雪洋溢不安的聲音將他的意識拉回現實。仰望他的妹妹雙眼透露著恐懼。

「難道您……不認得我了嗎？」

「沒有。妳是深雪吧？」

被深雪投以這種眼神與這聲哀號，達也將自己的擔憂挪到腦後，絲毫沒懷疑眼前人物被設定為其他姓名的可能性，回答深雪的問題。

「啊啊，太好了……！如果哥哥連我都忘記，深雪就沒有自信能夠活下去了。」

「抱歉，深雪。但是除了妳的名字，我的記憶非常模糊不清。」

這句試探的話語是臨場想到的。

「天啊……！哥哥，您太可憐了！」

聽到深雪的話語，達也發現了即使不知道自身設定也不成問題的線索，看來沒錯。

「聽說您被判刑驅逐的時候也被施加忘卻之咒……但您還是沒忘記我吧！深雪好感動！」

關於妹妹異常興奮的情緒就暫且放在一旁吧，達也如此心想……不過客觀來看應該和平常差不多？這個疑問則是趕到視野以外的遠處。

「不過哥哥，已經沒事了！哥哥的冤罪已經獲得清白。陛下也說『做了對不起他的事』深表後悔。」

「原來我被驅逐了啊。」

「請不用擔心。回到城裡就可以解除忘卻之咒。不對，不需要解除咒法，我會將哥哥忘記的所有事情告訴您，因為哥哥的事情我無所不知。」

這不只是有點，而是非常恐怖的問題發言。雖然達也如此心想，卻認定這也是神祕幕後黑手安排的演出，所以壓抑內心對妹妹的不安，保持沉默。

「總之一起進城吧。請上馬車，我在車上為您說明。」

「知道了。」

這肯定是至今提防的「正確劇情」。不過達夜判斷事到如今抵抗也沒有意義。

深雪穿著不太方便行動的裙子，達也伸手輔助她上馬車，沒察覺自己是下意識這麼做就跟著上車。

馬車是四人座的設計，但即使乘客只有他們兩人，深雪也不准達也坐在對面，拉著達也的手讓他坐在自己身旁，並且挽住手臂。光是這麼做，從肩膀到腰部就緊貼在一起，不過大概依然不滿足吧，深雪傾斜頭部靠在他的肩頭。幸福閉上雙眼的妹妹身上飄出的不是粉底或口紅的氣味，是一如往常的清新洗髮精香味。

「哥哥和我被當成兄妹般養育長大……」

突然間，深雪就這麼閉著雙眼像是哼唱般娓娓道來。

「我們的感情比親兄妹還要恩愛。」

以「恩愛」形容兄妹之間的情感似乎不太妥當，但是達也沒指摘這一點。「自己與深雪不是親兄妹」的這種夢幻故事，在這時候對達也內心造成出乎預料的震撼。

「哥哥您也忘記自己的身分對吧？」

「嗯，不知道。」

就算深雪突然發問，達也光是以一句話簡短回答就沒有餘力。

「我是這個小國的國王女兒，哥哥的父親曾經是這個國家的將軍。」

「過去式嗎？」

「是的。左將軍閣下——哥哥的父親在兩年前，為了對抗蠻族保衛國家而喪生。」

深雪這段話令達也覺得明顯不對勁。自己的父親居然是這麼偉大的人物，即使他知道這段劇情是劇本上的設定也無法接受。

達也不由得皺起眉頭，深雪大概誤以為他在悼念故人，眼神的關懷之意比剛才還要強烈。達也低調露出笑容搖搖頭，以眼神催促深雪說下去。

「左將軍的地位由哥哥繼承了。但是那個右大臣提出反對意見。右大臣以哥哥依然太年輕為理由，認為應該暫時讓左將軍成為懸缺，等到哥哥累積足夠經驗再就任為將軍。」

這個說法本身不像是奇怪的歪理，但從話題方向來看，這個右大臣似乎是陰謀的幕後黑手。即使不是達也也能做出簡單的推理，而且這個推理沒錯。

「不過這是右大臣要讓自己兒子成為將軍的計謀！右大臣推舉哥哥擔任禁衛隊長，斷絕哥哥和左軍的關係，花了一年讓哥哥落入陷阱。」

「是什麼樣的陷阱？」

「啊啊，原來您連這件事都忘了……」

深雪悲傷看向下方。連自己被誣陷的罪都被迫忘記，如果這是真實發生的事確實很殘忍吧。因為這代表自己甚至不知道為何必須遠離故鄉就流離失所。

不過這純屬虛構。面對深雪誇張悲嘆的演技（對她本人來說無疑是現實），達也注意避免自己的嘴角抽動。

「您什麼都不記得了，所以請容我從基本事項開始說明。我國是將古代的智慧──『魔法』傳承至今的九個國家之一。」

「有魔法嗎？」

達也心中的驚訝與信服心情各半。而且傳承魔法的國家有九個，明顯對應現實世界魔法大學九所附設高中的體制。

「是的。不過魔法只有各國的皇族能使用。首要條件是擁有皇家血統，但光是這樣還不夠，必須由直系皇族傳授聖禮。」

「也就是必須接受直系皇族進行的儀式吧？」

「正是如此。」

深雪點頭回應達也的問題。她臉上隱約透露緊張神色，可見這件事大概是相當重大的機密。說不定是沒有皇家血統的家臣不該知道的知識。

「聖禮──儀式的執行方法是以口述的形式傳承。接受聖禮的一方只需要在儀式大廳祈禱，不知道執行的方法。傳授這項聖禮所需的知識，正是國王權威的根基。」

「只以口述的話也會有失傳的風險吧。」

「是的……這一點被人利用了。」

深雪心有不甘般緊閉雙唇。達也從她的態度就猜到大概，卻不發一語等她說下去。

「詳細記載聖禮的文書只有一份，收藏在王城頂樓的祭壇。有資格進入頂樓那個房間的人，除了繼承知識傳授聖禮的皇族以外只有一人……就是受命守衛祭壇的禁衛隊長。」

負責守衛的只有一人，而且是職務上必須率領部下的隊長，感覺這種設定有點牽強，但達也依然抱持沉默。

「然而在一年前，城裡收到一份報告，說明蠻族已經取得關於聖禮的部分知識。剛開始任何人都覺得荒唐而一笑置之，不過國境堡壘遭受魔法攻擊之後，這份疑惑在城裡擴散了。」

「這單純是另外八國的某國和蠻族聯手吧？」

達也忍不住打斷這個話題，不過深雪深深嘆氣點頭。

「……哥哥您說的沒錯。傳承魔法的九王國表面上締結為和平同盟，背地裡卻總是圖謀不軌想削弱他國勢力。只要維持冷靜，幾乎所有人肯定都會這麼想。」

深雪從達也身上移開視線。

「但是在那個時候，城裡籠罩著疑心與猜忌。雖說是皇族血統，也無法掌握所有庶子後代的下落。或許是淪為市井的皇族後裔獲得失竊的聖禮而反叛王國——大多數的人是這麼想的。」

「不過，儀式的執行方式肯定嚴加受到保密才對。」

達也這句話不是發問，是附和。

「是的。所以疑惑的視線自然集中到哥哥身上。除了直系皇族之外，哥哥您是唯一有資格接近祭壇的禁衛隊長。」

深雪暫時停頓調整呼吸。大概是拚命克制湧上心頭的怒火吧。

「哥哥被解除禁衛職務驅逐出境。還被懷疑可能偷看過聖禮相關的知識，所以被施予忘卻之咒法……」

深雪突然退後深深低下頭。

「哥哥，非常抱歉！都是深雪力有未逮！」

深雪幾乎要將額頭按在椅面，達也溫柔地扶起她。

「當時妳有袒護我吧？這不是妳要道歉的事。」

達也以手指輕輕拭去深雪臉頰滑下的淚水。只做完這個動作移開手的時候，深雪水汪汪的眼睛掠過一絲期待落空的不滿，達也決定裝作沒看見。

「……抱歉讓您看見不成體統的一面了。」

「不，妳不必在意。」

「謝謝哥哥。」

達也忽然在意自己的遣詞用句是否沒問題。這個世界的深雪是「公主」，自己不是哥哥而是兒時玩伴，還曾經是家臣。以常識來想，這時候應該使用敬語吧？

——想到這裡，達也連忙打消這個念頭。

（我為什麼要在意這種事？）

「所以，蠻族的侵略後來怎麼樣了？」

達也之所以改變話題，與其說是要引導深雪的意識脫離罪惡感，不如說是要讓自己分心別再思考不必要的問題。

不過對於深雪來說，這似乎恰好成為進入正題的契機。

「是的！哥哥的冤罪獲得清白了！說起來，蠻族攻打堡壘並沒有使用魔法。是堡壘的守備隊長為了隱瞞自身疏失才在報告的時候作假。」

「真虧他敢招供這種事。」

在防衛戰的報告作假。依照後續戰況的進展，是危及到國家的嚴重背信行為。要是被發現肯定難免被嚴懲，所以這名隊長說謊時當然打算把真相帶進墳墓。或許是遭到拷問吧。

他的疑問因為深雪迅速移開視線而解決。

（哎，因為是ＲＰＧ啊……）

達也決定不再深入思考。

「這是兩個月前的事。陛下立刻取消哥哥的驅逐處分，基於謝罪的意義，要迎接哥哥回來擔任左將軍。」

達也知道來龍去脈了。雖然有各種不自然的部分，但計較這個也沒用吧。再怎麼像是現實，這依然是虛構的世界。背景是毫無立體感的平面設計也在所難免。而且即使在現實世界或是歷史的事實，背後真相沒什麼大不了的事件也比比皆是。

「方便我問幾個問題嗎？」

「好的，當然可以。」

馬車坐起來比想像中舒適，卻也沒有舒適到想睡。在夢中睡著可以回到現實世界嗎？這個點子掠過達也腦海，但他還是選擇聽深雪的聲音、看深雪的臉蛋。

「剛才說到『忘卻之咒法』，魔法和咒法不一樣嗎？」

「魔法是改寫世界的力量。相對的，咒法正如其名是對人下咒的力量，對象只限於個人，而且奪人性命的咒術鮮少成功。此外，魔法只要詠唱就能發動，咒法卻要製作大規模的祭壇以及需要長時間製作的咒具。還有，不是皇族的人也可以學會咒法，這是最大的差異。」

「原來如此。」

這不是達也熟悉的魔法樣貌。真要說的話比較接近現代魔法成立之前，世間對於超自然能力的通俗印象。想出這種魔法體系的到底是誰？達也深感興趣，不過拿這種問題問現在的深雪也肯定得不到答案，所以他將好奇心放在一旁。

「關於我的處置，真沒想到僅止於驅逐出境。依照妳剛才的說明，我的罪狀即使被處以無期徒刑甚至死刑也不奇怪。」

「那是由於沒有證據！只因為哥哥是唯一可以接近祭壇的人就當成理由……要不是我當時不在城裡，哥哥就不會被驅逐了！」

達也認為姑且說得通。要是深雪在場，達也被驅逐的這個遊戲事件應該不會成立。重點在於深雪肯定不會接受。編寫劇本也很辛苦啊……達也毫無意義地感到佩服。

「右大臣後來怎麼了？聽妳的語氣好像依然是大臣。」

聽到達也這麼問，深雪咬牙切齒。

「……找不到證據。守備隊長也唯獨堅持不承認右大臣介入這個事件……」

「嗯。」

達也是心想「看來又會引起一陣風波……」而發出這個聲音，但是深雪連忙追加了明顯有所誤會的話語。

「請不用擔心！這次我真的不惜賠上性命，也不准任何人碰哥哥一根寒毛！」

現在自己體驗的不是現實世界的事件，是在某方面來說如字面所述的「夢幻故事」。但即使知道這一點，達也也不能把這段話當成耳邊風。

「我不希望妳這麼做！」

深雪身體一顫，雙眼隱含無從誤解的恐懼。明明終究是照著劇本演戲，發脾氣又能如何？達也對於自己的反應感到傻眼，但是舌頭停不下來。

「光是想到犧牲妳的可能性，我就全身發毛。與其變成這種結果，我寧願和全世界為敵。」

達也自己都覺得這段話很駭人而傻眼。這麼一來深雪難免受到驚嚇──雖然這麼想，但深雪不知為何以火熱欣喜的眼神看向達也。

「……總之對我來說，妳的安全比一切都重要。我知道妳擔心我，但是拜託別說這種話。」

達也對於深雪的視線感到不自在，稍微移開視線這麼告誡她。

「──是，哥哥。」

所以達也沒看見深雪這時候陶醉至極的笑容。

詢問多久才會抵達城內，得知大約要四個小時。到時候天都黑了吧？對於這個問題的回答是「否」。看來現在還不到正午。那麼深雪是在天亮之前出城的嗎？這個問題的答案也是「否」。怎麼計算都不合理。

看到達也歪頭納悶，深雪笑著揭開謎底。

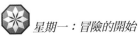

「我現在住在神殿。」

依照說明，深雪被賦予的職責近似日本的伊勢齋宮。不，形容為「扮演的角色」或許比較正確。她好像是在今天早上接收到達也回國的神諭而匆忙出門。（註：「伊勢齋宮」是指在伊勢神宮服侍天神的未婚皇族女性。）

「受命負責這麼重要的工作，妳居然沒帶護衛就出得了門。」

聽到達也這個理所當然的疑問，深雪歪過腦袋。

「護衛？該說不需要嗎……他們有跟來喔。」

朝著深雪所指的方向看去，確實有十二名騎馬的武士。不過他們直到剛才肯定不存在。

「演出失誤嗎……」

「啊？您說……演出？」

「不，沒事。」

達也掩飾不小心脫口而出的話語，再度看向護衛的騎馬隊。

應該對於被指摘背景的突兀點之後連忙修補破綻的應對措施感到會心一笑？還是應該對於憑空創造出剛才不在畫面上之臨時演員的演出力提高警覺？達也內心難以下定論。

馬車一路上沒什麼刺激的要素。達也有深雪相伴所以不會無聊，但是以娛樂劇來說應該是偷工減料吧——不知道是因為他這麼想，抑或是單純的偶然。

突然間，護衛隊的行動變得慌張。兩騎跑向前方，另外十騎包圍馬車採取防禦態勢。

「什麼事？」

深雪朝窗外大喊。

「恕屬下冒犯向您報告！鬼熊集團從前方接近！」

回答的是偵查之後跑回來的騎士。

（鬼熊……額頭長角的熊嗎？）

達也還以為有龍出現，不過看來劇情沒這麼制式化。

他朝著前方定睛注視。視線前方只有馬車的內壁，但他以肉眼向前看只是為了讓意識聚焦。

達也的異能知覺——情報體認知視力映出的靈子塊。在現實世界以「意義」的形式被認知的情報，在這裡是以「影像」的形式在意識內部播放。像是岩石滾落下坡般蜂擁而至的靈子群應該就是「鬼熊」。

「所有人備戰！保護公主大人！」

像是隊長的騎兵一聲令下，所有人架起盾牌與長槍。從馬車車窗看見這一幕的達也冒出「沒握著韁繩不會出問題嗎？」這個疑問，卻重新心想這應該也是設定。

不提這個，他對於接下來的演變很感興趣。達也沒學過戰術或戰史，沒有騎兵戰術相關的知識。不過從人類騎馬戰鬥的這種構造，他想像這麼做的優點在於機動力以及活用高處的攻擊力，缺點則是缺乏防禦力。

護衛的騎兵雖然手持盾牌，但是除此之外是皮製護胸、代替護手的厚手套、兼用為護腿的長靴等輕型裝備，馬也沒穿鎧甲。武器也不是火砲或弓箭而是長槍。應該不會停下來迎擊吧。等到鬼熊來到道路的時候一齊架槍突擊是最合理的戰法。但是問題在於敵方不一定會沿著道路出現。人類都會這麼做了，所以無從保證長角的熊不會直接從森林裡襲擊。

——達也的這些預測都落空了。

馬車約三十公尺的前方，出現長得像熊但體型超過三公尺的猛獸。額頭那根圓錐形的角像是犀牛角般向後弓。總覺得身體特徵和民間傳承的「鬼熊」不一致，但是事到如今也無須計較。

「出現了！排好陣形！」

騎兵隊長一聲令下，護衛隊員縮短彼此的距離。果然是密集突擊嗎？看著這一幕的達也如此心想。不過騎兵隊只是架起長槍與盾牌，遲遲沒有出動的徵兆。

在這樣的狀況下，鬼熊數量增加，成為合計六隻的群體。

「要來了！」

鬼熊依照騎兵隊長的號令向前跑——時機湊巧到令達也有這種印象。而且是以三隻排成一列的兩列橫隊整齊衝過來。這些傢伙該不會其實是神殿的寵物吧？眼前的奇妙鋪陳甚至使得達也腦中瞬間掠過這種荒唐的妄想。

不過劇本終究沒這麼支離破碎。

護衛騎兵兩人一組向前衝，朝著熊的魔物刺出長槍。從體格差距來看，二對一很吃力吧？達也如此擔憂。而且這次他的預測命中。

鬼熊揮動帶著鉤爪的前腳。

長槍折斷，碎片飛到半空中。

刺中黑色毛皮的槍尖也只有淺淺插入就停止。依照設定大概是被堅硬的肌肉層擋下吧。即使如此，皮膚破裂的時候應該會出血，傷口卻沒流出任何液體。流血的表現被管制了嗎？達也再度思考這種荒唐的事。

不過這是達也的部分心思。他大部分的意識正在確實應對現狀。達也將手放在馬車的門上。

「哥哥？」

妹妹慌張叫他。

「我去幫個忙。」

達也轉頭隔著肩膀回應，跳出馬車落地。

以深雪「我要使用魔法！」這句叫喊做為聲援，接著以類比電視時代收播或是斷訊時被稱為「雪花雜訊」的連綿噪音（這個世界的咒語聽起來似乎是這種感覺）做為ＢＧＭ，達也衝向突破護衛騎士防線的鬼熊。

長角熊正要襲擊馬匹時，達也以架式令人著迷的飛踢命中熊的側頭部。關於自己成功跳了三公尺遠，達也不感驚訝。這具身體會依照精神的命令行動。雖然不能使用魔法，但是相對的，要發揮漫畫英雄般的腿力與臂力也並非不可能。

不過這只是對自己身體的掌控權。達也原本以為這一踢就能踢碎鬼態的頭顱，卻沒有這麼稱心如意。倒地的鬼態翻一圈就立刻起身。達也也因為飛踢的反作用力稍微被震到後方。

達也著地的位置有一把露出平整切面斷成兩截的長槍。他拿起這兩截長槍。

雖然沒有學劍的經驗，不過達也用過棍棒。他以槍尖與柄頭做為著力點再度挑戰鬼態。鑽過像是磨利匕首般發出銳利光輝的鉤爪，朝著直立的後腿膝蓋攻擊兩次。槍尖只劃破皮膚，不過柄頭傳來紮實的手感。

魔物的巨大身軀搖晃。

鬼態朝著達也的方向倒下。並非單純側身倒地，而是揮下前腳要揍扁這個打碎牠膝蓋的礙眼人類。

達也冷靜躲過高達三公尺多的巨大身軀。鬼態隨著地鳴聲倒在達也腳尖前方五十公分處，達也挾著強烈的氣魄踩爛牠的腦袋。達也身懷的武術沒有「震腳」這種招式，卻有學到類似的招式做為直接的攻擊手段。發出比鬼態倒地時更響亮的地鳴聲之後，達也往下踩的右腳這次確實踩碎魔物的頭部。

腳踝以下的部位陷入鬼態頭顱。即使踩穿頭骨也沒被飛濺的腦漿弄髒。這種部分沒有如實呈現真是太好了。達也將這個無謂的雜念放水流，尋找下一個獵物。不過……

「哥哥，請您退後！」

聽到深雪聲音的同時，達也向後跳到馬車旁邊。健在的騎兵也在出招牽制之後趕回這裡。確認存活的己方全部後退到馬車兩側之後，站在馬車臺階上的深雪高聲喊出最後一句咒語。

「White Out（白矇天）！」

這個名詞是大自然現象，同時也實際用為魔法的名稱。原本是在大河或湖畔、海岸地帶這種和豐富水源相鄰的地帶使用的水蒸氣凍結魔法，是深雪的拿手魔法「冰霧神域」低階版，不過打造這個世界的造物主似乎不在意這種細節。

在深雪詠唱的同時，鬼熊群被濃密的白煙籠罩。煙霧的真面目是小小的冰塊結晶。不知道從哪裡調度過來的大量水蒸氣成為材料打造的冰霧沒多久就緩緩消散。落在地面的冰晶立刻融化被街道泥土吸收，最後留下的只有結冰的巨獸屍骸。

「之後交給你們了。」

深雪吩咐一旁的騎兵之後回到馬車裡。達也暫時看著護衛隊將屍骸搬到路邊的作業，判斷自己沒有出場餘地之後回到深雪所在的馬車裡。

回到車內的達也突然迎來一記耳光。

由於知道馬車裡只有深雪，所以達也對此也大吃一驚。深雪居然會向他動手，即使是三年前兩人成為現今關係的那天之前，都無法想像會發生這種事。達也反射性地抓住即將命中他臉頰的右手，但是看見雙眼噙淚的深雪，他早早就後悔應該乖乖挨打比較好。

達也和淚水隨時會奪眶而出的深雪默默相視，內心極度不自在。他個人很想回到十秒前重新進行現在這一幕。真的是由衷希望。他知道這裡是虛構世界所以更想這麼做。不過即使是虛構，這裡也沒有能夠下令重拍的導演。

（步調都亂了……）

如果深雪的說明是真的，而且這個世界的時間體感和現實相同，那麼「和泫然欲泣的妹妹單獨共處」的尷尬氣氛，達也還得再忍受三個小時。只要對方不是深雪，即使是同年紀的少女或是更小的女孩，那麼就算對方再怎麼大哭大鬧，達也都有自信可以心平氣和。不過深雪的淚水確實一點一滴削減他的精神力。

達也隱約明白深雪在生什麼氣。不過正因如此，所以他覺得這時候道歉是錯的。為了打破這個僵局，達也豁出去試著辯解。

「深雪，我很高興妳這麼擔心我。」

達也抓著她手腕的右手移動到她手心，從外側像是輕輕包覆般重新握好，向深雪溫柔開口。

深雪睜大雙眼，眼眶裡的淚水隨即滑落。結果還是看見她流淚的模樣了，不過達也對這個反應鬆了口氣。

是一如往常的妹妹。

原本以為深雪會回以「我沒在擔心！」或是「您誤會了什麼事嗎？」之類的冷傲反應。達也不想看見這樣的深雪，要是深雪哭著說出「哥哥是笨蛋～～！」這種話，他沒自信能在清醒之後繼續正常面對妹妹。

總之，這種擔憂以杞人憂天的形式做結，達也暫且放心，正式試著說服深雪。

「我也知道妳的實力。在妳的魔法面前，原本沒有我出場的餘地。」

「沒那種事！哥哥無論學問或武術都無人能出其右。原本的話……」

此時深雪的話語不自然地中斷。達也感到詫異，但是現在要優先安撫深雪。這份突兀感暫時放到一旁。

「不過深雪，我是妳的護衛。不，即使沒有這份職責，保護妳也是我的生存意義。」

「別這樣，哥哥……居然說要為了我而活，這簡直是……」

深雪移開視線。光是這樣還好，但她雙手按著臉頰搖頭忍受害羞心情。似曾相識的光景。達也的記憶力立刻想到是在哪裡看過這一幕，不過同樣扔進內心的櫃子裡。

「哥哥，不可以這樣。我們明明是親兄妹……但是哥哥想要的話，我願意將這具身體全部奉獻給哥哥……」

總覺得聽到什麼不太妙的呢喃，但是在這之前，深雪說了一句更不能當成沒聽到的話語。

「深雪，妳剛才說我們是『親兄妹』嗎？」

達也與深雪在這個世界應該設定為「像是親兄妹般一起長大的兒時玩伴」。難道是施加在妹妹身上的精神支配解除了嗎？

「啊？不……說得也是。我剛才誤會了什麼？」

不過這只是一場空歡喜。

「因為過於親近，所以我一直將您視為真正的哥哥。但是現在，我很慶幸自己不是哥哥的親妹妹……」

深雪朝達也投以熱情的視線。但她立刻露出驚覺不對的表情刻意別過頭去。看來她想繼續維持吵架狀態。

感覺已經不需要解釋了，但達也依照深雪的要求繼續說明。

「——妳的平安是我心目中第一優先的事項。面對襲擊妳的敵人，我不可能選擇袖手旁觀。深雪，妳願意理解嗎？」

深雪將視線移回達也。她的雙眼回復平靜到不自然的程度。

「我很高興哥哥有這份心意。但是深雪同樣擔心哥哥的安危。雖然這麼說有失言之虞，不過幸好哥哥現在被解除禁衛一職，沒有義務拿著武器對抗魔物。」

沒有情感波動的眼神。

「如果哥哥說要保護深雪，請您不要離開我身邊。」

（侵蝕程度加深了嗎……）

深雪出現的細微變化，使得達也感覺狀況惡化。

後來直到抵達城內，類似的事件發生了三次。但是達也沒獲准離開馬車。護衛少了一半。若是習慣現代魔法的思考邏輯，肯定會疑惑為何不在一開始就由深雪使用魔法擊退。達也要是聽別人這麼敘述，肯定也會這麼覺得吧。但是在現場見證的他明白這是不可能的事。這個世界的魔法要花費許多時間才會生效。對於熟悉ＣＡＤ的人來說，深雪每次詠唱的咒語都長得令人難以置信。要是沒有護衛當肉盾，肯定會在路上遇襲。

但是問深雪之後得知，相較於皇族以外也能使用的咒法，皇族魔法的發動時間已經短到打破常規了。這麼一來魔法師應該不可能獨力戰鬥吧。

現實的魔法或許原本也是這樣。至少在童話或傳說裡的魔法，都需要同伴幫忙爭取詠唱咒語的時間。

發揮強大威力的代價是需要漫長的準備時間。考慮到成本效益比，瞬間就能實現強大威力的現代魔法是異常的存在，這邊的魔法才是正確的樣貌。

即使不提這方面的邏輯，這個世界的魔法還是要花很多時間準備。維持現實世界的心態可能會遭到暗算。達也覺得必須提防這一點。

思考這種事的時候，石砌的城牆映入眼簾。城牆內部有市鎮，是中國或歐洲常見的那種城塞都市。城牆很高而且看起來固若金湯。當然有著抵禦他國軍隊的意義，不過更重要的應該是要抵禦每次遭遇就有護衛騎兵犧牲的魔物或巨獸。

第一公主或是巫女長之類的浮誇頭銜傳遍各處，每道門隨著馬車前進逐一開啟。馬車穿過在城牆內部的城堡即王城的大門之後停止。

馬車門從外部開啟。牽著深雪走下臺階的達也看見熟悉的兩人。深雪以外的演員終於出場。

「隊長，記得我嗎？」

立領上衣加上短披風的服裝很適合他。在現實世界也讓他這麼穿吧……冒出這種壞心眼念頭的達也出言回應。

「你是雷歐吧？」

「喔喔！聽說你被施加忘卻之咒，不過真開心耶，你記得我的名字啊！」

「欸，隊長，那我呢？」

「艾莉卡。我有說對嗎？」

「答對了～～！不愧是我們的隊長！」

和雷歐穿著相同服裝的男裝少女騎士露出滿面笑容高興不已。

然後兩人像是事先說好般同時單腳跪下。

「達也隊長，歡迎回來。」

「我們禁衛隊早已恭候您歸隊許久。」

雷歐與艾莉卡以恭敬態度低頭。達也感覺背部發癢，但是不必忍耐太久。

「雷歐赫特卿、艾莉卡卿，辛苦你們前來迎接了。」

深雪以冷淡表情在達也背後搭話。雷歐與艾莉卡更加深深低下頭。

「艾莉卡卿，我想要晉見陛下。可以麻煩妳幫我安排嗎？」

「遵命。」

對於深雪的高傲態度，艾莉卡絲毫沒露出反感，就這麼低著頭站起來後退兩步，一個轉身快步前往城堡深處。

「雷歐赫特卿。達也卿累了，請帶我們到休息室。」

「是！」

雷歐以緊張聲音簡短回應，帶領兩人踏出腳步。

深雪以女王大人般的態度跟在他身後。「不可以變成這樣喔。」達也在內心朝著正在現實世界臥室床上熟睡的深雪本人這麼說。

終於進入劇情高潮了嗎？達也走在陰暗的石砌走廊如此心想。按照慣例，在晉見國王的場合肯定會一鼓作氣上演揭發右大臣陰謀的劇情。國王到底由誰來扮演？達也深感興趣——但是說來遺憾，他的好奇心沒能滿足。

（看來我沒有編劇的天分。）

達也有點挖苦，或者說有點自嘲般這麼想，不過缺乏天分的是這齣戲的編劇還是達也？意見肯定會出現分歧。最後的結論大概會是半斤八兩吧。

看來編劇沒什麼耐心，還沒抵達謁見廳就迎來劇情高潮。

「什麼事！」

深雪不悅大喊。這也是當然的。成為小型廳堂的走廊分歧點有身穿鎧甲的士兵駐守。不是全身甲冑而是只穿胸鎧與護手，手上也不是長柄武器而是單手劍，但依然是武裝形態。以這身裝備擋住公主的去路，已經超越了開玩笑的限度。

「殿下。」

響起這個聲音的同時，武裝士兵的人牆迅速分開，後方出現身穿白色長衣的陌生中年男性。

「右大臣……」

深雪口中發出厭惡的聲音。

（這就是右大臣嗎……）

達也沒發出聲音感慨低語。說來當然，他內心沒有憤怒或憎恨。達也似乎是被這名男性陷害的，但他自己沒有這種實感。因為他知道這不是事實，只是這個遊戲的預設劇情。

比較重要的是他鬆了口氣。右大臣的長相不是他認識的任何人。達也也沒有完全掌握深雪的人際關係，尤其是只在實習課一起上課的同學或是只在才藝班打過招呼的女生，不到朋友關係的這種點頭之交，達也未必全部認識。但如果是交流頻繁到會讓深雪懷抱好惡情感的男性，達也自信百分百全部認識。因為必須這麼做才能避免壞蟲接近。

達也不認識右大臣的長相。換句話說，這個反派不是以現實的某人為範本。

自己厭惡的對象在夢中分配為卑劣的反派。這種個性不太值得讚許。深雪不會做這種卑鄙的行徑，是一名本性美麗的女孩。重新認知這一點的達也心情愉快——不可以笑他溺愛妹妹。達也知道自己肯定會提拔看不順眼的熟人扮演壞蛋，所以才會反而出現這種心態。

達也悠哉思考這種事的時候，舞台的這齣戲正確實進入緊要關頭。

「這究竟是什麼意思？」

「什麼意思？殿下您是在問哪件事呢？」

「請不要裝傻！」

右大臣像是瞧不起人的回應，使得深雪情緒激昂。

這確實是理所當然會激動的場面，不過深雪動怒的方式太激烈了。達也覺得她的激進個性以戲劇手法誇大了。

「派出武裝士兵對上我這個公主，這是在忤逆皇家！」

「臣絕對不會對殿下動武。臣只是希望殿下擦亮自己的眼睛。」

右大臣以帶著嘲諷的謙卑語氣回答。說起話來完全是平庸的「奸臣」形象。

真是制式化的反派……達也感到傻眼。

「您身為一國的公主，又是在神殿服侍的巫女長，居然為了一介平民怠忽職守，臣感到不以為然。」

「什……」

「為了去除元凶，臣帶領部下前來，要誅殺將殿下迷得神魂顛倒的不法之徒。」

「我沒有被迷得神魂顛倒！」

光是這種程度就火冒三丈也太容易被激怒了，但她反駁的點也是睜眼說瞎話。

至少除了達也以外的所有人似乎都這麼想，不只是右大臣及其手下，雷歐也傻眼看向深雪。

這幅光景使得「神祕巫女姬」的威嚴蕩然無存。

「……咳咳。」

看來深雪也終究覺得「不妙」，刻意清了清喉嚨露出正經表情。

「我沒有怠忽職守。迎接達也卿回城是陛下的敕命。」

「…………」

總歸來說，深雪試著重新打造嚴肅場面，不過從這種反應看來不太順利。

這股氣氛對於達也來說也很尷尬。因為他自己被當成責備深雪的材料。所以達也決定救場。

「雷歐。」

「喔，嗯。」

「你是禁衛隊員吧？」

「對啊……更正，是的，隊長。」

綜合至今得知的設定來看，達也不是「隊長」而是「前隊長」，但現在不是在意這種事的場合，所以達也當成沒聽到這句話。

「他們在王城裡拔劍。不是基於陛下的敕命，是基於右大臣的私命。你身為禁衛隊員可以袖手旁觀嗎？」

「原來如此！」

（不該說「原來如此」吧？）

達也在內心盛大吐槽，但同樣沒說出口。沒察覺這一點並非雷歐的責任，他只是遵從神祕幕後黑手的演技指導。

「你們幾個，給我收劍！」

雷歐拔出寬刃劍威嚇右大臣的手下。這把劍的長度只是「有點長」，厚度以及寬度卻將近是對峙士兵們手上武器的兩倍。劍的重量感散發足以顛覆人數壓力的魄力。右大臣的私兵不禁稍微後退了。

「可惡，你們在做什麼？對方只有兩人，包圍起來逮捕他們！難纏的話殺掉也沒關係！」

「你們這樣是造反！」

「深雪，妳退後。」

私兵集團依照右大臣的命令蜂擁向前，雷歐出面迎擊，同時達也拉著深雪的手讓她後退。

深雪完全沒抵抗。在達也的臂彎包覆之下，整個人依偎在他的懷裡。

「深雪，有魔法可以剝奪他們的抵抗力嗎？」

深雪不是假裝沒聽到達也這個問題，是真的沒在聽。

「深雪？」

「啊，是，哥哥。」

直到達也以疑惑的聲音叫了第二次，深雪才終於察覺達也在對她說話。

「有魔法可以剝奪他們的抵抗力嗎？」

深雪醒著的時候也偶爾會出現這種反應，所以達也不以為意，耐心重複剛才的問題。

「啊，說得也是。」

深雪連這種程度的事都沒察覺，這也和剛才的雷歐一樣不是她自己的問題，不過同樣的橋段使用兩次終究令達也不太愉快，必須注意別讓不耐煩的心情顯露在臉上，不過這或許是無謂的操心。因為深雪已經閉上雙眼開始詠唱。

「達也隊長，為什麼事情變得這麼有趣？」

從另一條通道傳來的這個聲音，也沒有打亂深雪的專注力。

「在宮殿裡動刀傷人是要切腹的喔。」

「艾莉卡，這是不同的世界觀吧？」

這句話過於和背景不符，達也忍不住多嘴吐槽，不過深雪繼續專心詠唱聽不懂的咒語。

「這是制式台詞喔。」

艾莉卡也只回答似乎在哪裡聽過的這句話，看起來完全不在意話語出處，也不在意自己為什麼說出這種話。

「所以，可以認定這些傢伙造反吧？」

「一點都沒錯，但妳不准插手管閒事啊。」

回答艾莉卡這個問題的是雷歐。只是回答就算了，但是對於艾莉卡來說第二句話是多餘的。

艾莉卡不可能完全不回嘴。

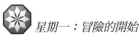

「我可沒問你喔，貝隆赫特（勇敢的熊）。」

「我叫雷歐赫特（勇敢的獅）！妳這傢伙是故意的吧！」

「咦？難道你瞧不起貝隆赫特先生嗎？給我向全國的貝隆赫特先生道歉。」

「妳這傢伙才應該向我道歉！故意說錯別人的名字太失禮了吧！」

在閒聊的同時，雷歐的大劍與艾莉卡的單手劍確實將右大臣的私兵打倒在地。雖然有人受傷流血卻無人死亡。不提艾莉卡，雷歐的劍技也變得有模有樣，旁觀的達也感到不可思議。

觀察戰況的達也，也沒有從深雪身上移開注意力。

他沒聽漏深雪口中「雪花雜訊」的聲音停止。

「艾莉卡、雷歐，退後！」

達夜刻意沒告知「即將施放魔法」。

艾莉卡與雷歐都沒反問「什麼事」，也沒因為這個突如其來的指示感到不知所措，就這麼照著達也的話做。

「深雪。」

準備好了。達也基於這個意思叫著深雪的名字。

「Hibernation Jail（冬眠牢籠）！」

深雪不可能誤解達也的意圖，施放低溫麻痺的魔法。

士兵與右大臣一齊無力倒地。

雖然正式名稱使用英語，不過像這樣大聲喊出英語名稱，感覺更像粗製濫造的ＲＰＶＧ了。

達也冒出深思也沒用的這句吐槽，走向倒地的眾人確認是否完全失去戰力。

他沒有掉以輕心。

反倒該說正因為用心注意對方整體，才得以躲開這記偷襲。

倒地的集團中央，突然有一道白影撲了過來。

達也沒有貿然迎擊，跳向後方閃躲。

白色人影雙手撐地落在達也剛才所站的位置。在這個時間點無疑是人影，殘留著還是右大臣時期的面容——不過體型大了兩圈以上。

人類不可能在這麼短的時間增加質量，不過這裡就某方面來說是在心象風景內部。「不可能在數秒或數分鐘內變身」的現代魔法常識即使不管用也沒什麼好奇怪的。

雷歐從右大臣的背後出招。重量級的大劍劃破右大臣的背，沒能斬斷就在中途停止。

曾經是右大臣的生物朝背部使力。

大劍從傷口回彈。

正在用力拔劍的雷歐踉蹌後退。

艾莉卡隨著勇猛的氣魄刺出單手劍。

白色毛皮擋下劍尖。

變貌的右大臣發出野獸的咆哮起身。

「……是熊耶。」

「是不是妳這傢伙的廢話變成伏筆啊？」

「不是因為你多嘴打岔嗎？」

「明明是妳叫錯我的名字，為什麼變成我在打岔？」

艾莉卡與雷歐隔著猛獸鬥嘴。

這隻猛獸正如艾莉卡說的是「熊」。頭上有三根扭曲的角，眼睛沒有瞳孔而是充滿紅光，口腔排列著鯊魚般的牙齒，手掌的爪子散發鋼鐵光澤，整體輪廓是巨大的白熊。

這裡的天花板高達三公尺以上，不過熊的身體高度接近天花板，這樣的身軀無法靈活行動。只要回到走廊，牠應該無法以直立狀態追過來吧。

「哥哥？」

但是達也沒選擇逃走。四腳著地的熊跑得很快，達也以親身經驗明白這一點。當時他空手對抗的黑熊身體高度是一八〇公分，這隻白熊將近三公尺，但是無從保證體型愈大愈笨重。

「我來爭取時間。深雪，詠唱咒語吧。」

「怎麼這樣，太亂來了！」

「深雪，妳會用『冰霧神域』嗎？」

達也以冷靜的聲音打斷深雪的哀號。音量不算大。只從音調就知道無法讓哥哥改變主意的這名少女，確實是達也的妹妹。

「我會用——祝您武運昌隆。」

「好孩子。」

在妹妹這句祝福的推動之下，達也衝向三根角的白熊。

因為哥哥不經意的這句話而滿臉通紅的深雪，開始進行「冰霧神域」的詠唱。

達也的雙手忽然承受負荷。這個重量不知為何非常順手。

他躲開猛獸揮下的白色鋼臂，將出現在右手的錘矛往下揮。

極為自然的感覺。艾莉卡的劍刺不穿的毛皮深處，傳來確實造成傷害的手感。

隨著咆哮橫向掃來的爪子，達也揮出左手的錘矛擋下。比達也手臂還細的錘矛握柄，面對爪子的強猛威力也沒發出哀號。

「不愧是達也隊長！」

「不管怎麼看，你都應該跟隊長交換武器吧？」

「妳吵死……了！」

雷歐在鬼白熊的背後架起大劍。水平揮出的重量級劍刃命中右後腿的膝窩，鬼白熊的右前腳著地。

「不錯嘛！」

艾莉卡高聲歡呼。這個時候的她已經揮下手中的劍，瞄準右前腳著地而變低的猛獸頭部犀利砍下。艾莉卡的劍避開硬角，精準毀掉鬼白熊的左眼。

右大臣的變身獸再度咆哮，不過這次是痛苦的叫喊。左前腳揮出的反手拳也明顯是逼不得已的反擊。達也躲開這一招，衝向鬼白熊要從正面揮出錘矛攻擊。

迸出一道閃光。

響起尖銳的哀號。裂帛般的哀號聲來自艾莉卡。

雷歐緊咬的牙關也發出痛苦的呻吟。

鬼白熊的三根角放出電擊。既然不是大自然的動物，當然有可能具備特異能力。這可以說是達也他們過於大意。

說到達也，他將兩根錘矛交叉，擋在三角白熊面前。

達也抬起頭交互揮出錘矛。被集中攻擊的右角禁不住沉重的連打而粉碎。

鬼白熊發出猛獸的咆哮向後仰。向後踉蹌兩三步的模樣一反外表莫名像是人類。

「果然必須除掉你才行。」

有著整排利牙的熊嘴說出難以聽懂的人類語言。

「因為你自己的兒子沒能飛黃騰達嗎？」

達也以嘲笑語氣回應，因為這場戰鬥的目的是爭取時間。

「好強烈的執著。要是用在正確的方向該有多好。」

「將軍這個位子沒有簡單到只靠關係就能勝任吧。」

不知道是否明白目的，艾莉卡與雷歐也加入這場閒聊。

「不是這種無聊的理由！」

前右大臣像是怒吼般反駁。不，正確來說應該是在咆哮的過程中勉強聽到人類的語言，但是不知為何要聽懂並非難事。

「我國是偉大古代魔法皇國的正統繼承者。你的那種異能否定了王國的權威。」

「異能？這是在說什麼？」

這個疑問並非完全是演技。達也與其說是魔法師確實更像是異能者，但他在這個世界無法使用自己的固有魔法。右大臣變成的這隻猛獸憑什麼稱呼他是異能者？達也內心冒出純粹的疑問。

「你就看看自己的身體吧！」

達也如牠所說低頭一看，隨即被驚愕的心情囚禁。

「你完全沒受到雷之魔法的影響。」

「你說魔法？」

然而令達也陷入驚訝的原因，不是前右大臣或艾莉卡說出的話語。

「你的異能會讓魔法失效。魔法無效的事物不該存在於這個世界。」

達也是對自己的服裝吃驚。

他不知何時穿著和雷歐身上騎士服相同的服裝。

（我也被這個世界吞噬了嗎？到底是什麼時候……）

這段自問只是一種形式。腦中浮現疑問的瞬間，達也就已經知道答案。

是雙手突然出現錘矛的那時候。

達也主動想在這個世界演出「打倒最後大魔王」這段劇情的那一瞬間，肯定就被這個世界運行的法則入侵。

「哥哥，請退後！」

達也的身體對深雪的聲音起反應。他就這麼維持變得空白的思緒，避開魔法的射線。

白色的線在空中直奔，瞬間凍結右大臣的變身獸。

「哥哥，成功了！」

深雪歡呼抱住達也。為了避免傷到她而扔掉錘矛的達也沒能在途中接住深雪，被她深深環抱脖子。

頭髮之間飄出一股芳香。達也察覺自制心大幅撼動，基於求救與避人耳目這兩種用意尋找艾莉卡與雷歐。

但是到處都沒看見兩人的身影。不只如此，右大臣變成的魔物，倒地的右大臣私兵集團也都消失蹤影。周圍空無一人安靜無聲，彷彿從一開始就只有達也與深雪兩人。

「哥哥……」

火熱的氣息與更火熱的視線。

不知為何，達也無法解開妹妹的擁抱。

深雪稍微抬起頭，環繞長長睫毛的眼皮慢慢閉上。

視線被遮蔽，感覺呼出的氣息更加火熱。

察覺自己的臉逐漸接近深雪，達也受到今晚最大的打擊。

自己正要主動親吻妹妹。

達也命令自己的肉體靜止。

知道不會成功之後，改為試著推開深雪。

但是自己的手臂反而繞到深雪背後緊緊抱住她。

（這嗜好太差勁了！）

無形的幕後黑手下令上演愛情場面，達也雖然提出抗議，卻不可能得到回應。

在這段期間，達也與深雪的唇也確實逐漸接近。

（開，什，麼，玩，笑！）

就在彼此嘴唇即將相觸的這時候，達也動員所有的精神力高聲抗拒。

這一瞬間，玻璃破碎般的聲音從三百六十度全方位響起。

他的意識落入黑暗。

◇◇◇

尖銳清脆的電子聲傳入意識。

達也睜開眼睛，在視野裡認出熟悉的天花板。

從包覆自己的被子與床鋪觸感就知道，這裡無疑是現實世界的自己房間。

（天亮了嗎……）

好久沒被鬧鐘叫醒了。

坐起上半身，發現背部因為汗水而溼透。

恐怕是那場「夢」的最後一幕導致的。

「好險……」

達也輕輕出聲呢喃。

那種程度的危機，至今從來沒有感受過。

（那個到底是怎麼回事？）

達也知道思考也無濟於事。能思考的材料太少了。

但是達也也知道不能置之不理。無從保證那場「夢」只會發生一次。

（找師父談談吧。）

換上訓練服的達也如此思考。

差點和深雪接吻的這件事當然絕對不能說。他在內心堅定發誓。

（第二夜待續）

星期二：勇者的啟程

「嗯……這是極為耐人尋味的話題。」

在設下驅人結界只剩兩人的正殿聽完達也的說明之後，達也的體術師父暨最可靠的協助者，古式魔法「忍術」的傳承人九重八雲大幅點頭。

「我自己也覺得這件事難以置信，不過至少對我來說是親身經歷的『事實』。」

感覺師父的反應有點裝模作樣，達也像是無須多說般再度強調。

「我沒懷疑。如果聽普通高中生說相同的事，我或許會以『單純的夢』來結案……然而這次不是別人，是達也你特地來找我談這件事。」

八雲說到這裡，喝一口完全放涼的茶。

「首先，你不會作夢吧？」

對於八雲這句話，達也露出不悅的表情。

「……或許只是不記得。因為是睡眠期間的事。」

「你不可能不記得吧？」

達也完全無法回嘴，只以視線表達無言的抗議。

八雲露出假惺惺的笑容，搔了搔剃得光溜溜的腦袋。

「……總之，我沒要否定你睡眠時的體驗。不只如此，我覺得這是非常耐人尋味的術法。」

「術法……那果然是精神干涉魔法引發的現象嗎？」

「精神干涉魔法嗎……應該是干涉精神的術法沒錯，然而是不是『精神干涉魔法』還不得而知喔。」

八雲像是打啞謎的這段話，即使是頭腦靈敏的達也也無法理解。

「我想想……」

看來不只是達也，八雲自己也沒有清楚理解。

「只聽你剛才的說明根本無法知道真相與對策。至少要確定這是僅此一次還是會反覆發生的現象。」

「也就是要暫時觀望嗎？」

「抱歉啦，感覺我只能說一些不可靠的建議。」

「不……因為材料確實不足。」

達也就這麼坐在地板（當然是正坐）行禮，以行雲流水的動作起身。

「如果繼續作惡夢，我會再來向師父請益。」

繼達也之後，八雲也以感覺不到體重的動作起身。

「務必。到時候要再說給我聽喔。」

「但我個人不希望演變成非得向師父請益的狀況。」

「哎，別說得這麼冷淡啦。」

「……恕我失陪了。」

達也從九重寺——八雲的寺廟返家之後，早餐已經準備好了。

「早安，深雪。」

「哥哥早安。」

妳今天比平常早起……原本想這麼說的達也改說另一句話。

「發生了什麼好事嗎？」

因為妹妹的心情看起來比平常好。

「咦……顯露在臉上了嗎？」

深雪不好意思般移開視線。眼角稍微泛紅，是害羞的表情。

「我總覺得昨天好像作了一個美夢。」

「覺得好像作夢？」

「我不記得內容，不過確實留下快樂的心情。只是……」

此時深雪的表情變得有點鬧脾氣。

「我在關鍵時刻醒來了……我覺得好可惜。」

「妳不記得內容吧？」

「話是這麼說沒錯……不好意思，哥哥，我說得很奇怪吧？」

「不，偶爾也會有這種事吧。因為作夢大多不會記得。」

「——說得也是。」

深雪露出靦腆的笑容點頭。

她沒察覺冷汗從哥哥的背部滑落。

◇◇◇

當晚，達也察覺到危險的氣息——感覺到非比尋常的想子波動而睜開雙眼。

映入他視野的是陌生的天花板。

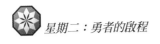

「這裡是哪裡……？」

這個問題是反射性的自言自語。認知到眼前不是自己房間天花板的瞬間，達也察覺自己被拖進和昨晚那場夢一樣的世界。

不過，以回答他這個問題的形式注入腦中的知識出乎他的預料。不只是內容令他意外，他更驚訝於自己的意識被直接連結。

（不妙……侵蝕程度比昨天還嚴重。）

要是這個世界的影響增強，不提意志，行動的自由將會失去，會被演出這個世界的幕後黑手隨心所欲地操控，達也昨晚親身經歷了這一點。

（今晚得繃緊神經才行。）

昨晚也沒有鬆懈，而是在專注於眼前的戰鬥時被乘虛而入，不過對於達也來說是嚴重大意。無從證實只要提高警覺就能隔絕夢中世界的干涉。但是目前只有這個對策。

總之，就這麼躺在床上也無濟於事。在夢中睡著應該也不會清醒吧。從昨天的經驗推測，劇情是強制進行。即使睡懶覺，到頭來也只會強制跳到下一個場面——達也如此心想。

就在他準備下床的這個時候……

「哥哥早安。」

房外傳來叫他的聲音。他立刻知道是誰的聲音。同父異母的妹妹深雪今天也來叫他起床——

（——荒唐！深雪是我的親妹妹。）

這個世界的達也與深雪被設定為不同母親的兄妹。但這始終是下載到他意識裡，關於「這個世界」的知識。不過達也的想法被這些知識汙染了。

（這下不妙了……）

達也明白自己的預測過於天真。今晚，這個世界的影響力深入意識。必須盡快找到脫離這裡的方法。

「哥哥？您還在休息嗎？」

受困於危機意識的達也沒回話，深雪似乎覺得不對勁。

「打擾了。」

深雪的聲音有所顧慮，行動卻很大膽。她不等達也回應就開門進房。

「哥哥？您的身體……」

「不，我沒事。」

深雪跑到床邊，達也打斷她的話語，雙腳放到地面。

「早安，深雪。」

他站起來搭著深雪雙肩，露出「我沒事」的表情投以笑容。

「……哥哥早安。」

深雪移開視線，以細微的聲音回以問候。這個舉止令達也感到詫異。這種害羞的方式和以往不一樣。平常的深雪即使害羞臉紅也不會移開視線。他覺得現在這樣的妹妹也很可愛。不知道是他自己的情感還是受到「夢」的影響，他不自覺地猶豫是否該深入思考。

「……早餐準備好了，您要現在吃嗎？」

「嗯。我馬上換衣服，在餐廳等我吧。」

「那個，要換的衣服……」

「嗯？」

深雪輕輕在口中呢喃的聲音，沒成為有意義的話語傳入達也耳中。即使在現實世界也沒發生過這種事。

「……不，沒事。哥哥，我先告辭了。」

「——這樣啊。我馬上過去。」

雖然不太自由，但是正常來說或許是這麼回事。達也冒出可能有點上帝視角的想法，將深雪送出房間。

依照直接輸入達也意識的設定書，他的角色是領地貴族——伯爵家的庶子。總歸來說就是妾的孩子。不知道這個世界是一夫一妻制，還是母親的身分低到無法成為側室，設定書也沒記載得這麼詳細。

然後深雪是嫡出子（正妻的孩子），卻不是嫡子（繼承人）。這部分也沒有進一步的說明。

不過達也推測這個世界應該採用父系繼承制。

看房間的裝潢與擺飾，社會水準明顯和昨晚一樣設定為「中世紀風格的奇幻世界」。但是預先準備給達也換的衣服是……

（為什麼是一科生的制服……？）

沒錯。是左胸與雙肩繡上第一高中校徽的一科生制服。

這是反映深雪願望的結果嗎？若是如此，那就代表妹妹對這個世界的影響力比達也強。

「自己的命運在妹妹手中」的這個認知奇妙地和現實連結，達也內心五味雜陳。

如同剛才對深雪所說，達也換好衣服之後前往餐廳。但他沒有吃到早餐。走出房間的達也，不知何時已經在馬車上任憑晃動。他沒有用餐或是準備旅行的記憶，甚至沒有坐上馬車的記憶，卻知道這一連串的事件是進行完畢的背景片段。

沒有直接影響劇情的瑣事全部省略。看來今晚採用這種原則。

（不過這樣比較像是虛構作品的風格。）

達也沒說出口而是暗自挖苦，此時坐在正對面的深雪向他搭話。

「哥哥，沒想到陛下突然召見我們……到底是有什麼事呢？」

馬車裡只有他們兩人。平常深雪都會坐在達也身旁。和昨晚不同，深雪的服裝是一如往常的熟悉制服。不過和現實的這種細微差異在達也意識裡成為雜訊逐漸累積。

「不知道。父親大人什麼都沒說嗎？」

「父親大人」這個稱呼方式是達也配合世界觀刻意使用的。原本以為會覺得更突兀一點卻很自然就說出口，達也對於這樣的自己略感意外。看來達也比他自己想像的還要無情。

「是的，沒說什麼……不過陛下當初好像只召見哥哥，然後父親大人要我一起去。」

「嗯……因為父親大人希望王宮的公子成為妳的丈夫。他大概認為這次的召見將會相當盛大吧……」

兩人的父親想讓中央大貴族的次男或三男成為深雪的丈夫繼承爵位，這甚至不是公開的祕密而是眾所皆知的事實。伯爵家的長子是達也，但他是庶子。由深雪這個嫡出子的丈夫繼承衣缽，以身分制度來看並非特殊的想法，而且深雪是舉國聞名的美姬，別說被大貴族的子嗣，就算被皇族看上也不奇怪。

「這樣的話，我就更不明白陛下召見我的理由了。」

達也的武才在一部分的武官界聞名，卻過著和社交界無緣的人生。不對，應該說是在設定上度過這種人生。在許多高階貴族參加的華麗聚會應該沒有出場的餘地。

「而且應該不可能是關於魔王現世之類的謠言……」

在這個時候，聽到達也所說「名門公子成為丈夫」這句話而低頭的深雪，不知道想到什麼事而握緊雙手。但是達也沒察覺這一點。

抵達王城的達也立刻被帶到謁見廳。順帶一提，他之所以知道這裡是王城，是因為城門上方浮著「王城」兩字。在走廊擦身而過的人們頭上也有「侍從」、「侍女」或「衛兵」之類的文字輕輕晃動。雖然應該是當成一種親切的設計卻充滿遊戲感，好不容易塑造的真實性都化為烏有。難道這是ＲＰＧ的「制式設定」嗎？不過深雪上方沒有浮現角色職稱的文字。看來「玩家」不會顯示這種指引，或是扮演的角色會依照各自的行動而改變吧……達也如此心想。

達也他們在高度是身高兩倍以上的走廊前進，兩側待命的衛兵配合他們的腳步開門。開門的工作是由衛兵負責的嗎？思考這種沒意義的問題穿越七道門之後，達也在深雪的陪同之下抵達終點的大廳。

是謁見廳。達也與深雪按照這個世界的禮儀低頭入內。

那麼，國王由誰扮演呢？或許是以創造這個世界的未知技術生成的人偶。為了確認坐在王座的「國王」頭上是否浮著文字，達也視線慢慢向上，在中途得知用不著確認這種事。

扮演國王的是他與妹妹都很熟悉的人物。

（十文字總長……連您都在這裡做什麼啊？）

「達也卿、深雪姬，平身。」

克人前方低一階的位置所站的老人這麼說，達也聽話打直腰桿。老人頭上是「大臣」兩字。光是這樣根本不知道是什麼大臣……這句吐槽想必不該說出口吧。

「千里迢迢辛苦了。」

「不敢當。」

只聽這句話就知道克人完全是國王的樣子，看來他和深雪一樣徹底融入夢的世界。達也一邊這麼想，一邊按照自己扮演的角色恭敬行禮。

「話說……找達也卿前來不為別的，希望你憑著名震王國的武技，為臣民除去後顧之憂。」

「屬下不才，必定竭盡所能。」

達也刻意煞有其事說出裝模作樣的台詞，同時認為這是妥當的進展。看來自己扮演的是以武力自豪的鄉下貴族。達也如此心想。

不過他低估了自己的設定。

「達也卿，你有收到魔王出現的消息嗎？」

達也一瞬間以為自己聽錯。不，他想這麼認為。

「只聽過傳聞。」

但是朝他耳朵灌輸不必要設定的可惡黑精靈，已經告訴他絕對沒有聽錯。

這個世界好像有魔王，人類各國暴露在其威脅之下。

說「好像」是因為達也沒有直接見聞，設定上是只聽過這個傳聞。

達也心想，在這個夢境世界裡，即使有「魔王」這種超乎常理的存在（雖然不想承認）也不奇怪。

只要別牽扯到自己就好。

不過看來這是無法實現的心願。

也可能是剛才不應該在馬車裡自己埋下伏筆。

「這是事實。守護西方國境的衛兵也有人犧牲。」

「已經有人犧牲啊……」

達也的真心話是「劇情進展也太快了」，但他沉痛的聲音肯定讓一同在場的人們誤以為達也在哀悼犧牲者。

「達也卿。」

「是。」

「朕賜你三千兵力，站上魔王討伐軍的最前線吧。」

「陛下，恕在下斗膽建言。」

雖然知道抗拒也沒用，但達也依然不得不這麼說。

「在下是只以匹夫之勇自豪的莽撞武者，沒有帶兵的經驗。」

「無妨。朕不是期待你的運籌帷幄，而是萬夫莫敵的武勇。在先前的武鬥祭，你打倒了第三王國一条公以勇猛聞名的長子，朕很看好你的實力。」

然後正如預料，這只是無意義的掙扎。

「陛下的嘉許，在下擔當不起。討伐魔王的任務，在下謹遵指示。」

達也自暴自棄如此回答。

然而周圍的反應和他的心境相反，向他報以如雷的掌聲。

達也扮演的不是「以武力自豪的鄉下貴族」，而是「勇者小隊的一人」。

像是會燒焦的火熱視線就在身後直視過來，達也基於各種意義感到刺痛。

場面切換到晚上的舞會。名義是魔王討伐軍出發遠征的送行宴會。

這裡的「場面切換」不是中間過程無須特別說明的意思，是正如字面所述從謁見廳瞬間變換為舞會大廳。達也因而好不容易才維持平靜表情。現代魔法不可能實現瞬間移動已成定論，不過實現的話或許就像是現在這樣。如果真是這麼回事，那麼使用瞬間移動的虛構角色們每次都很辛苦吧……達也思考這種不合時宜的事情排解內心的驚訝。

視線向下看見的不是一高制服，是無尾禮服的胸口。達也立刻消除「和文化水準不符」的這個念頭。剛才他穿著一高制服坐進行駛在泥地大街的馬車，在這種世界討論文化的時代性想必是毫無意義又不識趣吧。

「哥哥，您怎麼了？」

身旁傳來詫異詢問的聲音。在剛進入會場的場所停下腳步，即使不是深雪也肯定感到疑惑。

「沒事。只是有點不知所措。」

達也這句話不是掩飾也不是別的意義，他由衷感到不知所措。

大概是也表現在態度上吧。深雪露出有點嚴肅的訓誡表情仰望達也。

「哥哥，請您抬頭挺胸。」

但深雪似乎以為達也猶豫不決的態度是因為被華麗氣氛嚇到，對他露出嚴肅的表情。達也對此感到懷念。雖然在別人眼中是不幸的往事，對他來說卻是和可愛妹妹的寶貴回憶。經常冷淡鬧脾氣的年幼深雪，在他的心目中就只是惹人疼愛的存在。

「您有聽到嗎？」

達也像這樣讓思緒回到過去時，深雪對他生氣了。

只不過，達也一點都不害怕。反倒是覺得「好久沒這樣了」差點更深陷於回憶之中。

「如果我看起來像是沒聽到，那我道歉。」

然而要是這麼做，感覺深雪會氣到引發騷動，所以達也姑且假裝反省，安撫深雪。

「不，您有聽到就好。」

深雪也不是真的動怒，聽完達也稱不上真摯的謝罪之後就不再計較。

「哥哥，請您聽好。」

但是她的說教沒有結束。

「要是您自以為只是外地領主的繼承人，我會很為難的。」

明明是庶子卻不知何時升格為嫡子，但是達也沒有笨到在這時候反駁。妹妹經常會對於自己（不是深雪自己，是對於達也自己）做出稱心如意的誤解，這在現實世界也不稀奇。

「現在哥哥是陛下交付三千兵力的一軍之將，是陛下親自賜予『討伐魔王』這個光榮任務的王國要角。」

深雪以熱情語氣說完之後露出豔麗的笑。是隱約感到滿意的一張笑容。看來剛才斥責達也的話語反饋到她身上造成情緒高昂的結果。

「哥哥，沒問題的。」

達也反射性地差點詢問「什麼事」，但他這次也成功保持沉默。

「我知道身為武人的哥哥不擅長應付這種歡樂的舞會，但是哥哥有我深雪陪在身旁。」

深雪以淑女的優雅動作牽起達也的手。

「哥哥，我們進場吧。」

不過她的手在肌力以外的部分隱藏著不容分說的力量。

原本就沒有別的選項。達也在深雪的帶領之下，踏進盛裝打扮的人群中。

和「大廳」的名稱相符，弦樂器音色流動的這個空間占地遼闊，說不定有一高的講堂那麼大——不過只要稍微移開視線，面積就會隨著人數稍微變化，這一點只能多多包涵。

達也基於禮儀（他認為這部分應該適用和現實世界相同的規則）要向主辦舞會的國王及其妹妹感謝這次的邀請，也為了製造主賓沒偷懶的現場證據而走向大廳深處。但是遲遲沒能抵達國王面前。不是因為物理距離（？）太遠。

每走一步就被擋住去路，假惺惺的問候與追隨都被深雪不容分說的笑容逼退。這樣的光景毫不誇張地重複上演。這具自律移動式拒馬直到國王的妹妹主動向兩人搭話才終於停止運作。

「達也先生、深雪小姐，好久不見。」

「殿下，小女子才應該說久疏問候。」

這句話是深雪說的。達也只有默默行禮致意。

背地裡沒別的意思。單純只是說不出話——因為過於吃驚。

國王的妹妹是真由美。

「達也卿、深雪姬，有稍微休息了嗎？」

「託陛下的福，現在好多了。」

多虧國王模式的克人隨即搭話，所以達也不自然的態度沒有過於顯眼。

「那太好了。本日的舞會主要是為了你的出征而舉辦，希望你盡情享受。」

「這是在下承擔不起的榮幸。」

達也和深雪同時深深鞠躬，感受到克人點頭的氣息之後抬頭。雖然這麼說，但他的視線依然朝下，直到克人從前方經過才揚起視線。跟在克人身後的真由美瞥了達也一眼。

她露出對於某些事感到驚訝的表情。

對於達也來說，這是他熟悉的「七草真由美」的表情。

在意真由美露出的表情而以視線追著她背影的達也，突然感到左側腹一陣疼痛。不，其實不到疼痛的程度，但若是別人造成的就不能忽視。

從觸感判斷，應該是側腹被捏。現在的服裝如果只有襯衫就算了，但他穿著厚實的上衣還加上腹帶，捏的力道居然能傳到衣服底下。因為是以「在這種時候不是踩腳就是捏側腹或背部」的「制式原則」為優先吧。這麼想不知道會不會過於挖苦。

達也向左方一看，深雪隨即縮回手。明明知道被看見，卻朝向正面若無其事露出親切笑容。

「哥哥，怎麼了？」

然後她露出「現在才發現哥哥視線」的表情，以「我心裡完全沒有底」的語氣問。

看來這個「深雪」比現實世界的深雪更擅長掩飾。

「不，沒事。」

成為十師族的當家之後，也會有很多機會出席政治協商的場合。即使是四葉家的當家也不能總是足不出戶。為此必須更加精通爾虞我詐鉤心鬥角的手段……對妹妹做出這種評價的達也心想「現在的她真可靠」，自己則是做出毫不矯飾的回應。但他不敢問自己為什麼被捏。

（反正應該是我剛才在看七草學姊，造成奇怪的誤解吧。）

達也如此判斷並且接受這個想法。他也沒什麼時間深入思考。

某處開始緩緩演奏華爾滋舞曲。雖然是不知道音樂出處的神奇演奏，但達也決定不在意。包括看不見的樂團以及莫名明亮的燭台照明，即使逐一在內心吐槽，要是說不出口反而徒增內心的壓力。達也已經領悟了這個道理。

「深雪。」

達也以平常的音調叫著妹妹的名字伸出手。他至少知道要邀請相伴進場的對象跳第一支舞。

「哥哥……樂意之至。」

深雪笑盈盈牽起達也的手。像是花朵盛開的這張笑容，是真正的深雪平常露出的笑容。

第一首舞曲結束，達也與深雪依照禮儀鬆手相互行禮。年輕男性立刻趁著這短短的空檔蜂擁而至。

（……不是設定為貴族嗎？）

他們毫不客氣又不顧一切的態度，使得達也真的感到傻眼。不過即使外在是貴族，內在也是現今的年輕男性（應該是高中生），考慮到這一點就並非無法理解。從他們的態度看不見平常對於深雪所透露近似畏懼的那份顧慮，這肯定是反映出他們真心的願望吧。

維持自身意識的達也隱約明白了。這個世界是以潛意識的願望以及刻意不去意識到的願望，也就是「不被意識到的願望」為零件組成。

其中的機制不得而知。是基於高階術法？還是基於超越現代魔法技術的道具「聖遺物」……無論如何，肯定使用了達也知識裡沒有的系統。

（被捲入這個現象的成員是深雪、艾莉卡、雷歐、七草會長、十文字總長，還有我。如果原因是聖遺物，那麼是被帶進一高的物品嗎……？）

達也一邊思考這種事，一邊看著已經演奏下一首舞曲卻還在拚命邀深雪共舞的一群人。

「達也學弟，不跳舞嗎？」

忽然從旁邊搭話的聲音，使得達也不禁將驚訝顯露在外。

「七草會長……」

因此他脫口以平常的稱呼方式回應。

「呵呵，果然沒錯。」

轉頭看向的視線前方，真由美露出「正如我所料」的得意笑容。

「一邊跳舞一邊聊吧。」

這麼做確實比較自然。真由美設定為國王的妹妹，不過今天的宴會是為達也舉辦的，現在又是她主動邀舞，這時候婉拒反而沒禮貌吧。

達也行禮之後伸出手。

真由美掛著愉快的笑容牽起他的手。

一反預料，和真由美跳起舞來相當順暢。

「難道說，那時候是故意的？」

順暢到達也忍不住說出這種怨言（？）。

「咦？你在說什麼事呢～～？」

真由美完全以睜眼說瞎話的語氣裝傻，搞不懂她是否想要打馬虎眼。不對，看她的表情明顯是早就知道卻在裝傻，而且毫不隱瞞自己在裝傻。

「……不，沒事。」

達也並不是從一開始就期待有所成果而抗議。他很乾脆地讓步了。

「不提這個，我確認一下。」

而且這首舞曲很快就進入尾聲，不能浪費時間。

「七草會長有認知到這不是現實世界吧？」

「嗯，達也學弟也是吧？」

「是的。」

維持端正舞姿只以聲音同意的達也，說出忽然浮現在腦海的疑問。

「您為什麼會知道？」

達也判斷真由美保有自身的意識，是因為她看向達也而吃驚的表情完全是平常的她，不過關鍵在於「達也學弟」這個稱呼方式。所以達也感覺真由美看一眼就立刻察覺了。

「直覺。」

「這樣啊。」

對於真由美的回答，達也神奇地沒有虛脫無力的感覺。

真由美就這麼維持甜美的笑容，接著發出像是發牢騷的聲音。

「深雪學妹好像完全投入角色了……不過很適合她。她比我更像是公主大人。」

深雪確實很適合穿禮服。她的美麗與氣質正是王侯貴族，不對，完全是皇族的公主——就算這麼說，達也這時候也沒有貿然同意，因為這意味著真由美看起來不像公主。

「十文字也完全成為國王陛下。不過他原本就是很有威嚴的人。」

真由美說到這裡輕聲一笑。這次達也附和「說得也是」，也沒忘記露出迎合的笑容。

「不過說到適合，達也學弟你那套無尾禮服也很適合喔。看起來很紳士。」

「是嗎？謝謝稱讚。」

達也心想「搞不懂看起來很紳士是什麼意思」，言語與表情卻率直表達謝意，然後暗自提高警覺。

「話說回來，我呢？這套禮服適合我嗎？」

真由美配合舞曲輕盈轉圈（周圍的女性也同樣轉圈，所以看來不是她的即興舞步），像是強調胸部般挺起上半身接近達也。

「很適合您。」

真由美的動作比達也提防的還要成熟。多虧這樣，達也沒有傻眼而是正常稱讚。

「……不過公主線會不會有點孩子氣？」

達也聽不懂「公主線」的意思，不過看來是真由美身上禮服的造型名稱。裙子像這樣從腰部展開的輪廓大概就是「公主線」吧。

「確實是很可愛的設計，不過反而強調會長的成熟氣息，我覺得拿捏得很平衡。」

這不是客套話，是達也發自內心的感想。

「是嗎？……謝謝。」

真由美輕聲說完，從達也身上移開視線。大概因為這樣，所以達也清楚看見她的眼角泛紅到連粉底都遮不住。

能夠共舞的時間有限。站在國王妹妹的立場，持續由同一名男性擔任舞伴不太好。大概是回想起這一點，真由美早早就回復正常。

「十文字與深雪學妹都深陷其中……所以是否會被這個世界囚禁的要素，應該不是魔法力的強弱。」

達也也全面贊同這個意見。如果關鍵是魔法力，達也認為自己不可能和真由美歸為同類。

（我和七草會長的相似點，我和深雪、我和十文字總長的相異點……）

在真由美這段話的觸發之下，達也一邊跳舞一邊展開思考。

（……愛說謊的這一面嗎？）

達也不會在當事人面前說出這個假設，他當然懂得這種分寸。而且這個推理荒唐到無須說出來。人們或多或少都會說謊。即使能以模糊的概念分成會說謊與不會說謊的人，也不可能從客觀角度分類為騙子與老實人。因為根本沒有方法能將謊言量化。

（再來就是……擁有特殊視力的這一面嗎？）

這方面感覺比較有可能。有人說視覺是主動性的知覺，聽覺是被動性的知覺，不過視覺只不過是可以（藉由閉上眼皮）自行阻斷，景色會在觀看的時候擅自映入眼簾。基於這層意義，眼睛也是被動性的感官。

不過，真由美的「多重觀測」千真萬確是主動性的視力。可以稱為「多視角型遠距離透視」的那種先天能力，可以不依賴肉眼就只觀看自己想看的事物。而且達也的「精靈之眼」也一樣。不，達也的「眼」雖說是視力，正確來說不是知覺能力而是認知能力，不過只會在想要認知的時候作用，不想認知的時候不會作用，這一點和真由美的「多重觀測」相同。

「達也學弟，怎麼了？」

達也在思考這種事的同時，身體依然正確踩著舞步持續引導真由美，不過看來沒能讓牽手近距離相對的這名舞伴完全不起疑。

「我在思考會長與我不受影響的原因。」

真由美的笑容變成有點嚴肅的表情。

「──所以你的想法是？」

「很可惜，我摸不著頭緒。」

達也說謊了。因為雖然在夢中，他也不能說出自己擁有的特異能力。對方是七草家的直系後代（前提在於這是妥當的形容方式），而且和他一樣維持現實世界的自我意識，不是扮演王國的真由美公主，而是七草真由美。

達也沒再多說什麼，專心引導舞伴直到舞曲結束。

達也和真由美跳舞的時候，結果還是沒決定舞伴的深雪，在牆邊被貴公子們環繞之下看著哥哥跳舞。

達也輕聲說著某些事，真由美的表情變僵到看不太出來的程度。目擊這一幕的深雪背部竄過一陣緊張。

剛開始，她以為哥哥在「公主」面前犯了什麼過失。不過因為在真由美臉上看不見怒意，所以這份擔憂消散了。

然後在下一瞬間，對於深雪來說最大的不安在內心抬頭。

年輕女性在極近距離聽到年輕男性的呢喃之後，露出那種表情的原因——

（哥哥……難道向七草學姊／皇妹殿下……表白／求婚了……？）

在當事人沒察覺的狀況下，重疊的兩段思緒壓迫深雪的意識。雖然感受到不明就裡的頭痛，但現在暴露在許多視線之中，她忍著避免不悅感寫在臉上。即使如此還是無法避免皺眉程度的細微表情變化。

貴公子們發出感嘆的聲音。

深雪散發的嬌豔魅力等同於……不對，更勝於「東施效顰」這個故事登場的西施（被模仿蹙眉表情的美女）傳說，將這群年輕男性吞沒。

舞曲結束，環繞的人牆左右分開。克人之所以走到深雪面前，肯定是因為這股異常的氣氛不能置之不理。

「深雪姬，身體不舒服嗎？」

克人劈頭就直接這麼說。看來在這方面不是以幕後黑手的演出，而是以本人的個性為優先。

「醫師正在另一個房間待命……」

（不，總長，我沒事。）

「不，陛下，小女子沒事。」

被人牆環繞擋住視野的深雪突然被克人搭話而慌張低頭，在腦中叫他「總長」，在嘴上叫他「陛下」。說完這句話的時候，深雪腦中已經不記得自己剛才想說什麼了。

「抱歉勞煩陛下費心了。」

「不，沒事就好。話說深雪姬不跳舞嗎？」

克人說完東張西望，立刻理解並且點頭。

「嗯……那麼深雪姬，下一首曲子可以陪朕共舞嗎？」

「樂意之至。」

深雪如此回應，就這麼沒看著克人的臉牽起他的手。

第二首舞曲結束，達也和真由美相互行禮。真由美剛才說「就我們兩人換個地方私下慢慢聊吧」的時候，達也非常在意周圍的反應，不過看來沒人聽到。真由美沒特別引起注意，和護衛的騎士們會合。達也原本也想退到牆邊，卻不巧被邀請跳下一支舞。

這次的舞伴是陌生女性。至少不是第一高中的學生。年齡比達也大，看起來也不像高中生，而且頭上浮著「貴婦人」的文字。

（是臨時演員……所謂的NPC嗎？）

面對面就看得出來，對方的雙眼缺乏意志。恐怕是創造這個世界的系統準備的人偶吧。看來沒有適當的真人演員和達也共舞。

假設達也猜錯，這位婦人背地裡也存在著現實人格，達也也不以為意。他適度扮演舞伴的角色，重新觀察周圍。

目前他沒找到克人與真由美以外的熟人。昨天出現的雷歐與艾莉卡，今天還沒確認身影。不知道是因為舞台不只一個，還是被拖進來的頻率因人而異……

（找會長問問昨天的事吧。）

若能確認真由美昨天作了什麼夢，應該就能知道正確答案。達也暫時停止尋找熟人，尋找深雪想知道她正在做什麼。

看到正在跳舞的妹妹時，達也瞬間差點踩錯舞步。

（深雪為什麼和總長……）

達也表面上回復平靜，卻在依然繼續混亂的內心錯愕低語。

（不……現在的深雪是外地領主的女兒，所以國王邀舞的時候無法選擇拒絕。）

只要說出來就能回復平靜。不限於真正說出口的場合，內心的獨白也適用於這個現象。達也以自問自答的形式接受目睹的光景。

（不過，他們在說什麼呢……）

達也與深雪（還有克人）彼此都在轉圈，所以沒能好好讀唇，不過深雪與克人肯定正在一邊跳舞一邊交談。

他們到底在談什麼……達也莫名在意。

深雪不知道兄妹倆正在擔心類似的事，在跳舞的同時向克人提及一件當事人非常重視的事。

「達也卿嗎……」

「是的。等到哥哥漂亮完成陛下的使命，成功討伐魔王的那時候……」

「唔嗯……可是達也卿他……」

「請問小女子沒能如願嗎？」

思考的克人舞步變慢，完全沒跟上舞曲的節奏，不過深雪一邊配合克人調整舞步，一邊等待他的答覆。

「……不，我就答應吧。」

「小女子誠心感謝陛下。」

深雪露出幾乎喜極而泣的表情，在不影響舞步的範圍輕輕低頭。

雖說是兄妹，達也與深雪依然是正值青春的男女，城內準備的客房也不同間。如果這是現實世界，達也應該不可能讓妹妹獨自待在這種莫名其妙的場所。

然而這裡無疑不是現實世界。更不可能是不知不覺穿越到異世界。達也已經確認位於這裡的自己、深雪、真由美與克人都沒有實體，也以自己的「眼」重新讀取情報，得知深雪的主體位於自己房間的床上。

所以分房睡可說是正合達也的意。至少現在去哪裡都不會被深雪罵，光是這樣就謝天謝地。要是深雪得知達也接下來要去找真由美密談，她肯定不會輕易放達也離開。

達也向衛兵隨便編個藉口之後離開房間。如果在現實世界，他有自信不會被任何人察覺自己溜出房間，不過在這裡他甚至無法巧妙控制氣息。

（真不方便……）

達也在內心如此抱怨，同時比以往更加提升警戒等級，神不知鬼不覺地偷偷前往真由美指定的場所。

兩人約在中庭的涼亭見面。不愧是可以指定為密談的場所，位於很隱密的地方。

「不好意思，我來晚了。」

有點迷路的達也，逼不得已害得真由美等了一段時間。

「不，我也剛到。總之坐吧。」

真由美笑著搖搖頭，邀達也就坐。

達也說聲「打擾了」，坐在身穿一高制服的真由美正前方。

正面看著從無尾禮服換成制服的達也，真由美輕聲一笑。

「很適合你耶。」

「……是嗎？」

如果只是被消遣，要怎麼冷漠回應都沒問題，但真由美是真心稱讚「（一科生的制服）很適合你」，所以達也不知道該如何反應。他並不想成為一科生所以沒特別高興，但因為知道真由美是出自善意這麼說，所以他猶豫是否應該至少假裝高興一下。

幸好真由美不在意他這個不自然的態度。

「達也學弟穿著一科生的制服，應該是反映深雪學妹的……意識吧。」

「學姊直接說『願望』也沒關係的。」

達也苦笑回應，真由美像是被帶動般也跟著苦笑。

「但我真的覺得很適合。因為二科生的制服不自然。」

「不自然……嗎？」

真由美的語氣意外正經，甚至透露怒氣。達也不由得詢問她的真意。

「不自然喔。」

真由美立刻回答，就像是無須特別隱瞞。

「胸前口袋是素色設計就算了，雙肩明顯設計成要縫上徽章卻是空白的，一下子就看得出那裡缺了應該有的東西。」

「……說得也是。」

「這種嗜好很惡劣。其實一科生與二科生的制服明明不必分別製作才對。」

看來真由美想說的並不是一科生制服適合達也，而是二科生制服不適合達也。

「這麼說來除了我們以外，也有人穿著一高的制服。」

「啊啊……聽你這麼一說，那些人都是穿一科生的制服吧？」

「我沒看見其他學校的制服。三高的『專科』與『普通科』制服沒有差異，不過二高肯定和一高一樣，以校徽的有無來區分一科生與二科生。」

「意思是如果對於制服的差異感到不滿，二高的學生闖進這個世界也不奇怪嗎？」

達也點頭回應真由美的詢問，對她這個問題說出自己的想法。

「但是實際上沒看見二高學生的身影。不只如此，除了一高的學生，我沒看過擁有自我人格的登場角色。」

「是嗎？」

真由美稍微睜大雙眼反問，看來她也沒察覺這件事。

「是的。比方說我與深雪的父親是『伯爵』，但他應該登場的場面都省略了。會長在這裡有見到您的家人嗎？」

「這麼說來，我沒見過十文字以外的『皇族』……」

大概是重新感到無法理解，真由美皺起眉頭。

「……換句話說，達也學弟認為這個現象發生在一高內部？」

「正確來說，這個現象限定在就讀一高的人們之間。」

「那麼，原因在一高內部？」

「是的。我是這麼認為的。」

真由美面有難色深思，但她以食指抵著下巴低聲思索的模樣看起來比深雪年幼，莫名可愛。

「……什麼事？」

真由美尖聲詢問向她投以溫馨眼神的達也。

「看來在明天──可能已經是『今天』了，必須調查是否有可疑物品被帶進一高。」

達也當然不會被這種事情影響。

「不過前提是今晚也能順利脫離這裡。」

「別說得這麼嚇人啦。」

不只是嘴裡這麼說，真由美身體微微一顫。看到這個反應，達也察覺原本預定要問的事情還沒問。

「話說學姊，我昨晚沒見到您，怎麼了嗎？」

「……可以別問嗎？」

真由美完全以不高興的態度拒絕回答。缺乏活力的發直眼神。隱約猜到內情的達也沒有繼續發問。

明天在一高分頭尋找可疑物品。達也立下這個方針之後和真由美道別。

達也與真由美在現實世界都對別人的視線與氣息極度敏感。不過在這個就某方面來說只以氣息組成的世界，被動式的知覺著實變得遲鈍。

沒能充分認知這段差距的兩人，沒察覺有人目擊他們一起離開涼亭的身影。

隔天，達也在夢中醒來。

今晚還真難熬……冒出這個感想的達也，自暴自棄猜想這個世界果然設定為必須完成特定事件才能清醒。

總之，光是待著不動的話無法回到現實世界。達也決定換衣服前往可能見得到其他登場角色的場所，也就是餐廳。他開門來到起居室的瞬間（室內格局設計成不會直接從寢室通到走廊），就被侍女包圍起來打理服裝與髮型——這段期間他在內心咒罵這種劇情才應該跳過——不過達也決定忘記這件事。

結果明明被調整服裝那麼久，完成的卻是一科生制服的打扮。達也終究覺得沒道理，不過既然已經決定忘記，他在這時候阻斷思考。

被帶到的餐廳除了供餐人員之外沒有任何人。由於已經準備好幾個座位，所以他應該不是被隔離，單純是第一個到場吧。證據就是達也告知「我等其他人過來」之後，供餐人員沒說什麼就退下。

大約經過了五分鐘吧。這個世界的時間完全不能信任，但是經過以主觀來說「沒等太久」的一段時間之後，深雪現身了。

「哥哥早安。」

「啊啊，早，深雪。」

深雪的服裝和達也不同，是充分使用蕾絲，整體施加豪華刺繡的華美禮服。深雪坐在達也身邊的時候，餐會的下一名出席者出現了。達也與深雪一認出對方就迅速起身。

「殿下，早安您好。」

深雪也配合達也的問候行禮致意。

「達也先生、深雪小姐，早安。」

真由美也模仿達也，配合這個世界的作風答禮。她的禮服裙襬比深雪撐得更寬，然而看來不是以裙撐撐開，而是重疊布料以厚度與彈性產生隆起的現代風格。

「陛下原本也預定蒞臨，可惜突然安排了謁見。陛下轉告要為本次的失禮向兩位道歉。」

「不敢當。光是殿下您前來就是在下難以承擔的榮幸。請協助轉告陛下無須掛心。」

達也對答時的譴詞用句或許和世界觀不符。但是知道彼此隱情的真由美與達也都不在意。

「那我們開動吧。」

真由美朝供餐人員使眼神。侍女與供餐員面無表情，俐落地開始行動。

「達也先生，您知道今天的行程嗎？」

配合世界觀持續閒聊的真由美，在剩下餐後茶的時間點詢問達也。

「就在下所知，接下來會介紹參加遠征的各隊指揮官給在下認識。」

「不介意的話由我帶路吧？達也先生不熟悉城內的地理環境吧？」

達也敏銳感受到一旁深雪的氣息變得不悅。「真由美帶領達也」的這種構圖，看在妹妹眼裡似乎很不愉快。不過這恐怕是推動劇情的必經事件。

「謝謝殿下。在下恭敬不如從命。」

達也做好惹惱深雪的心理準備，接受真由美的提案。

會合的場所是城內的練兵場，幾乎和達也昨晚（意思是在這個夢幻世界的昨晚）用來密會的中庭相鄰。

「喔喔，達也卿。昨晚睡得好嗎？」

克人認出達也的身影親切搭話。昨天因為受到「連十文字總長都這樣」的打擊所以沒感覺，不過今天重新審視就覺得克人真的很適合扮演國王。

「託陛下的福。」

相較之下，自己扮演貴族兼騎士根本是選錯角吧？達也如此心想。不過深雪或是真由美應該都不會予以同意吧。

「嗯。事不宜遲，朕來介紹本次遠征輔佐你的指揮官。首先是指揮重騎士隊的服部隊長。」

被克人叫到名字向前一步的人，是穿著全身鎧甲，將頭盔抱在腋下的服部。

「我是陛下授命率領第一騎士隊的服部。受封為子爵。」

服部自我介紹之後，朝達也投以犀利視線。感到詫異的達也面不改色進行自我介紹並且行禮致意。大概是多虧被夢境束縛，深雪對於服部的挑釁態度也沒出現敏感反應。總之看氣氛應該可以和平收場，達也鬆了一口氣。

「接下來是指揮重裝步兵隊的——」

達也對於其他指揮官沒有印象，而且這些人眼中沒有意志，頭上浮著「指揮官」的文字。看來服部以外的隊長都是系統準備的人偶。

在人偶之中只分配一名真人演員。這個人有可能不是重要事件的關鍵人物嗎……？

達也冒出不祥的預感。

說來沒什麼好感謝的，他的預感以劇情形式成真了。

「陛下，恕在下直言。」

「服部，什麼事？」

和眾人打過照面之後，服部跪在克人面前。

「在下並不是懷疑陛下的人選，然而本次遠征前往魔王領地，即使出動王國的精銳，預料也將是困難重重。」

「嗯。所以呢？」

服部說出冒險故事的制式台詞，克人沉重點頭催促他說下去。

「一同遠征的將領實力若有不安要素，將會影響部隊的士氣。士氣的低落也很可能進而攸關遠征的成敗。」

總歸來說就是達也的實力不被信任。不只達也，深雪肯定也明白這一點，但她不同於以往，安分待在旁邊。

這原本是求之不得的事。要是深雪以四葉家當家的身分正式亮相，拿達也當藉口挑釁她的傢伙肯定不在少數。如果深雪到時候逐一對此動怒，很快就會遭人用計暗算。這是達也一直都很擔心，也希望深雪有所成長的問題點。

但深雪現在的態度喚醒了某種真相不明的不安。妹妹似乎在盤算某些事，達也擔心不已。

「服部隊長，你想向陛下提出什麼建言嗎？請具體說清楚吧。」

展現不悅態度的反倒是真由美。這也令達也感到意外。就達也所見，真由美對於服部沒懷抱異性情感，但同時也以學姊身分非常欣賞這名學弟。以她的個性來說，即使達也和服部對立，也很難想像她會站在達也這邊。

（會長果然也無法完全阻絕這個世界的影響力嗎？）

大概是基於事件進行所需，這個場面的「真由美公主」必須力挺「達也卿」吧。雖然早就知道，但達也重新認知到長時間待在這個世界很危險。

「是，殿下，如您所願。」

受到真由美斥責的服部沒展現慌張模樣（這部分也和現實相差甚遠），就這麼單腳跪地向她行禮，然後再度將身體轉向克人。

「陛下，在下想親自確認達也卿的實力。」

「意思是你想進行比試嗎？」

「正是。」

仔細一看，扮演指揮官的人偶們都點頭同意服部的話語。看來和服部比試的事件無法避免。

（但是反過來思考的話，這個事件應該是這次的高潮場面吧。）

結束這場比試就能清醒＝回歸現實世界。如此心想的達也早早就決定接受比試。

「達也卿，服部隊長那麼說了。如果你不介意，朕希望能夠現場見證。」

「謹遵陛下指示。」

所以達也立刻回應克人的詢問——甚至沒確認比試的形式。

「時間的話……我想想，剛過中午是最好的吧。達也卿、服部隊長，這樣可以嗎？」

聽到克人這麼問，達也與服部同時回應允諾。

「那麼正午鐘聲一響，你們兩人就來朕的馬場集合。」

（馬場？）

「朕預定在達也卿出征的時候賜給你一匹馬。雖然有點早，但是先給你用吧。」

達也至此終於察覺了。

在這裡的世界觀，說到貴族之間的比試，幾乎理所當然是騎馬比試。

「謝陛下賜予這份榮幸。」

單腳跪地低頭的達也如此回答，但他腦中充滿困惑。

達也沒騎過馬，更不可能有騎馬比試的經驗。不過既然在上午決定下午要比試，當然不可能有時間練習，而且這個世界的創造者也不會准許出現這種單調的練習場面。

回神一看，達也已經穿著覆蓋全身的鎧甲，站在設有馬鞍的馬匹前方。

（進展得這麼快……簡直是缺乏預算的連續劇。）

達也在內心基於上帝視角如此咒罵，並且做好心理準備（也可以說是放棄的準備）準備踩上馬鐙。

「哥哥。」

此時一個聲音叫住達也。身穿婚紗般純白禮服的深雪靜靜走來。如果穿這套禮服的不是她，應該會形容為「判若兩人」，但是以深雪的狀況因為過於合適，反而令人感到突兀。

「這個……」

深雪朝著轉過身來的達也遞出白色手帕。

貴婦人拿手帕給騎士的行為應該沒什麼特別的意思吧……冒出這份疑惑的達也伸手準備收下手帕。

然而深雪的行動出乎達也預料。她沒將手帕交給哥哥，而是打開之後輕輕綁在達也伸過來的手腕，確實打結以免掉落。

「哥哥，請加油。」

這句話也引發突兀感。以往的深雪在這種場合應該會說「請小心」再改口說「加油」，這是兩人對話的常套模式。

「啊啊，我上場了。」

不過達也對於「加油」這句激勵並無不滿。他點頭回應深雪的聲援，接著正式上馬。

或許應該說身體記得吧。第一次騎馬的突兀感少到驚人的程度，甚至覺得形容為毫無突兀感比較適當。

騎槍也是第一次拿在手上。施加在手上的重量非常順手。達也重新對於製造這個虛擬世界的技術感到戰慄。不只是控制五感，連附屬的記憶也能改寫……不知道到底需要多麼強大的演算處理能力。

雖然不由得差點從面前的比試分神，但是「敵人」出現在視野範圍之後，達也的心自然集中在這場戰鬥。雖然只活了十六年半，他的人生卻有一半以上被戰鬥與戰鬥的準備占據。這一點今後大概也不會改變。不，比例應該會逐漸提高吧。達也立志要走上技術人員之路，但是考慮到他想做的事情，這條路甚至不可能是和平之路。

達也已經接受這個現實。不是逼不得已，反倒是積極接受。與其沒有戰鬥能力而被剝奪，藉由戰鬥來奪取肯定好得多。自己年幼的時候，四葉無視於他的意願植入戰鬥能力，達也只在這方面覺得甚至可以感謝一下四葉。

這樣的他在「敵人」當前的時候只會想一件事。不是勝利，也不是不服輸。他面臨戰鬥的時候，一心只想達成戰鬥的目的。

達也判斷這場比試沒有獲勝的必要。如果實力不被相信，只要展現戰鬥力就好。在正常的比試裡，也可能在戰勝之後留下心結。

何況這不是現實的比試，是預先設定的鬧劇。要是邁向違反劇本的結局，應該會有某種力量扭轉這個結果。既然不知道幕後黑手的想法，戰勝或戰敗都可能是正確答案。說不定平手才是正確答案，也可能在比試的過程發生意外。

達也擬定的方針是避免受傷，勤於注意周圍藉以應對各種意外，並且盡量延長這場比試。如果遲遲沒分出高下，這場鬧劇的設計者或許會出手引導為自己想要的結果。達也覺得雖然可能性不高卻值得一試。

然而說到擔憂之處，就是服部朝向他的犀利視線。那不是被系統操縱的眼神。那雙視線迸出更勝於現實世界的真實情感。這份情感說不定會引發意外的異狀。

不同於內心的這種想法，達也沒特別操控韁繩，馬匹就自己走到比試場中央。馬頭朝向國王座位，舉槍宣誓效忠並且行禮，然後馬匹走到比試場邊緣，和正對面另一邊備戰的服部相對。這一切都不是自主進行，是達也的身體自行動作。

戴上頭盔，提槍向前。忽然間，達也感覺到身體控制權歸還給自己的觸感。另一方面，騎馬的感覺與用槍的感覺也沒有喪失。看來必須自己操控這具虛假的身體戰鬥。

（不是格鬥遊戲，是對戰遊戲嗎？）

達也不打算嘲笑這個嗜好很惡劣。因為他隱約感覺到主辦人想讓玩家愉快玩遊戲的意圖。

（無論如何，不必花費心力學習不熟練的騎馬技術就很感謝了。）

達也認定這場比試是脫離今晚夢境的必經事件，所以很歡迎能像這樣省去無謂的勞力。

比試場是圓形場地。地面看起來是頗為堅硬的砂土，卻不確定是否真的是砂土。說不定是類似砂土的神祕素材。

沒有分隔賽道避免馬匹相撞的柵欄。看來這個世界的創造主認為不必顧慮安全性。

然後達也與服部連成的這條直線兩側不遠處，各插著一把超過兩人身高的超長大劍。也就是無法以騎槍分勝負的話就用劍一決高下的意思吧。從這裡看過去，感覺劍刃起碼沒開鋒，但若正如表面所見是以金屬鍛造而成，那麼肯定很重，感覺當成棍棒使用也能發揮充足的殺傷力。

不過事到如今就算害怕應該也無法反悔，何況達也並不想反悔。雖然不知道他的「重組」在這個世界是否有效，但是只要確實認知到這不是現實，真實世界的肉體也不會受到反饋而損傷。

克人舉起右手，觀眾席鴉雀無聲。以臨時決定在城內進行的比試來說，現場觀眾也太多了，但是這部分已經排除在達也的意識之外。

克人放下右手的同時敲出響亮的鑼聲。

達也與服部同時策馬奔馳。

左手的盾覆蓋在身體前方，右手的槍向前刺。

達也右手傳來命中的手感，左手同時感受到衝擊。

木製騎槍折斷，上半身大幅向後仰。

差點落馬的他以肌力與平衡感重整姿勢，就這麼策馬跑到底。

拿起競技場邊緣準備的第二把槍再轉回馬頭一看，服部同樣架起新的槍備戰。

第一回合完全平分秋色。

兩人同時以馬刺踢向馬腹起跑。

兩人擦身而過。

騎槍折斷噴出碎片。

觀眾們發出狂熱的歡呼聲。

第二回合也平分秋色。第三、第四、第五回合上演完全相同的光景，第六回合開始。

擦身而過所需的橫向間距，和第五回合之前相比更為接近。服部明顯要騎馬撞過來。這時候變更路徑會盡失力道與氣勢，恐怕會敗下陣來。就算這麼說，要是繼續前進將無法避免相撞。

達也沒變更行進路徑。

強烈的衝擊接連襲擊他。

達也與服部撞在一起落馬。

響起尖叫聲以及蓋過尖叫聲的熱烈歡呼聲。

達也與服部同時起身，迅速分開跑向兩側。

不是跑向馬匹，而是跑向劍。兩人也同時拔出插在地面的大劍。

與其說是因為劍的重量本身，不如說是因為劍身太長讓達也差點踉蹌，但是他移動重心重新站穩。

達也的身高比服部高一點，肩膀也比較寬。大概是這段差距顯露出來了，達也握劍備戰的速度比服部快了一點點。

達也朝著姿勢不夠穩的服部揮下劍。彼此的距離約十公尺，正常來說不是踏步向前就砍得中的距離。不過對於達也來說，這在現實世界也在他的攻擊間距之內。雖然無法像八雲那樣一步就到，但達也兩步就將服部納入大劍的攻擊範圍。

隨著「鏗」的沉重金屬聲，伴隨輕微麻痺的衝擊傳回手中。服部握著劍柄與劍身將大劍水平高舉，以另一面的劍身接住達也這一劈。

透露慌張的服部臉上看不見怯懦。剛才看起來是勉強接住這一招，卻絕對不是歪打正著。擋劍的技術或許是塑造這個世界的系統借給服部使用，但他對於攻擊產生反應的速度無疑屬於服部自己。雖然不是炫耀（考慮到習得的經緯就實在是不想炫耀），不過達也不認為自己剛才的攻擊拙劣到即使是半桶水的體術也能對付。達也的嘴角綻放猙獰的笑容。

服部不只是魔法本身，使用魔法時臨機應變的技能，肯定也日積月累鑽研到高度水準。即使並非出身「含數家系」，甚至在百家之中也幾乎沒沒無聞（服部老家和忍術名門的服部家是不同的「服部」），真虧他將自己鍛鍊到這種程度，達也在內心輕聲感嘆。至少在主動鍛鍊自己的這方面，達也認為當年別無選擇的自己應該比不上他。

達也思考這種事的時候，雙方也還在相互較勁。達也的劍從上方連同全身力量向下壓，服部試著朝兩側卸力，但是達也立刻調整施力方向不放過他，只有彼此的體力逐漸消耗。

抓準觀眾差不多開始覺得無聊的時候，達也放鬆壓力。刻意露出的這個破綻，服部正如計畫沒有放過，徹底發揮全身的彈力將達也的劍推回去。

服部站起來大幅跳向後方和達也對峙。側身直舉劍柄和頭部等高的架式，考慮到武器重量的話相當合理，但是基於武器性質，以這個架式伺機而動並不正確。服部對付達也隨手揮下的這一劍時也察覺了這個道理。

現在兩人手上的大劍，長度與重量別說是長刀或太刀，甚至勝過野太刀。這麼重又長的武器無法像是劍道或是使用打刀的劍術那樣進行精細操作。慢半拍體會到這一點的服部，使勁將達也的攻擊彈回去。

（原來如此……）

在觀眾席興奮沸騰的狀況中，達也覺得自己發現了耐人尋味的事實。這場「夢」的強制力有其極限。系統的能力甚至可以控制意識並且矯正潛意識的動作，卻無法完全覆寫滲透身體的習慣動作。這可能對這個世界產生有利或不利的效果。達也提醒自己要好好記住這一點。

比試在這段期間繼續進行。服部轉守為攻，像是畫圓般揮動又長又大的武器，活用離心力連環出劍。達也利用重心左右移動產生的力道架開攻擊。華麗的劍擊使得觀眾席氣氛更加火熱。

不必手下留情。達也無須特別注意，兩人的戰鬥也呈現長期戰的樣貌。服部的運動能力在這個世界和達也平分秋色。

然而超過五十招的時候，服部的動作終究開始明顯出現疲態。達也知道這其實只是自以為累了，所以能夠無視於注入意識的疲勞感，但是對於完全融入角色的服部來說，這份疲勞感肯定是真的。即使如此，依然看不出服部的氣魄衰退。如果只是扮演被分配的角色，他的鬥志實在過於激烈又奮戰不懈。

有這種感覺的達也，這次不是架開而是接住服部的攻擊，成為交劍角力的狀態。

「服部隊長，請問我哪裡惹你生氣了？」

達也假裝往前壓將臉湊過去，以不輸給聲援的音量清楚發問。原本以為可能會被無視，卻立刻得到答覆。

「……殿下不應該和區區的外地貴族庶子走得那麼近。」

達也沒反問他說的「殿下」是誰。畢竟今天這場夢裡符合「殿下」這個稱呼的登場角色只有一人，而且服部想要這樣關心的對象肯定是她。

「服部副會長，請冷靜。」

「不是副隊長！我是隊長！」

不小心稱呼「副會長」的達也，使得服部的敵意更加高漲。

「陛下確實任命你擔任遠征軍的隊長。但我可不想甘願成為你的副隊長。達也卿，我不承認

「你是隊長！」

服部向達也說出似曾相識的話語。達也心想「角色錯誤了吧」卻沒有餘力吐槽。

因為大概是雙方的角力陷入膠著導致不耐煩，服部單手放開劍柄，伸過來抓住達也右手腕。

達也同樣對於膠著狀態感到為難。沒有特別學過劍的達也，無法使用隨意解除這種角力狀態的高階技術，他反倒比較擅長空手格鬥，要扭打的話正如所願——前提是服部的手沒抓住深雪剛才送的手帕。

達也毫不猶豫放開劍。

「咕哇！」

達也左手打在服部臉上。即使隔著面罩，這陣衝擊依然襲擊服部的臉。達也的動作突然變得犀利又明顯提升一個層次，吃驚的服部承受不住攻勢跌坐在地。

達也沒放過這個破綻。他一口氣壓在服部身上，不知道從何處抽出匕首抵在他的脖子。

雖然是急轉直下平凡無趣的結束方式，但因為一直進行近身戰至今，所以觀眾們（說起來這明明應該是在城內練武場進行的非正式比試，卻不知為何有許多觀眾圍繞賽場）興高采烈報以鼓掌與喝采。

順利獲勝的達也，在ＮＰＣ侍女的帶領之下來到不只豪華，從世界觀來看也是超時代科技的浴室沖掉汗水與髒汙，換回一高的制服。

（結果沒有介入嗎……）

沒發生預期之中的干涉，達也有點消沉。他也想過說不定應該再把比試拖久一點，卻覺得繼續拖下去也沒意義。

他重新振作精神走出浴室，沒看見本應在門口待命的侍女，取而代之等待他的是深雪。

深雪依然穿著令人聯想到婚紗的純白禮服。

「哥哥，恭喜您。」

深雪優雅行禮。

「深雪，謝謝妳。」

一如往常的淑女妹妹。但是她的模樣令達也稍微感到突兀。

「您應該辛苦了，請問會口渴嗎？」

「啊啊，說得也是。」

「那麼請往這裡。我為您準備茶水了。」

深雪說完帶領達也踏出腳步。達也一邊跟在她身後，一邊察覺到突兀感的真相。

（不敢和我的視線相對……？）

深雪從剛才就一直看著下方。現在也是背對達也不看他的臉。

（在緊張嗎？）

走在前方的深雪背部明顯傳來緊張感。

但是連達也都不知道她在緊張什麼。

「哥哥，請進。」

「啊，啊啊……」

踏入深雪帶領抵達的房間，達也因為感到意外而結巴。

桌上擺著分量不多但看起來明顯很豪華的料理。放在正中央的酒瓶怎麼看都是高級酒。

「深雪，這是？」

達也轉身詢問停在門邊的妹妹。

她靜靜地關緊房門上鎖。

深雪抬起頭。

臉頰染成粉櫻色，雙眼熱情溼潤。

現在的深雪嬌豔到連達也都不禁顫抖。

「……哥哥，陛下准許了。」

「……什麼事？」

達也發出沙啞的聲音。雖然覺得丟臉，但達也不得不承認自己懾服於深雪。

「等到哥哥平安討伐魔王成功之後……」

深雪看向下方。如今她的身體緊張發抖到可以清楚看見的程度。

「陛下答應……」

深雪再度抬起頭，注視達也的雙眼。

「由哥哥繼承爵位……」

吞嚥口水的聲音在達也耳際特別響亮。這個聲音出自他自己的喉頭。

「並且舉辦哥哥與我的婚禮。」

達也啞口無言。聲音發不出來，身體動彈不得，不只如此，甚至無法呼吸。

「哥哥，這場宴會是慶祝哥哥與深雪訂婚的自家喜宴。」

深雪朝著動彈不得的達也走近一步。

朝著無法解除咒縛的達也再走一步。

然後兩人再也沒有距離。

深雪的手環抱達也的脖子。

深雪的唇接近達也的唇……

「——這種劇本要作廢！」

達也擠盡渾身的力氣大喊。

隨即響起像是玻璃碎裂的聲音，世界轉為一片漆黑。

◇◇◇

睜開眼睛的達也迅速從床上坐起上半身。

一如往常的自己房間。

「成功醒來了，可是……」

他深深鬆了口氣，同時下意識地自言自語。

戶外依然陰暗，這個時間晨練還太早了。

全身被汗水溼透。

達也前往浴室，要將汗水和不堪回首的惡夢一起沖走。

（第三夜待續）

星期三：BAD END

星期三。

「早安，深雪。」

達也從晨練返家。

「……哥哥早安，歡迎回來。」

等待他的是心情盪到谷底的妹妹。

站在廚房的深雪頭也不回，以透露不悅心情的聲音回應哥哥。

不要自找麻煩，暫時扔著不管也是一個方法。但是達也直覺認為這是下策。

妹妹大概對他有什麼不滿吧。達也如此推測，決定在火中取栗。

「深雪，妳是不是有話要對我說？」

或許深雪也在等達也這麼問。她一聽到達也的聲音就轉過身來——這是好事，不過真希望她至少先放下菜刀。

「哥哥……」

但在聽到深雪聲音的瞬間，這種無聊的想法就變得完全不重要了。妹妹的聲音鋒利又冰冷，菜刀相較之下根本不成問題。

「我覺得哥哥很沒出息。」

想不開到這種程度，應該是懷抱著相當強烈的不滿吧。如此心想的達也比以往更加打直背脊專注聆聽，卻因為妹妹的問題完全出乎預料而語塞。

如果按照字面來解釋妹妹這句話，應該是在罵他缺乏生活能力吧。這個場合的生活能力指的是養家能力，也就是經濟能力。但是達也不記得在金錢方面束縛過妹妹。何況深雪的扶養義務在父親龍郎身上，那位父親每個月也沒忘記把生活費匯入深雪帳戶。

「抱歉，我聽不懂妳的意思。」

「零用錢不夠嗎？」這句愚蠢的話語差點脫口而出之前，達也換成無傷大雅的問題。

但是說來遺憾，他的顧慮很難算是得到回報。

「我也不知道！請您自己想吧！」

深雪說完撇過頭去。氣到不想說明理由嗎……如此猜測的達也觀察深雪的臉色。

但是只看一眼就看得出她臉上的困惑。

看來妹妹依然被那份不存在於記憶的夢中情感影響。大概是對於連續兩晚以相同形式落幕感到不滿吧。繼續深思可能會得出恐怖的結論，所以達也在這時候停止思考。

達也就這麼沒讓妹妹心情轉好（和不高興的深雪在一起原來這麼不自在，達也久違回想起這一點）到校就座之後，一封電子郵件像是抓準時機般傳送過來。

寄件人是真由美。達也開啟內文之後就關閉視窗，就這麼固定臉部方向，只移動視線觀察周圍。幸好看起來沒被班上同學察覺。雖然不到一科生班級的程度，不過這一班也有很多真由美的粉絲，要是被艾莉卡之類的同學得知他私下和真由美互傳訊息，肯定會遭遇麻煩事。

即使沒做任何虧心事，最好還是不要被別人發現。

和真由美約見的場所不是學生會室，是家長用的面談室。學生們稱之為「處刑室」。這個名稱的由來，在於學生發生意外導致魔法技能受損的時候，校方大多使用這個房間在家長陪同之下勸說當事人轉學——也就是自主退學。在學生眼中是厭惡又害怕的觸霉頭房間，因此大多是空房狀態。對於真由美這樣身為學生卻能（在相當程度）自由使用學校設施的人來說，是可以緊急進行密談的寶貴房間。

達也將ＩＤ卡放在開關裝置感應，門鎖輕易就解除了。應該是真由美暫時賦予權限給達也的ＩＤ吧。她安排事情還是這麼萬無一失。

「不好意思，讓您久等了。」

真由美已經在房內等待。

「不，像這樣叫你過來，我才應該說聲對不起。」

達也形式上道歉之後，真由美笑著搖搖頭，揮手示意達也坐下。

「事不宜遲直接說明吧……」

達也一就座，真由美也省略寒暄，立刻進入正題。

「我回頭清查到上個月的資料，卻沒找到有人將可疑物品帶進校內的記錄。」

「這樣啊……」

真由美找他過來，是因為早早就完成昨晚在夢裡進行的約定。達也也不認為可以這麼輕易找到線索，但是不免有著相當程度的期待，所以點頭回應的態度變得有點冷淡。

「如果不是可疑物品……學姊您怎麼了？」

達也想陳述意見說明別的可能性，卻看出真由美眼中有著藏不住的驚訝。

「嗯……想說在夢裡共舞的男生真的是達也學弟你耶。」

真由美如此回答之後，感觸良多般數度點頭。

「我並不是無法理解這種心情。」

這不是附和，是真心話。如果達也不知道在夢裡見到的深雪實際上睡在隔壁房間，或許也只會當成自己在作夢而結案。

「這麼說的話，可能只是在夢裡和幻影做出的那個約定，會長您這麼快就著手進行嗎？」

如果是我，應該會先確認在夢中見到的對方是不是本人吧。

真由美正確理解達也沒說出口的這部分，不知為何突然開始忸忸怩怩。

「是沒錯啦，老實說我想先做個確認……但我不能為了這種事叫你過來吧？如果你不記得，不就變得像是我很想見你一面……」

大概是說到一半感到害羞，真由美臉紅低頭。

一般來說，看見她露出這副模樣的一方反而會更害羞，不過達也是例外。

「我不會這樣誤會。」

達也也沒假裝沒聽到，而是明快否定。不過連他都沒料到這句回應惹得真由美不太高興。

（這位學姊真令人傷腦筋……）

大概是認為自己被敷衍對待或是被瞧不起吧。

（但我們並不是這種關係……）

要是說出這句話，她應該會徹底鬧彆扭吧。如此心想的達也回到剛才說到一半的話題。

「如果不是可疑物品而是研究資料，您覺得如何？」

真由美稍微瞪了達也一眼。不過大概是自己也覺得繼續這樣的話不夠成熟（真由美在達也面前傾向於展現「大姊姊」的一面），所以說出口的不是不滿而是回答。

「這方面我只有簡單查過……也對，我會再清查看看。」

「不好意思，勞煩您了。因為這種事我只能拜託會長您。」

達也個人只把這句話當成奉承。如果是這種程度的客套話，這位學姊肯定早就聽慣了。他基於這個心態隨口這麼說……

「咦？嘻嘻，這樣啊……」

不過真由美看起來意外地容易上鉤。

「除了我以外沒人能依賴是吧？那我這個做學姊的就得努力才行了。」

真由美躍躍欲試到令達也慌張的程度。達也事到如今也不敢坦承「這是客套話」，只能回應「拜託您了」低頭致意。

深雪的心情到了晚上還是沒回復。雖然態度不再像是早上那樣冷冰冰，但是達也明顯看得出她內心懷抱不滿。

即使如此，晚餐還是沒有偷工減料，這一點很像深雪的作風。用餐之後也是，她即使略顯猶豫，最後還是準備兩杯咖啡坐在哥哥身旁。

就達也看來，深雪對於自己內心莫名其妙的不滿感到糾結。告訴她原因比較好嗎？達也也這麼想過，但是即使知道發生什麼事，也還沒查明為何會發生那種現象，現階段說明事態只會煽動不安情緒。達也如此判斷之後早早結束餐後茶時間。

……如果在這時候好好說明，或許就不會遭遇那種下場。達也在隔天早上有點後悔。

◇ ◇ ◇

「達也，換班的時間到了。」

雖然早就料到，不過達也今天也在夢中清醒。心情糟透了。雖然這麼說，卻不是因為被男人的聲音叫醒而有所不滿……應該吧。

話說回來，被雷歐叫醒的這個狀況到底是怎麼回事？達也如此心想的下一剎那，今晚的設定與現在劇情進行狀況注入他的意識。看來這個「親切功能」並非昨晚限定。

「知道了。」

資料似乎是在一瞬間下載完畢。雷歐大概沒起疑，回應「那就拜託了」並且和鑽出帳篷的達也換班。

外面是遼闊的原野，天色陰暗。厚重的雲層低垂，看不見月亮與星星。雖然毫無線索能確認時間，但是不知為何只知道現在是深夜。

為什麼會在這種地方紮營？因為達也身為「勇者小隊」的成員正在旅行。旅行目的是定例的「討伐魔王」。只不過「遠征部隊」不知為何由他、深雪、雷歐、艾莉卡、美月、幹比古六人組成。昨晚編組三千軍力的做法合理得多。寫劇本的幕後黑手有好幾人嗎？還是說擁有自我人格的編劇或導演從一開始就不存在？

角色分配是深雪擔任「勇者」，艾莉卡是「劍士」，雷歐是「格鬥家」，美月是「僧侶」，幹比古是「魔法使」，然後達也是「暗殺者」。美月與幹比古在今晚首度登場。或許是在達也不知道的地方早就被捲入，不過樂觀是大忌，最好認定被害程度正逐漸擴大。

深雪的「勇者」應該是指討伐隊的隊長。達也如此解釋。「劍士」與「魔法使」也不是無法理解。不過「格鬥家」到底是什麼？不熟悉ＲＰＧ的達也內心完全沒有底。這裡說的格鬥家應該是「徒手格鬥家」，但明明沒規定禁止使用武器，為什麼要刻意徒手戰鬥？美月的「僧侶」更是無法理解。既然是當成戰力加入這個「隊伍」，所以是使用密教系法術的魔法使嗎？那麼為何必須和魔法使做出區別？不然是「從軍僧」的意思嗎？達也不認為人數這麼少的隊伍需要從軍僧。

不過，達也最感疑問的是他自己扮演的「暗殺者」。說起來「暗殺者」是職業還是技能？如果是職業……

（那我是職業殺手嗎？）

即使是在夢裡，這份認知也令他消沉。尤其是這個設定未必和現實連結。

在火堆前方思考這種事的達也，以知覺偵測到某個氣息接近。

他看向氣息傳來的方向。認知想子的「眼」在今晚也不管用，但是對於靈子的知覺能力有效運作，而且比平常更加敏銳。或許因為這個世界是以靈子構成，在現實世界只覺得是發光粒子雲的靈子聚合體，現在達也甚至看得出濃淡的輪廓。

接近的「敵方」是人形。不過體積超乎常規。

現在接近中的動物只有這三隻。不是人類而是動物，不是三人而是三隻，這樣的形容沒錯。達也現在只看得見輪廓，而且他看見的敵方輪廓是以雙腳直立步行，雙手的其中一隻手握著像是武器的物體，頭只有一顆。

不過人類的頭部不是那種長方形，何況沒有人類會長出兩根角。

（惡鬼……不對，是牛頭人嗎？）

速度沒有特別快或慢，以穩健腳步接近的怪物，達也從輪廓判斷是牛頭人。

在原著神話裡，這種怪物沒有同伴。是在神的詛咒之下，人獸交合誕生的異種交配產物。不是孤立的種族，是孤立的個體。不過在這裡同時出現三隻之多。看來設計這個世界的某人沒要對原著表現敬意。

不過這種事如今不重要。三隻怪物確實企圖襲擊達也他們。現在應該思考如何應對。

首先的選項是「逃跑」或「戰鬥」。

然而從昨天與前天的經驗來思考，達也認為很難逃走。不知道應該稱為必經事件還是單一路線，在這個世界擔任編劇或是導演的人工智慧，似乎沒有提供行動選項給強制參加的玩家。只要沒消化「迎擊牛頭人」這個事件，肯定會反覆準備相同的場面。

（應該只能選擇迎擊吧。）

第一方針決定了。再來要思考的是……

（要獨自迎擊還是叫大家起來？）

也就是單獨行動的對錯。

如果在現實世界，達也應該會毫不猶豫選擇隻身迎擊。不過在這個世界能發揮的力量和現實世界不同。例如昨晚他可以自在操控沒騎過的馬以及沒摸過的騎槍。昨晚在這個惡夢世界被強化能力的達也，當然也可能反過來被下修能力。達也對此沒有保持樂觀態度。

達也今晚被分配到的角色是「暗殺者」。從這三個字想像的特徵是擁有優秀的敏捷性與隱密性，擅長暗器或是非正規攻擊——裝備輕便所以防禦力低。

收拾一個目標之後逃走，這是暗殺者的基本戰術。一個人就能打倒幾十人的武術不是「暗殺術」，肯定叫做「殺戮術」。暗殺者正常來說不適合迎擊戰之類的正面交鋒。

達也認為今晚的自己很可能適用於這種類型的能力。

（……單獨迎擊的風險很高。）

雖然自己也覺得很消極，不對，應該說很膽小，不過達也的結論是不應該獨自對抗。

最後該思考的事情是……

（要叫誰起來……是吧。）

已經沒什麼時間思考了。這邊是只有六人的小型集團，即使所有人出擊，人數也只有對方的兩倍。既然不知道對方被設定為何種強度，就不應該吝嗇保留戰力。

而且他像這樣半夜醒著，就是為了防備這種偷襲。考慮到這一點，從一開始就應該叫所有人起來，這部分沒有檢討的餘地。但達也對此還是猶豫不決，因為他覺得至少今晚在夢中要避免見到深雪——若要應付心情不好的深雪，希望只限於她清醒的時候就好。

（但是也不能這麼做。）

要是沒叫深雪起來，她應該也會因為沒被叫醒而更不高興吧。

達也一反作風花了不少時間做決定，但是接下來就迅速行動。

「雷歐、幹比古，有魔物。」

達也將頭探進帳篷搭話。雖然音量小到不會洩漏到外面，兩人卻立刻彈了起來。

「魔物？種類是？」

「數量大概多少？」

「恐怕是牛頭人，總共三隻。」

達也依序回答雷歐與幹比古的問題。

「你們幫忙叫女性們起來。我去確認敵人順便爭取一點時間。」

「喂，達也？」

背後傳來雷歐的聲音，達也頭也不回就進入黑暗之中。

雷歐與幹比古都不是以需要打理服裝的狀態就寢。兩人抓起武器與防具就立刻衝出帳篷。

「達也那傢伙，又一個人跑出去了……」

「魔物正在接近。考慮到他的職業是暗殺者，他這麼行動並沒有錯。」

幹比古安撫發牢騷的雷歐，兩人很快抵達女用帳篷前方，在這時候不自然地停下腳步。

「我說，幹比古……要怎麼叫醒她們？」

「還能怎麼叫……在這裡用喊的就好吧……？」

「要在這種三更半夜喊得那麼大聲嗎？會不會也叫來別的魔物？」

冷靜想想，這份擔憂很奇怪。日落之後，他們在視野遼闊的草原生火。沒有別的行為比生火更為顯眼，而且不顯眼的話就無法趕走野獸，但是對於不怕火的怪物來說是反效果。即使如此還是沒有熄滅火堆，原因單純是機率問題。比起遭遇魔物的機率，遭遇野獸的機率高得多。

但在機率比較低的一方成真的現在，在意音量也沒有意義。雷歐與幹比古不知為何都沒想到這種程度的事。

「那麼……和剛才的達也一樣，只把頭探進帳篷叫她們嗎？」

幹比古非常猶豫地如此提案。即使是露營，應該也不會只穿著不方便異性看見的單薄睡衣，這也是天經地義的道理，然而光是年輕女孩的睡相，對於男性來說就是有毒的誘惑。這種毒素作用的方向是會麻痺思考能力以及包括舌頭與臉部肌肉在內的隨意肌。至於是否會朝著造成興奮狀態失去理智的方向作用，端看該名男性的年齡、經驗、教養與個性。

「這是好點子。那麼幹比古，拜託了！」

雷歐說完朝著幹比古的背部拍打。不對，是用力推。踉蹌踏步的幹比古好不容易免於摔倒，卻沒能抵銷這股力道——

「到底在……呀啊！」

從帳篷探出頭要問「到底在吵什麼事」的艾莉卡被他正面撞上。

兩人就這麼滾進帳篷。

「幹比古大人？」「美……美月修女！不……不對，這是……！」「幹比古大人，您果然對艾莉卡……」「就說不是了！」「不提這個，你快點離開我啦！」「抱……抱歉！」「你在摸哪裡啊！」「幹比古大人，您果然……」「誤會！這真的是誤會！」

聽到帳篷裡傳出大呼小叫的聲音，雷歐默默在胸前劃十字。

緊接著……

「大膽狂徒！別辯解了，快點給我出去！」

「嗚哇啊啊！」

隨著深雪火冒三丈的叫聲與強大的魔力波動，幹比古從帳篷衝出來——應該說被震了出來。

「果然變成這樣了嗎？」

雷歐無視於自己才是元凶，如此低語。

「雷歐赫特先生，你說『果然』是什麼意思？」

但是立刻傳來的這句冰冷反問，使得雷歐不禁縮起脖子。他戰戰兢兢轉身向後，看見柳眉倒豎的「勇者深雪」，隨即一反平常的個性開始辯解。

「沒有啦，我原本是說只要在帳篷外面叫妳們就好……」

「是啊。總覺得外面的氣氛有點慌張，我們也先醒來了。」

走出帳篷的艾莉卡維持冰冷眼神站在深雪身旁。看她頻頻觸摸皮甲底下的衣襬與胸口，應該是為了整理凌亂的衣服所以比較晚出來。

聽到艾莉卡這句話的雷歐皺起眉頭。

「所以我有聽到喔。說要從外面叫我們的人是Miki，反對的人是你。」

艾莉卡露出猙獰的笑容。

雷歐做好「那就挨妳一拳賠罪吧」的心理準備。是否一拳就能賠罪還有待商榷，不過此時終於走出帳篷的美月阻止了。

「艾莉卡，現在應該不是這種場合喔。呀啊！幹比古大人？」

美月安撫艾莉卡之後尖叫一聲，跑到倒地的幹比古身旁勤快詠唱咒語。看見這一幕的艾莉卡露出目瞪口呆的表情。

「所以到底是什麼事？」

和艾莉卡一樣身穿皮甲佩帶細劍，打扮成劍士造型的深雪，詢問正在接受美月治療的幹比古以及兩頰留下紅色巴掌印的雷歐。雖然是高壓語氣，如同女王大人般的態度卻非常有模有樣。

「而且我沒看見達也先生……這個時段應該是由那個人負責站哨吧？」

聽到深雪的指摘，雷歐與幹比古以驚覺不對的表情相視。

「對喔！現在不是這麼悠哉的時候！」

「啊？怎麼回事？」

雷歐焦急大喊，艾莉卡皺眉抬頭看他。

「是的！深雪大人，有魔物接近！」

聽到「魔物」這兩個字，深雪與艾莉卡的臉蛋嚴肅緊繃。

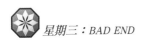

「種族與數量是？」

「牛頭人三隻。話是這麼說，不過發現的不是我們，是達也。」

雷歐回答艾莉卡的問題。

「那麼，難道達也大人他……！」

「嗯，他說要爭取時間所以先過去了。」

幹比古以焦急的聲音回應美月的哀號。

「唔～～在那裡！」

像是要聽取風中聲音般豎耳聆聽的艾莉卡，抬起頭準備跑向黑暗之中。

「等一下，艾莉卡。」

深雪叫住她。

「我們人數已經很少了，不應該分頭行動。」

「可是深雪，達也先生正在獨自牽制敵人！要快點過去支援才行！」

「要是這時候連妳都單獨行動，遭遇不測的時候將會無法應變。隊伍少了妳這位劍士就無法正常運作。」

「意思是可能會被別的敵人襲擊嗎？可是現在達也先生正在獨力奮戰啊！」

「那個人沒關係。因為暗殺者本來就是以單獨行動為原則。」

深雪冷漠說出這種話，艾莉卡露出不滿般的表情。不過在她繼續出言反對造成決定性的龜裂之前，深雪結束對話。

「我們走吧。一起除掉牛頭人。」

深雪將手向上揮，前方隨即浮現小小的光球。她以光球當成照明，調整為美月也跟得上的速度小跑步前進。

在星月無光的黑暗中，達也沒注意腳邊狀況，直接跑在別說鋪柏油甚至稱不上道路的草原。他在奔跑超過一百公尺之後察覺這一點。

他在現實世界也做得到相同的事，如果這是現實世界，他就不會抱持疑問。認知情報體的視力「精靈之眼」也可以用來把握地形。不過「精靈之眼」是認知想子情報體的知覺能力，在以靈子情報體形成的這個世界等於派不上用場。

（這就是暗殺者加成嗎？）

「暗殺者」這個設定對這具臨時打造的身體——虛擬分身賦予了特殊的視力，這是達也目前想得到的解釋。虛擬分身的身體不是物理性質的存在，在這個沒有物質實體的世界要怎麼發揮知覺功能？使用的系統肯定和現實世界不同。達也——應該說被拖入這個世界的人們，只不過是把虛擬分身的身體認知為自己的肉體，產生了自己正在觀看這個世界風景的錯覺。是否看得見暗處的這個問題，肯定只要創造主一個簡單的動作就能調整。

這份擔憂成真的可能性增加，使得達也提高警覺。最好認定這個世界果然存在著角色或是職業的能力加成。而且這個世界的達也逐漸被侵蝕。既然能力可能強化，他認為肯定也可能弱化。

然而就算能力再怎麼被弱化，事到如今也不能選擇回頭。不只是能以靈子光把握輪廓，怪物的沉重腳步聲也已經傳入耳中。即使結果相同，達也也想避免把怪物拖到深雪那裡，這麼做的話很丟臉。

基於仔細想會覺得相當不正經的這個理由，達也對三隻怪物先下手為強。

這次他被賦予的武器是刃長五十公分的小型單手劍，加上六把投擲用的匕首，以及長度一四〇公分，一般都是對折使用的細長分銅鎖（兩端安裝鐵墜的鎖鏈）。雖然用為戰力不太可靠，但幸好達也向八雲學過飛刀與分銅鎖的使用方式。對於沒學過劍技的達也來說，筆直的雙刃短劍比較易於使用。

或許也是暗殺者加成，牛頭人在即將進入短劍攻擊間距之前才發現達也。

此時已經在怪物的攻擊範圍。達也從怪物所見的右側接近，三隻之中走在右側的牛頭人身巨人，高高舉起和體格相符的巨斧。

雙頭戰斧劃破空氣劈下。

達也用力蹬地，比怪物預測的快了半步，鑽進斧頭軌道的內側。

像是伸展身體般出劍，蹲下來再出一劍。砍傷手腕的第一劍沒能讓對方放開武器，但是命中膝蓋的第二劍正如計畫讓怪物停下腳步。

大概是被砍傷所以踩不穩吧，牛頭人跪了下來，手就這麼握著斧頭撐在地面。

如果是一對一，或許可以就這麼乘勝追擊甚至將其打倒。但是達也被迫連忙從剛才出劍的位置向後跳。

巨大的質量落在他前一秒所站的位置。站在中央的牛頭人跳過跪地的同族身體襲擊達也。

第三隻怪物衝向達也著地的位置。即使以飛刀射中雙腿，怪物衝撞的速度也只有稍微變慢。

達也躲到對方左側，厚重斧刃追著他斜向下劈。達也一記飛踢命中斧柄，將斧柄當成立足點大幅跳躍。

跪地的第一隻怪物站起來了。看牠的動作沒特別受到影響，剛才造成的傷或許已經痊癒。

（雖說是虛構世界……治癒力也太高了吧！）

達也在內心咒罵。他這麼說的時候沒想到現實世界的自己正是如此，但他沒有對這種事情感到愧疚的可嘉心態。達也抓準機會批判這個世界的不講理，尋找不會被怪物發現的藏身處。

總之一對三沒有勝算。如果拿怪物的身體能力和自己身體設定的能力做比較並且檢討，即使是一對一也沒什麼勝算。不提最初的偷襲，現身之後的現在就算交戰也沒有意義。

不過這裡是視野遼闊的草原。很不巧地沒有適合藏身的掩蔽物。達也決定採用徹底逃跑的次善之策。他專注閃躲牛頭人揮動的三把斧頭。雙頭斧捲起的強風常常差點帶動他的身體，怪物揮動武器的力道就是如此強勁，不過達也耐著性子持續專心閃躲。

飛刀早就用完了。達也以劍化解斧頭的攻勢或是砍向怪物的手腕與手肘，將鎖鏈的鐵墜打向怪物腳背或手指阻礙出招。

達也從一開始就放棄給予致命的打擊。他說不定已經可以脫離戰場，卻沒選擇真的逃走。這是沒有意義的行為。這裡不是現實，是夢中的世界。這具身體不是真的，是虛假的肉體。達也不應該把目的設定為活下去，而是要離開這個世界回到現實世界。為此必須滿足某些條件。至今能當成判斷材料的樣本只有兩份，不過這一點應該是毋庸置疑。

接下來也是只從兩份樣本推測的假設，這個世界類似某種RPG，至少必須把劇情推進到記錄點才能重新回到現實世界。如果沒選擇打倒敵方怪物而是逃走，劇情應該不會有所進展吧。正常來說遊戲不會這麼設計。達也在這個時候是這麼認為的。

他的努力（不過表面看來只是在逃跑）以同伴前來救援的形式獲得回報。

「達也先生，你退後。」

「再來交給我們！」

將近似野太刀的長長大刀水平高舉的艾莉卡，以及雙手戴著粗獷金屬護手的雷歐，縱身衝到達也前方。

艾莉卡的太刀讓雙頭斧的軌道完全偏移，雷歐的護手從正面擋下牛頭人的攻擊。

艾莉卡不是以蠻力，而是以技術巧妙操控又長又大的太刀，從化解斧頭攻勢的位置翻轉刀鋒砍向牛頭人的脖子。怪物靠著野獸的反射神經歪過腦袋向後仰要閃躲艾莉卡這一刀。

響起刀刃砍進枯竹般的清脆聲音。本應躲過艾莉卡太刀的牛頭人橫向倒下。彎曲的圓錐形物體掉在不遠處的草叢。牛頭怪物橫揮斧頭牽制之後起身。牠的頭上缺了一根角。

雷歐以左手的護手擋下雙頭斧，揮出以鋼鐵與皮革保護的右拳。拳頭打進相當於人類心窩的部位，牛頭人彎腰垂下牛頭。雷歐立刻揮出左勾拳。雖然沒能擊倒，不過怪物踉蹌後退三步。

自己被設定的攻擊力完全無法和雷歐的強大威力相比，對此感到驚訝也覺得相當不公平的達也看著這幅光景時，背後傳來「達也大人」這個聲音。

不用回頭，聽聲音就知道對方是誰。不過美月向達也搭話的理由出乎他的意料。

「請到這裡，我來療傷。」

達也像是被拉過去般走到美月身旁之後，她將前端鑲嵌大顆寶玉的法杖舉在達也背後。

是剛才獨自對付牛頭人時，沒能完全躲開而受到輕傷的部位。達也感覺傷口緩緩發熱。不是火焰焚燒的灼熱，是如同被遠紅外線燈照射的溫熱。最後這股溫熱變成酥癢的感覺。

達也隱約知道皮膚再生了。不對，應該是皮膚再生的感覺在虛構的肉體重現。連這種感覺都能模擬的技術能力，使得達也抱持近似敬畏的情感，同時傻眼覺得毫無意義又浪費技術。達也打電玩的經驗少之又少，即使如此也至少知道治療指令是怎麼回事。對於遊戲來說，只有治療成功的事實具備意義。大腦在傷口急速治癒的過程接收到什麼樣的知覺訊號，對於遊戲玩家來說是沒有任何意義的情報。何況要是現實世界沒有治療魔法，這種感覺就是無從取樣的資料。再怎麼重視細節也要有個限度吧？達也傻眼不已。

他接受治療的這段期間，幹比古詠唱咒語完畢。他手拿的不是西式的「法杖」而是錫杖，咒語也不是拉丁語、希伯來語、梵語或古諾斯語，而是大和民族語言的祈禱文，這部分應該要說多多包涵吧。

不過咒語的效果是ＲＰＧ的風格。

幹比古手中錫杖所指的方向出現水刃。不是從某處收集來的水，是憑空突然出現。如果要以現實世界的魔法做到同樣的事，必須從空氣裡收集大量的水蒸氣。要是附近有供給水蒸氣的水源就不是辦不到，不過幹比古製造的水刃似乎將這種理論全部省略。

水刃描繪弧線飛向牛頭人。至少射了十發以上，而且全部精準命中怪物的身體。

「艾莉卡！」

「幹得好！」

水刃最集中攻擊的個體失去平衡傾斜。艾莉卡朝著這隻怪物揮出又長又大的刀刃。牛頭人右手手指被砍中而放開斧頭。雙頭斧轟然作響落在草地。

接著膝蓋上方被砍傷，怪物的膝蓋與手著地。

其他的牛頭巨人為了掩護同伴而高舉斧頭，任憑水刃割出的傷口噴血，衝向艾莉卡。

雷歐擋在怪物的面前。

面對劈下來的斧頭，雷歐以護手格擋的不是斧刃而是斧柄。

艾莉卡以太刀砍向牛頭。

怪物的拳頭揮向雷歐頭頂。

即使雷歐再怎麼以蠻力自豪，這畢竟是人類與魔物的戰鬥，而且體格相差許多。這麼一來打倒一隻牛頭人的代價是犧牲雷歐，成為兩敗俱傷的結果。

然而勇者小隊還有殘留戰力。

「雷歐赫特先生！」

雷歐解讀到深雪的聲音隱含「不要動」的意思，僅止於高舉雙手防禦。

在這個時候，預先拔劍的深雪已經接近到雷歐身後。

深雪輕盈跳躍。

不是靠著腿力，而是重現以魔法輔助的跳躍。

深雪手上的細劍伸長為兩倍。

在沒有月光與星光的黑暗之中自行發光的寒冰劍身。

看起來只覺得美麗又脆弱的劍刃，擁有超越精鋼的切割力。

牛頭人的左臂毫無抵抗被砍下，冰刃在黑暗中飛散。

下方的雷歐沒被魔物的血噴濺。怪物被砍下的左臂切面覆蓋了一層寒冰。

被艾莉卡砍斷脖子的牛頭人噴出激烈的血花，兩邊的光景成為對比。

雷歐的上勾拳將剩下一條手臂的牛頭巨人打得向後仰。

幹比古的錫杖射出水矛貫穿牠的牛頭。

剩下一隻。

第三隻牛頭人衝向剛著地的深雪。

深雪也沒有掉以輕心，只是姿勢過於不利。這樣下去，怪物幾乎會在深雪轉過身來的同時劈下斧頭。

達也的身體脫離他自身的意志行動了。美月還來不及阻止，他就化為黑影飛奔，一經過襲擊深雪的牛頭人身旁，就把分銅鎖的鐵墜砸向怪物的小腿，並且下一瞬間迅速停止，從背後將劍插入怪物的膝窩。

怪物發出疼痛與憤怒的咆哮聲。

搖搖晃晃地胡亂揮動斧頭。

達也蹲下來驚險躲過雙頭斧的揮砍，在地面翻滾拉開距離。

他站起來的同時，重整態勢再度建構冰刃的深雪，從下方朝著牛頭人出劍。

一陣清冽的劍風吹過。

冰刃砍下牛頭，噴出的血化為紅色的雪飄落在草原。

深雪收劍回鞘。接著艾莉卡收起太刀，幹比古放下錫杖。

戰鬥的緊張感逐漸消散。

「艾莉卡，沒受傷嗎？」

美月跑到艾莉卡身旁。

「放心，毫髮無傷。」

艾莉卡說完一笑，接著美月看向雷歐。

「雷歐赫特大人，您的手臂沒事嗎？」

「骨骼應該沒有異狀。頂多只有輕微的皮肉傷。」

「請讓我看看！」

「天啊，我真是沒信用。」

雷歐笑著安撫美月說「先回到明亮的地方吧」。

達也去撿剛才戰鬥時扔到地上的短劍以及分銅鎖。

他知道掉在哪裡。首先回收短劍，在彎腰要撿分銅鎖的時候，視線前方是靴子的細長腳尖。視線無須上揚，達也就知道對方是誰。他回收武器完畢挺直腰桿之後，不出所料的臉蛋等待著他。

「深雪，怎麼了？」

達也叫她「深雪」，她隨即板起臉表達不悅。看來今晚的深雪不想被達也直呼姓名。就算這麼說，但達也早就不想以「深雪大人」或「大小姐」稱呼妹妹。達也就這麼等待回應。

「……為什麼要單獨對抗魔物？」

語氣聽起來不是在關心，只是壞了心情的這個問題，使得達也收起自己臉上的表情。

「為了攔截。」

「有這麼做的理由嗎？」

「當時是無法避免戰鬥的狀況。」

「所以這又怎麼了？」

這不是深雪會採取的態度。達也對於讓深雪言行變成這樣的導演或是系統感到不悅。

「我判斷需要時間建立迎擊態勢。」

因此達也的語氣變得冷淡。不只是深雪，達也同樣變得無法好好克制自己的情感，但是達也自己沒察覺。

「那麼立刻叫我們起來不就好了？」

「這我交給雷歐與幹比古了。我考慮到即使這樣也來不及的狀況才這麼做。」

達也冷言冷語的這種說法大概激怒了深雪吧。

「你這個暗殺者愛出風頭又有什麼意義？到頭來你不是連一隻都沒打倒還差點沒命嗎？」

如果沒被激怒，即使內心受到控制，她也不可能把話說得這麼重。

「好了好了，深雪，妳冷靜下來。達也先生也適可而止吧，好嗎？」

此時介入的是艾莉卡——除了艾莉卡，沒人膽敢介入這股險惡的氣氛。

「那個，深雪大人。距離天亮還有時間，請問要不要再稍微休息一下？」

此時美月從另一個角度拚命想收拾氣氛變得險惡的這個現場。

「——我要回去。」

深雪簡短扔下這句話之後，朝著帳篷的方向返回。

等到深雪的背影融入黑暗，幹比古像是在說「不用在意」朝著達也聳肩。雷歐輕拍達也的肩膀，催促他回到營地。

「我說深雪，妳為什麼對達也先生那麼凶？」

帳篷裡，深雪在美月協助之下解除武裝，艾莉卡一邊自己脫掉鎧甲，一邊以傻眼語氣詢問。

「我沒要對他特別凶。我自認是以相同標準嚴厲對待所有隊員。」

深雪迴避艾莉卡的視線，以僵硬的聲音回答。

「這方面我認為妳不需要這麼逞強也沒關係……但妳是『勇者大人』所以在所難免吧。可是深雪，妳對待達也先生的態度，就我看來和對待雷歐或Miki的態度不一樣。」

「這種事……」

這次深雪明顯移開視線。

和剛才截然不同的軟弱態度，使得拿著深雪鎧甲的美月露出苦笑。

「既然這麼擔心達也先生，當時別答應讓他同行不就好了？因為妳是『勇者』。」

「……這種事不可能做得到吧？這次的隊伍編成是陛下的指示。」

深雪就這麼移開視線低語，露出驚覺說錯話的表情抬起頭。

艾莉卡輕聲說著「是喔……」咧嘴一笑。深雪自覺臉蛋變紅，這次是整張臉轉過去。

和隱約掛著溫暖微笑的美月四目相對。

深雪與美月同時繃緊表情。

在開闔嘴巴發不出聲音的美月面前，深雪鑽進棉被。

「我並不是擔心那個人！是因為有人在這種地方脫隊的話，會影響到討伐魔王的任務！」

深雪就這麼躺著大喊。

艾莉卡掛著笑容不發一語。

抵達營地之後，雷歐與幹比古沒回到帳篷。達也坐在火堆前面的時候，兩人並肩坐在他的正對面。

「總之別介意啦，達也。」

「深雪大人是在擔心你。因為暗殺者的防禦層面無論如何都比較差。」

「說得也是。」

總之達也點頭回應，但是在各方面沒能接受。

防禦力幾近於零，並不是只在夢中會有的缺陷。在現實世界也是，達也雖然能夠讓對方的魔法無效，卻無法防禦對方的魔法。他也知道深雪應該一直在擔心這件事。

不過在夢裡依然被這個缺陷糾纏，老實說很不是滋味。而且在現實世界為了彌補缺乏防禦力的短處而習得的技能在這個世界無法使用，達也只覺得是在惡整。

不過真正令他不愉快的原因，在於反映這個缺點的「暗殺者」這個設定和這次要完成的事件之間，完全看不出任何必然性。

「說起來，魔王討伐部隊為什麼需要『暗殺者』……？」

「咦？」

「啊？」

達也自以為是在腦中低語，卻好像說出口了。但是不提這個（這裡沒有不方便聽到這段呢喃的對象），他們兩人為什麼嚇了一跳？

「……達也，這原本不是你的點子嗎？」

回答達也疑問的人是幹比古。

「什麼意思？」

然而光是這句話的情報量完全不足。達也當然催促他說下去。

「不，所以說，建議派出暗殺者對付魔王的提案人是你吧？」

補充說明的是雷歐。不過這段說明使得達也更加為難。就算說他是提案人，達也也完全是第一次聽說。看來今晚的情報在奇怪的地方出現缺失。

「沒錯。魔王的王座在錯綜複雜的迷宮深處。即使出動大軍也明顯會在狹窄的迷宮被各個擊破。騎士團還不如徹底擔任誘餌引開敵方的主力部隊，趁機派出暗殺者解決魔王。獻計說明這是上上策的人就是達也你吧？」

「然後，因為達也你自願負責暗殺魔王，勇者公主小姐才會耍脾氣吧？堅稱『由我去』『我比較適任』『討伐魔王是我這個勇者的職責』之類的。」

「……啊啊，對喔。達也你至今也認為由你獨自潛入迷宮比較好吧？所以才會說出『不需要魔王討伐部隊』這種話。」

達也不說話的時候，幹比古擅自進行解釋做出結論，而且向達也露出像是在勸說「你就體諒她一下吧」的笑容。

「深雪大人是在擔心你喔。」

雷歐也露出相同含意的微妙苦笑。

「應該只是因為那位公主小姐不肯率直承認吧？」

「身為勇者的責任感，想必成為很大的壓力吧。她肯定認為勇者不應該特別偏袒某人。」

兩人的說明詳細到令人想問「你們是在向誰說明？」這個問題，但也多虧如此，達也終於掌握設定，明白至今的來龍去脈。

不過，達也不認為深雪剛才表現的態度能以「不肯率直承認」或是「其實很擔心」來說明。在達也眼中，那時候的深雪怎麼看都不像是深雪的作風。

或許只是達也美化了深雪的形象也不一定。

或許深雪也和普通人一樣，確實有著遲鈍的一面。

但是達也認為是這個虛構世界的干涉害得妹妹的精神失常。他無法捨棄這份確信。

（必須盡快脫離才行……）

某人在夢中建構的這個虛構世界，毒性無疑比昨天或是前天更強。達也下定決心，一定要在深雪的精神受到侵蝕之前想辦法脫離這裡。

隊伍的氣氛到了隔天依然尷尬。不用說，元凶當然是達也與深雪。兩人只進行必要最底限的對話。然而別說「連視線都不相對」，實際上甚至相反。兩人在對話的時候都以視線正面相對，而且都不肯先移開視線。簡直是在大眼瞪小眼，不對，這明顯是在相互鬧脾氣。兩人營造的肅殺氣氛甚至令美月眼眶泛淚。

兩人之間的緊繃氣息，在草原道路盡頭要進入深邃森林的入口處達到最高潮。

「深雪，等一下。」

「……達也先生，什麼事？」

深雪以一如往常的腳步要進入森林時，達也停下來叫住她。

「太陽快下山了。我覺得今天在這裡紮營比較好。」

深雪轉過身來瞇細雙眼，視線射穿達也的眼睛。

「太陽確實開始西下，不過距離日落還有將近兩小時吧？現在準備紮營太早了。」

達也睜大雙眼，以穩重眼神承受深雪的視線。

「如果接下來和剛才一樣是草原的道路，確實還能繼續前進吧。不過前方是天空光線被隔絕的森林內部，周圍很快就會變暗。到時候會難以辨識躲在樹後或樹上的野獸與魔物。」

達也非常抗拒說出「魔物」這個詞。但昨晚（是這個世界的昨晚）實際遭受魔物襲擊之後，達也也不能忽視這份威脅。

「明天在天亮的同時出發比較安全。」

「沒有這種餘力！像這樣拖拖拉拉的時候，王國也暴露在魔王軍的威脅之下啊！」

深雪這段制式台詞使得達也嘆氣——這份冒失的態度不像他的作風。

深雪果然氣得柳眉倒豎，達也以不帶情感像是機械的聲音回答。

「既然提早兩個小時準備紮營，只要隔天提早兩個小時做好準備，在天亮的同時出發就好。今晚就算走一整晚也走不到迷宮，所以無論是今天多走兩小時還是明天多走兩小時，結果都沒有兩樣。」

「這是心態問題！難道你沒有盡快拯救同胞的想法嗎？」

達也眼中隱含冰冷的光芒——這是在現實世界絕對不會向深雪露出的眼神。

「拯救同胞？深雪，這是妳的真心話嗎？」

「這是什麼意思？」

「我的意思是說，妳對於自己現在的『勇者』這個角色沒抱持任何疑問嗎？」

「什……！」

深雪臉上露出驚慌失措的模樣。就像是立場突然變得模糊，搞不懂自己是什麼人的表情。

「達也，你話說得太重了。」

「是啊，說話方式太凶了。」

幹比古與雷歐接連勸誡達也——在表面上做個樣子，試著平息深雪的怒火。

但是，占據深雪內心的並不是對於達也的憤怒。

「——我受夠了！既然不想和我一起走，那你就留在這裡吧！艾莉卡、美月，我們走吧！」

深雪不等回應就進入森林。轉頭相視的艾莉卡與美月追在她的身後，幹比古、雷歐與達也依序跟上。

沒人察覺深雪剛才對艾莉卡與美月使用的不是命令語氣，而是現實世界的同輩語氣。

森林裡很快就變得陰暗。因為日落時間將近的關係。創造主的用心令人佩服，不過這個結果本身只要稍微思考就知道了。

或許有著經驗上的差異。深雪頂多只在健行的時候會在森林裡度過。相較於在森林戰專家風間底下累積模擬戰訓練的達也，經驗值差太多了。即使如此，白天就很陰暗的森林裡即將日落的時候會是什麼狀況，並不是難以預料的事。

而且，思考受限到連這種事都想不到的深雪，達也無法表達關懷之意。兄妹倆沒察覺到「世界」的影響，就這麼朝著最壞的結局前進。

通往毀滅的機關（以遊戲術語來說是選項）是美月察覺的。

「咦？」

「美月，怎麼了？」

聽到艾莉卡這麼問，只見美月取下了眼鏡。

「……有什麼東西嗎？」

即使聽到深雪發問的聲音，美月也沒轉過身來，就這麼凝視著森林深處回答「是的」。

「好像施加了認知阻害的魔法，所以只能模糊看見……不過應該是紅軟帽。」

戴著紅色帽子，拄著拐杖，以斧頭為武器，看起來像是老人的小矮人。紅軟帽殺人是本能，對於人類來說是尤其有害的邪惡精靈。

「數量呢？只有紅軟帽嗎？」

艾莉卡詢問的聲音難免透露緊張之意。

「數量是十隻左右。沒看見其他魔物。」

「深雪大人，該怎麼做？」

幹比古壓低聲音尋求深雪的指示。

雷歐、艾莉卡與美月，朝著「討伐隊」的隊長深雪投以催促決斷的視線。

「……在出現被害者之前打倒他們吧。」

「應該扔著不管。」

至於唯一沒要求深雪進行決斷的達也，對這個決定提出異議。

「第一、這附近沒有人類居住的聚落。第二、在視野不佳的森林裡戰鬥的風險很高。第三、我們的任務不是除掉小鬼。應該繼續趕路才對。」

達也只是冷靜說出反對的根據。但是最後一句話聽在深雪耳裡像是在暗中酸她。

「我們的任務是除去魔王軍的威脅，讓人民安居樂業。既然知道有魔物會危害人民就不能袖手旁觀。」

深雪以堅定語氣反駁，轉頭背對達也。

達也原本想阻止深雪偏離原本的路線，卻還是保持沉默，就這麼跟在眾人身後。

帶頭的是深雪，殿後的是達也。

之所以晚一步察覺被偷襲，是因為兩人中間被樹幹與樹枝擋住。

「深雪！」

「呀啊！」

艾莉卡推倒深雪。和現實世界不同，腳邊的地面平整，石頭、樹枝或樹根之類的多餘物體都清除乾淨，所以光是摔倒並不會受傷。而且現在也不是擔心這種事的場合。

「是獸人？」

「從樹上？」

刀刃遠超過一公尺長的蠻刀，重重叩在深雪直到剛才所在的位置。出手的是體型明顯比牛頭人大一號，高大到必須仰望的獸人。

這具巨大的身軀能夠躲在樹上偷襲，為深雪他們帶來雙重的驚訝。

首先是這種體格居然爬得到樹上，再來是樹枝居然能夠承受這份重量。不過這只是令他們大吃一驚。

令他們更加驚愕並且提高警覺的要素，在於這隻獸人擁有偷襲的智能。

「智慧型怪物……」

幹比古以顫抖的聲音低語。相較於只被戰鬥本能支配的怪物，這是明顯更難對付的魔物。

幹比古、雷歐、艾莉卡、美月與深雪的視線都盯著獸人不放。

「別大意！敵人不只是獸人！」

達也一邊奔跑一邊大喊，同時投擲匕首。

高舉斧頭的紅軟帽被匕首射穿喉嚨，在美月身後發出聲音倒地。

美月轉身向後尖叫，幹比古轉身朝著她的方向迅速詠唱咒語。

達也壓低身體閃躲，水刃從他的上方通過。水刃有半數砍碎紅軟帽。

「抱……抱歉，達也！」

幹比古沒確認戰果，以狼狽的表情開口道歉。

「這種事沒關係！不提這個，敵人又來了！」

剛才說總共十隻是美月看錯了。不，是敵方讓美月看錯。紅色帽子的邪惡精靈一隻隻探頭爬出地面，數量轉眼之間就達到上百隻。

（地侏？還是守寶妖精？一樣毫無節操可言！）

紅軟帽不會從地底冒出來……達也在腦中加上這句毫無用處的吐槽，揮動短劍與分銅鎖。在短短的十公尺前方，深雪在艾莉卡與雷歐的支援之下和獸人交劍。

達也想要盡快趕到深雪身旁。但是現在的他即使面對紅軟帽這種小角色也只能逐一打倒。無法只以一根手指就讓敵人化為塵埃，也無法縱身跳過這群只算是障礙物的嘍囉。

「幹比古，不能想想辦法嗎？」

「詠唱的時間不夠！」

面對數量的暴力，看來幹比古光是連續詠唱簡短的咒語就沒有餘力。美月也把法杖當成錘矛揮動，可惜只能牽制紅軟帽妨礙牠們接近。

「你，這，傢，伙！」

雷歐將護手舉到頭頂擋下獸人的彎刀，爆發氣魄架開沉重的刀刃。

「喔啦！」

即使身高差距一公尺以上，獸人依然退後好幾步。

「嘿呀！」

艾莉卡立刻砍向原地踏步的獸人，但她的刀發出沉重金屬聲被彈開。獸人的皮膚硬如鋼鐵。

「嘖，害我失去自信了。」

多虧手掌握得夠緊，所以刀沒有脫手，不過艾莉卡手臂依然受到衝擊而迅速後退。

「嘿，說這種喪氣話真不像妳。」

鬥嘴的雷歐護手被砍出刀痕，鮮血一滴滴流下。

深雪在兩人後方一步的位置咬緊牙關。

艾莉卡與雷歐無法對獸人造成傷害。

只有我的魔法劍能打倒獸人——

深雪下定決心的時候，身旁穿過一陣帶著鐵鏽味的風。

刺激她鼻腔的這股味道，其實是血腥味。

是強行突破紅軟帽大軍的達也，全身受傷流血的味道。

「達也！」「達也先生！」

受到暗殺者技能加成而化為一陣風的達也，穿過艾莉卡與雷歐之間衝向獸人。

鑾刀朝他劈下。

達也側身躲開這一刀，順著疾風的氣勢蹬地而起。

藉由側空翻飛越獸人。

他的左手握著分銅鎖。

鎖鏈捆在獸人的脖子，鐵墜成為扣具固定。

達也就這麼握著鎖鏈，踢向獸人的後腦勺與背脊。

脖子突然受到壓迫，獸人放聲哀號。

達也將握著鎖鏈的手往後收，魯莽繞到獸人的正前方。

以手握的短劍刺向獸人右眼。

劍尖插入獸人的頭蓋骨深處。

發出臨死慘叫的獸人揮動粗壯的手臂。

在沒有踏腳處的空中，達也無法閃躲。

達也的身體飛到半空中。不是基於自己的意志，是被獸人打飛。

他口中噴出血花。

「哥哥！」

深雪放聲哀號。

哭喊的她，右手寄宿著靈子光。

「竟敢傷害哥哥！」

在靈子構成的這個世界，深雪使出凍結靈子的魔法。

精神干涉系魔法「悲嘆冥河」。

威力不到原本百分之一的這個魔法，在只能使用虛假魔法的這個虛構世界，將創造主的產物化為冰之雕像。

「哥哥，哥哥！哥哥！」

深雪抱住達也的身體。

她的意識已經不是「勇者深雪」，是「司波深雪」。

「深雪……」

被妹妹抱在大腿上的達也，以溫柔的眼神看著她。

不是「暗殺者達也」，是「司波達也」的眼神。

「妳清醒了嗎……？」

達也說完一笑，隨即吐血。

深雪不顧自己被達也吐出的血弄髒，緊抱達也。

「是的……是的！我清醒了。深雪終於清醒了！」

「這樣啊……」

「哥哥，對不起！對不起！」

「這不是妳要道歉的事。」

達也的身體在深雪懷裡逐漸失去體溫。

不知何時，艾莉卡、雷歐、幹比古與美月等同伴全部消失，綠色森林與褐色土地也消失，兩人被留在一片空白的空間。

「哥哥？」

「不用擔心……這只是一場夢。」

「不要！我不要這樣！」

「別哭了，深雪。」

「我不聽！求求您，哥哥！拜託，拜託！」

深雪放聲哭喊，達也露出「真拿妳沒辦法」的笑容。

「我說過吧？這只是一場惡夢。醒來之後，就會一如往常……」

達也的話語中斷。他的眼皮慢慢閉上。

「不要！我不承認這種夢！」

深雪淒厲尖叫。

下一瞬間，白色空間發出玻璃的聲音粉碎了。

◇◇◇

深雪在睜開眼睛的同時從床上彈起。全身被汗水溼透，但她沒換衣服，就這麼穿著睡衣衝出房間。

「哥哥！」

深雪沒好好敲門就衝進達也房間。

「深雪，早安。」

達也已經起來了。大概是和深雪一樣流了汗，他脫掉睡衣赤裸上半身。

平常在這個狀況，深雪總是會在臉紅道歉的同時慌張關門。但她就這麼撲進達也懷中。

「深雪，汗水會弄髒妳喔。」

達也露出苦笑抱住深雪。

「哥哥，太好了……」

看來哥哥的聲音沒傳入深雪耳中。她的聽覺集中在達也的心跳聲。像是在確認肌膚溫度——

確認體溫般緊抱達也的身體。對於現在的深雪來說，即使是汗味都是哥哥還活著的寶貴證明。

「我說過吧？那只是一場惡夢。」

看來深雪暫時不會離開。如此心想的達也放棄抵抗，溫柔撫摸妹妹的頭髮，以帶著笑意的聲音對她這麼說。

「那是夢。」

「是的。」

「這是現實。」

「是的。」

「放心吧。我就在這裡。」

「是的……」

深雪雙眼噙著喜悅的淚水，更用力抱緊達也。

十分鐘後，深雪回神並且尖叫，滿臉通紅衝出達也的房間。

這天的深雪，難得在學校都從全身散發芬芳的皂香。

（第四夜待續）

星期四。今天的達也心情久違輕鬆了些。

從星期一開始作惡夢的這件事完全沒解決。反倒是從大前天、前天到昨天逐漸惡化。昨晚的夢特別淒慘，因為達也經歷了死亡。

不過深雪在脫離昨晚惡夢的前一刻清醒，使得達也內心變得輕鬆。他認為這麼一來應該再也不會像是昨天的白天那樣承受妹妹不講理的壞心情，在惡夢裡也不會被深雪以不是妹妹的女性身分追求而為難。深雪在惡夢裡是否能維持意識，在維持意識的狀況下是否不會莫名失去理智，雖然這部分還只能預測，但達也偶爾也想沉浸在毫無根據的樂觀心情。

他的這份心境似乎也表現在態度上。

「達也同學，你今天的表情比較舒坦耶。」

從一高放學走向車站的路上，穗香指出這一點。

昨晚自己看起來那麼慘嗎？達也對此抱持疑問，不過既然穗香會這麼說，當時他的表情應該很明顯吧。

「深雪看起來也像是放下某些煩惱了。」

雫向深雪這麼說。和深雪一樣編入A班的兩人，肯定從昨天就因為深雪心情不好而煩惱。

「怎麼啦？兄妹倆吵架了？」

「咦～～？但我很難想像深雪會和達也同學吵架。」

雷歐與艾莉卡也轉身加入對話。達也平常應該會覺得「你們還真是亂說話」，但昨天確實和深雪處於冷戰狀態，所以他也無法反駁。

不過……

「就是說啊，艾莉卡。我當然不可能和哥哥吵架吧。」

深雪面不改色否定吵架的疑惑。大概如同俗話所說，女性在緊要關頭總是比較堅強吧。不，或許深雪真的深信「兄妹倆不可能吵架」。在同一間教室目睹深雪心情變壞的雫即使投以疑惑視線，深雪依然連眉毛都不動一下。

只可惜無法避免場中洋溢的氣氛變得有點奇妙。他們所有人都感覺到這一點。

「各位，要不要找個地方坐坐？」

「說得也是。畢竟這週是第一次全員到齊。」

聽到幹比古與美月的貼心發言，另外六人也點頭贊成。

「艾尼布利樹」是從第一高中走到最近車站的途中轉進小巷才找得到的咖啡廳。達也他們經常光顧這間店，不過因為距離通學道路有點遠，所以達也他們沒在店裡看過其他的一高學生。要不是行動力強的雷歐發現這間店，達也應該也不會知道吧。他們問過店長，得知主要客群是附近的家事人員，除了達也他們之外鮮少有一高學生光顧。之所以沒說「主婦」是因為並非都是已婚女性，也包括男性以及家管員，年齡層也不盡相同。

達也他們是在放學回程，也就是傍晚忙著做家事的時段會來這間店，所以大多被他們包場。即使家庭自動化系統蓬勃發展，家事本身也沒有變少，加上社會整體傾向於朝著省力化的方向進展，導致家事反而集中在特定的時段。

今天店內也沒有客人。不過這天店長難得看起來閒著沒事坐在吧檯後方。平常他在這個時間大多在洗碗盤或是擦桌子，進行下午茶時段客人離開後的收拾工作。

「哎呀，歡迎光臨。」

店長聽到清脆響起的門鈴聲抬起頭，然後起身露出親切表情迎接帶頭的艾莉卡。

「店長午安。今天沒客人來嗎？」

說這種話也輕易被原諒，只能說艾莉卡的個性相當吃得開。

「妳啊，這樣很失禮吧！這種事就算在心裡想也不能說出口喔。」

雷歐立刻吐槽。就某種意義來說，他也是不會討人厭的角色，擁有吃得開的個性。

「你是真心這麼說的吧？」

被艾莉卡賞以冰冷視線，沒察覺自己話中意義的雷歐「嗚」地倒抽一口氣。他無法反駁艾莉卡「你說這種話更失禮吧」的批判。

「哈哈哈，謝謝你們擔心。」

但店長不愧是成熟的大人。

「不過你們可以放心。今天我有點事，所以剛剛才開店。」

「……店長真隨性耶。」

「這是一個人經營的好處。」

如店長所說，這間店連工讀生都沒有。即使是小店但還是有餐桌座位，所以艾莉卡與雷歐好幾次勸店長至少僱用一位服務生，不過店長說「一個人比較輕鬆」繼續獨自營業。

艾莉卡依然掛著欲言又止的表情站著不動，達也經過她的身邊坐在吧檯座位。深雪坐在他右邊，穗香坐在他左邊，雫坐在穗香旁邊。錯失時機的艾莉卡背對達也他們，和美月並肩坐在餐桌座位。

「店長，真難得耶。」

雫眼尖看見吧檯後方的泛用螢幕正在播放有線電視台的連續劇而開口指出來。

「啊啊，抱歉抱歉。」

「不用關掉沒關係的。」

店長大概也只是隨手開著吧。他立刻伸手要關，達也阻止他表示不必在意。

「這可不行。」

不過大概是基於咖啡廳店長的職業道德，他笑著關閉電視。

「剛才那是《Terminal JAWS》吧？店長喜歡那部嗎？」

從雷歐的位置肯定幾乎看不見螢幕，但他好像知道剛才在播什麼，有點開心地這麼問。

「喔，西城同學，你居然知道。明明是將近十年前的作品了。」

店長在吃驚的同時肯定雷歐的詢問。

「我認識的人有客串喔。不過是小角色。」

「認識的人？童星嗎？」

「不，記得比我……大了十四歲吧。是因為家裡的工作認識的。」

這時候沒人詢問「對方在做什麼工作」，或許因為他們是魔法科高中生吧。既然是出身於魔法師家系的學生（也就是在魔法科高中屬於多數派），家裡很可能從事機密性較高的工作。

「我也看過喔。不過是最近的事。」

「十年程度的話還算新吧。」

美月接在艾莉卡後面說的這句話，反映了二〇九〇年代將隨選影集服務視為理所當然的收視習慣。

「真意外……艾莉卡，妳喜歡那種風格？」

「不是我，是家裡的門徒有人喜歡啦！我是在家裡舉行夏季集訓的時候被迫看的！」

對於幹比古的疑問，艾莉卡做出令人覺得有點過度的反應。看來要是被誤會自己愛看「描述一名獨行俠魔法師特務大顯身手的特攝動作片」會令她覺得不好意思。

「我也看過。」

不過，雫在這時候就像是要暗示「妳想太多了」，就這麼坐在吧檯座位轉過身來插嘴。

「我弟弟很愛看。」

但是雫的辯護（？）對於艾莉卡來說不太算是安慰。

「記得妳弟弟是小學生？」

「嗯。小學五年級。」

雫點頭回應美月的問題。美月記得這裡的成員在暑假去雫家別墅玩的時候，雫曾經提到弟弟的事。

「不只是我喔。穗香也有看。」

「等一下，雫？」

這個爆料聽起來沒什麼大不了，穗香卻不知為何非常慌張。

「這件事——」

穗香焦急地想要摀住雫的嘴。

「她為了我弟模仿了好幾次嗚嗚！」

只可惜晚了一步。

「模仿？模仿誰？」

「啊，我知道了。是模仿主角吧？」

對於雷歐的疑問，艾莉卡以閃亮的表情回答。

雫就這麼被摀著嘴，點頭同意艾莉卡的答案。

「這裡說的主角是鮫島壽雄？《Terminal JAWS》的？」

穗香拚命要阻止雫，但是雫看起來毫不在意嘴巴被摀住，向雷歐回答「對」。

「啊，原來如此。」

此時幹比古大幅點頭。看來他也察覺到某些事。

「那部連續劇的主角，擅長的魔法是光線折射術式。光井同學不必利用特攝效果應該就可以重現。」

「唔，唔嗯，唔嗯嗯嗯……」「哇～～哇～～哇～～！」

雫想要回答幹比古，穗香出聲打斷。兩人的嬉鬧差不多達到不能坐視的程度了。

「穗香，就算現在只有我們，鬧成這樣也會造成困擾喔。」
「不提這個，穗香，雫看起來很難受。」
在深雪的勸誡以及達也的提醒之下，穗香連忙從雫的嘴巴移開雙手。
「哇，雫抱歉！店長，對不起我太吵了。」
「沒關係，反正也沒有很吵。」
穗香像是要撞在吧檯桌面般猛然低頭，店長笑著對她搖手示意。
「沒錯。我弟尤其喜歡穗香加上動作真實重現的『覺醒魔法鯊門托斯』……」
「雫！這件事別再說了啦！」
然後雫若無其事繼續說著「模仿連續劇主角」的話題，使得穗香再度哀號。

「這麼說來，達也。那部連續劇讓我在意一件事。」
穗香與雫的嬉鬧終於告一段落稍微回復平靜的時候，雷歐抓準機會頗為興奮地向達也搭話。
「我可不知道那部連續劇喔。」
「哎呀……對喔。哎，不管了。」
達也的回應很冷淡，不過雷歐看起來也沒氣餒。
「其實那部連續劇有出現『強制替換人格魔法』，這種魔法在理論上做得到嗎？」

「你感興趣的東西真怪。那是虛構劇情裡的魔法吧？」

即使被艾莉卡吐槽，雷歐也沒有照例做出過度的反應。

「這我當然知道，不過我就是在意，所以也沒辦法吧？」

「好奇心就是這麼麻煩耶。」

在氣氛變得險惡之前，幹比古像是要打圓場般插嘴。

「所以達也，實際上怎麼樣？人格有可能替換嗎？」

「我覺得這反倒是古式魔法的領域吧？」

被達也這麼反問，幹比古雙手抱胸。

「唔～～這又如何呢……在民俗童話之中，靈魂附身算是很熱門的題材，不過從術式的觀點來說，那算是一種洗腦術。」

「洗腦嗎？」

幹比古的說明使得美月歪過腦袋。露出詫異表情的不只是她。

「附身現象始終是人格有所改變，並非這個人的人格被替換。只不過是表層意識被別的意識體覆寫。如果把人的意識視為情報體，就是用別的情報體覆寫原本的情報體，這個原理和普通的魔法沒有兩樣。如果覆寫到深層意識就不是附身而是融合，但這也應該不算是人格交換。」

「所以古式魔法也沒有交換人格的術式吧。現代魔法好像也沒這種術式，所以人格替換應該是不可能的事。」

艾莉卡扭腰從椅背探出上半身。不知道剛才的吐槽去了哪裡，如今她的表情比雷歐還要興致勃勃。

「說得也是……」

看到達也認真思考，店內隱約洋溢著不敢打岔的氣氛。

「如果把人格視為精神，精神與肉體是以大腦做為收發訊號的裝置相互連結，這是現代最有力的說法。」

深雪稍微點頭，幹比古則是大幅點頭，兩人都同意達也這段話。

「依照這個說法，大腦因為構造非常複雜，所以和精神是一對一嚴密搭配，不會和別人的精神或肉體相互干擾。不過如果大腦因為某些原因和別人的精神連結，這具肉體應該會被不同於原本人格的另一個人格使用吧。如果能夠蓄意造成訊號干擾，或許可以強制交換人格。」

「比方說只要使用術式把自己腦部的構造情報貼在別人腦部的情報體，再把對方腦部的構造情報當成魔法式覆寫在自己大腦的情報體，就有可能交換人格嗎？」

「是啊。這應該也是一個方法吧。」

達也藏起內心的慌張，點頭回應深雪的問題。不知道深雪是被什麼事情吸引注意力，她貿然舉出的這個例子很可能觸及四葉家的機密。

「將構造情報完美複製……這種事真的做得到嗎？」

「應該連分析都不可能吧。情報量太多了。」

不過，多虧穗香與雫這兩名優等生接連提出疑問，所以沒有繼續深陷其中。

回家之後，達也立刻詢問深雪為什麼不小心說出那種事。

「非常抱歉！哥哥說的沒錯，是深雪沒有多加注意。」

「是什麼事情令妳在意？」

達也溫柔詢問身旁低頭的深雪。之所以沒使用嚴厲質詢的語氣，不只是因為達也很疼妹妹，也是因為達也心裡有數。

「因為，那個……」

「因為聯想到那場惡夢，所以沒注意到別的事情嗎？」

深雪露出「您為什麼知道」的表情仰望達也的臉。

「……哥哥您也是嗎？」

深雪戰戰兢兢發問，達也像是對她說「我沒生氣」般微笑點頭。

「思考人格替換系統的時候，我就立刻想到了。只要使用這種系統，或許就可以讓許多人各自扮演不同的角色進入同一場夢。」

「在系統裡準備虛擬人體當成人格的容器，在睡眠的時候將精神強制連接到虛擬人體——」

「沒錯。據說精神與肉體的連結會在睡眠的時候減弱。即使如此，大腦與精神的連結也不是輕易就能切斷。如果做得到這種事，要大量殺人也是輕而易舉。這麼強力的術式如果真實存在，即使是神話時代的產物，也肯定會以某種形式傳承下來。這次讓我們作惡夢的那個元凶，恐怕是以虛擬人體的線路干涉了連結大腦與精神的線路。」

深雪略顯猶豫點了點頭。即使知道自己做出和哥哥相同的推論，她也沒心情和平常一樣盡情表達喜悅吧。

真要說的話也是理所當然。現代的魔法學還沒完全解析精神干涉的機制。有魔法師能把精神干涉系術式當成技能使用。也有精神干涉系術式已經制式化提供給許多魔法師使用。

但這只不過是知道使用的方式。運作原理還有一大部分尚未解析。不知道運作原理就無法發明有效的停止方法或妨礙方法。即使大致知道作惡夢的機制，要是不知道阻止的方法反而只會徒增不安。

「深雪，別擔心。雖然這種說法不合邏輯，不過有我在所以沒問題的。」

不像是達也會說的安慰話語。

深雪輕輕把頭靠在哥哥肩膀。

「好的。深雪相信哥哥。」

◇ ◇ ◇

達也今天也在惡夢中醒來。

對此達也沒受到打擊。不是逞強，是早就預料到會變成這樣。他認為這個現象是某種魔法性質的物品（或許應該稱為「咒物」）造成的。而且是以現代技術無法重現，通稱「聖遺物」之類的物品。

而且這個咒物很可能是在滿足某種條件之後自行啟動。過去那三天的劇情缺乏連貫性，由此看來很難認定是特定的某人操作咒物創造惡夢。那麼應該也有某個條件可以停止咒物的機能。

（話說回來，這次到底是扮演什麼角色？）

不同於昨天或是前天晚上，今晚沒有下載關於本次扮演角色的知識。這件事本身代表著惡夢對於達也意識的侵蝕度下降，反倒可說是樂見的結果。但他也因而不知道該做什麼而感到為難。做出劇本沒有的行為導致更晚清醒，是達也無論如何都想避免的事態。

雖然難以判斷是否該說幸好，不過達也現在是獨自一人。他決定在這個房間尋找線索。

正要站起來的時候，達也發現自己坐的椅子相當豪華。椅背異常地高，椅面很大，扶手也厚重到誇張的程度。簡直是當成王座使用的椅子。

達也在不祥預感的驅使之下起身。

他向前一步，低頭看向身上的衣物，想確認自己現在的打扮。

全身漆黑到令他想要大聲讚嘆「了不起」。

服裝的設計要說是軍服還是宮廷服好像都說得通。而且還精心披上一件斗篷。

不祥的預感有增無減。

沒有鏡子嗎……達也如此心想環視室內，發現鏡台以及一本厚厚的書。

達也移動到鏡台前面，不是照鏡子而是拿起這本書。書的封面同樣完全漆黑，有著天然皮革的觸感。總不可能是人皮吧……達也冒出有點毛骨悚然的這個想法，打開第一頁。

突然間，知識注入腦中。雖然這麼說，卻沒有意識被強制介入的感覺，是主動讀取文字的感覺，但讀取速度是不只十倍速的超高速。之所以沒有頭昏眼花，肯定因為這裡不是現實世界。強制灌輸知識和強迫速讀，達也不免覺得兩者沒什麼差異，但是至少後者比較符合達也的喜好。既然現在已經獲得必要的情報，達也決定不予計較。

重點在於達也被分配到的角色——

（居然是魔王……）

達也的心境覺得現在只能笑了。他也認為自己確實不是當勇者的料。但是不提第一天，第二天是魔王討伐軍的遠征軍指揮官，第三天是討伐魔王的勇者同伴，第四天的今晚是反派魔王，達也覺得自己的身分地位也掉得太快了。

總之他知道自己扮演的角色了。接下來在意的是深雪分配到的角色。不過他只是在意，沒有擔心。只要一度將夢認知是夢，即使在這場惡夢之中也肯定能保持自身意識。達也基於直覺確信這一點。

所以即使深雪和昨晚一樣扮演要拿下魔王首級的勇者，肯定也不會被這個設定影響。應該不用擔心會被深雪襲擊。

（只不過，如果這次的過關條件是被勇者討伐，那麼對方是深雪或許是一件好事。）

——今晚達也的內心從容到可以思考這種蠢事。不過這個充滿惡意的舞台不可能這麼簡單。他很快就體認到這一點。

「陛下，請問您醒了嗎？」

響起敲門聲之後，門後傳來這聲詢問。他不可能聽錯，這是深雪的聲音。看來妹妹也在魔王這邊的陣營。

不過雖說醒著，但剛才不是躺在床上而是坐在椅子上。感覺狀況有點矛盾的達也回應「我起來了」。

大概是解釋為獲准進房吧。

「陛下，抱歉打擾了。」

深雪知會之後進入房間。

順帶一提，開門的不是深雪。握住門把推開門的人是身穿長袖連身長裙與圍裙，頭戴白色荷葉邊髮箍頭飾的穗香。從這身打扮來看，似乎是扮演魔王城的侍女。雖然又有朋友成為犧牲者，不過達也已經沒有餘力在意這件事。

因為他被妹妹的模樣震懾了。

深雪身穿漆黑的長禮服。裙襬長達地面，所以雙腿不會直接暴露在他人的視線（現在是達也的視野）之中。但是雙肩幾乎完全裸露。雖然有衣袖，胸部卻露到罩杯上方的三分之一。深沉無比的黑色禮服和新雪般的白色肌膚成為對比，豔麗到暴力的程度。

比黑色禮服黑得更加純粹，釋放出不同於禮服光澤的頭髮上，不是飾以平常那根雪花結晶造型的髮夾，而是以閃亮寶石點綴的黃金頭冠來裝飾。這身打扮只令人覺得簡直是女王或王妃。

（不會吧……）

就算角色設定再怎麼違背己意，達也唯獨希望不要這麼設定。

然而對於這場惡夢短劇的創作者，根本不可能抱持惡意以外的期待。

「陛下，今天也請容妾身向您請安。」

深雪依照傳統禮儀以毫不誇張的動作優雅行禮，達也瞇細雙眼（不是看到入迷而是傻眼）朝著在門邊待命的穗香開口：

「讓我們兩人獨處一下。」

「穗香，妳退下吧。」

「遵命，陛下、王妃殿下。恕屬下失陪。」

穗香如此回應，以僵硬動作行禮之後離開房間。

（王妃殿下……）

達也好想嘆氣。

深深嘆一口長長的氣。

因為他不希望發生的事情，在他詢問之前就確定了。

「深雪。」

「是，陛下。」

深雪面不改色回應，達也稍微瞪了她一眼。

深雪露出「玩過頭了」的表情縮起脖子。

多虧這個反應，達也免於懷抱無謂的疑心。

「妳的理性很正常吧？別開這種惡質的玩笑。」

「非常抱歉，哥哥，我太胡鬧了。」

達也露出不耐煩的表情責備，深雪率直低頭。

「可是哥哥……」

但她似乎不想承認完全是自己的錯。

「在穗香那樣還在作夢的人們面前，我覺得應該按照被分配到的角色來行動。」

即使引得達也皺眉，深雪也沒收回自己的想法。

「昨晚的事情完全是我的錯，不過哥哥如果沒有做出跳脫自身角色範疇的行為，我覺得就不會造成那種悲劇的結果。」

達也沒能給她回應。無法回答「對」或是「不對」。深雪的意見是一種可能性，而且是無法劈頭否定的那種可能性。達也認為自己採取何種行動都不會改變那個結果，卻無法證明這一點。

總歸來說，達也與深雪的想法都是不可能證明的推論，既然一樣是猜測，就是擁有堅定確信的一方勝出。

「我再也不想看見哥哥被打倒的樣子。即使知道是假象，我也承受不了。」

「……抱歉。」

結果這次也是達也讓步了。

「請不要道歉，哥哥。錯的人是我……不過，我認為應該按照扮演的角色採取行動，請問您贊同嗎？」

「……始終要在可以容許的範圍。我可不想對惡夢唯命是從。」

達也頂多只能這麼抵抗。

「太好了，這是當然的！」

不過，看深雪露出的燦爛笑容就知道，到頭來她不會抗拒這種程度的限制。

「那麼陛下，我們前往王座吧。眾人都在引頸期盼獲得陛下接見。」

深雪以正經八百不像是演戲的表情催促，達也默默跟著她前進。

在這個世界清醒的時候，達也覺得自己在私人房間坐的椅子是「感覺會用來當成王座的誇張玩意兒」。但他不得不承認自己的想法過於天真。

（要坐這個嗎……？）

達也的表情不由得差點僵住。

材質看起來像是黑色大理石。身體接觸的部分加裝黑色皮製軟墊，椅背幾乎和他的身高一樣高。椅背上緣（無論怎麼看都是頭靠不到的部分）與扶手的雕刻完全是魔王風格。

老實說，達也不想坐這種椅子。首先，感覺坐起來很不舒服。然而只要他不坐，眼前叩拜的臣下們應該不敢抬頭吧。最重要的是深雪以「請快點坐下」的視線催促。達也只好放棄抵抗坐在「王座」上。

家臣們一齊抬頭。不只是男性，也有不少女性，或許因為這個世界是基於現代的價值觀打造的吧。

幸好聚集在大廳的角色，除了一人之外都只是擁有人類外型的人偶。頭頂浮著淺顯易懂的角色名稱。

因為是魔王的臣下，達也原本擔心會出現多麼恐怖的怪物而提高警覺，所以現在稍微掃興。總歸來說魔王並不是「惡魔之王」，似乎是名為「魔族」的人類種族之王。

至於唯一例外的這個人則是……

「雫，妳也是嗎……」

達也忍不住說出某羅馬人的名言（不過是不完整的廣告版本）。幾乎站在大廳最前排的這個人是雫。她身穿使用許多金銀絲線縫製，裙襬大幅展開的花俏禮服。

「陛下？」

雫詫異般反問。

就在達也思考該說什麼話來掩飾的時候，身旁伸出援手。

「雫小姐，令尊的身體狀況如何？」

「託您的福好多了。」

「那太好了。但是切勿勉強自己。雫小姐有充分盡到職責，所以請令尊在完全康復之前專心療養吧。」

「謝謝殿下。在下會將殿下的厚愛確實轉告家父。」

「霏也……」

說到這裡，達也察覺深雪的提醒眼神。大概是要他使用「魔王」會有的口吻吧。

「霏小姐也千萬別勉強自己了。」

「感激不盡，陛下。」

霏雙手提著裙子屈膝行禮。

後來，頭頂浮著「宰相」這個標籤的老人提醒「人族的恐怖分子集團正在接近，必須嚴加警戒」之後，這場集會就解散了。

回到私人房間的達也只脫掉國王禮儀服的斗篷，放鬆坐在比那張「私人房間用王座」稍微舒適的長椅上。剛才短短的時間就令他疲憊不已。

理所當然般跟進房間的深雪面帶微笑看過來，察覺到這一點的達也稍微起身。

「深雪，謝謝妳。剛才的協助幫了大忙。」

「不用客氣。我是哥哥的臣下也是妻子，當然要從旁扶持哥哥。」

「……妹妹是妻子不會很奇怪嗎？」

「兩人獨處的時候也稱呼您為陛下比較好嗎？」

「兩人獨處的時候希望妳也不要扮演王妃的角色。」
「討厭啦，哥哥，我當然是開玩笑的。」
深雪純真地笑得很開心。
「……說得也是。開玩笑嗎……」
達也當然也想相信這是在開玩笑，卻有一種難以形容，無法只以開玩笑解釋的感覺。
「是的，這是玩笑話。」
深雪的話語這麼無法相信，在達也的記憶中也很少見。
不過看到深雪這張只有純真可言的笑容，戒心不知不覺差點溶解消失。為了繃緊精神避免鑄下大錯，達也想要換個話題。
「話說雫的父親怎麼了？」
聽到達也這個抽象的問題，深雪露出意外感。
「這次沒有提供舞台設定給哥哥嗎？」
「妳是說下載到意識裡的知識嗎？」
「是的。」
看來深雪今晚也有發生那個現象。而且對於意識直接被外力介入，深雪似乎沒抱持太大的危機意識。

但是沒造成實際的危害。達也覺得或許是自己想太多了。

「……沒有。今晚是準備一本書為我說明背景。」

總之胡亂激發不安心情是最差的做法吧。達也如此判斷。

「書嗎？」

反觀深雪對於這個世界的書籍露出深感興趣的表情，但她似乎沒以自己的好奇心為優先。

「依照角色設定，雫的父親兼任這個國家的財政與維安龍頭，也就是內務大臣的職責。」

「聽妳這麼形容，那應該不是北山潮先生本人，而是系統管理的角色，也就是NPC嗎？」

「是的，正是NPC。而且依照設定，雫現在代替療養中的父親在城裡工作。」

「穿那套禮服指揮治安不會很辛苦嗎？」

達也說出沒什麼特別意義的這個感想，引得深雪笑出聲。

「哥哥，這裡不是現實世界。」

聽她這麼說就覺得沒錯，在夢裡應該不會連續辦公好幾個小時。對此達也也只能苦笑。

「不提這個，哥哥……」

深雪坐在達也身旁。

這在現實世界的自家也是日常可見的慣例行動，但是達也腦中不知為何閃爍著危險訊號。

「現在在這個世界，哥哥和我是夫妻。」

「雖然不知道原因，不過我們確實扮演國王與王妃。」

達也不經意將「夫妻」兩個字換成別的話語。

「說得也是。我是哥哥的王妃，也就是妻子。」

「…………」

可惜沒什麼意義與效果。不過連達也都沒能理解自己是在期待什麼效果。

深雪稍微拉近距離。

感覺這時候後退就輸了，達也不為所動。

深雪的嘴唇湊向達也的側臉。

「所以哥哥，今晚我們睡同一間寢室喔。」

深雪在達也耳際呢喃，然後迅速站起來。

她臉頰泛紅露出靦腆的笑容，轉身小跑步離開房間。

「……既然自己都覺得不好意思，別說不就好了？」

達也以精疲力盡的聲音低語。

成為獨自一人之後，就有餘力思考今晚在這個世界發生的事。雖然實質上只聽過系統準備的人偶說話，不過重新回顧那個「宰相」的話語，達也在意起一件事。

搭配昨天與前天晚上的夢境內容來思考，「人族的恐怖分子」應該是要討伐魔王的勇者小隊吧。立志打倒魔王的勇者團隊，在魔族這邊眼中是暗殺政治領袖的非法特務部隊。

雖然懷疑夢中是否存在著國際公法的概念，不過這種事一點都無所謂。重要的是達也想知道誰加入勇者小隊，而且在多久之後會抵達這座城堡。如果等太久就必須考慮主動出擊。

達也決定走出房間，尋找可能會知道內情的ＮＰＣ。之所以沒有想到可以叫人過來，是他生長的環境使然。和深雪不同，達也和使喚幫傭的生活完全無緣。

達也不知道城內的構造。那本書沒記載「政治用的辦公室配置在城內何處」這種現在派得上用場的情報。因此達也隨意走向感覺得到有人的地方。他忘記至今在這座城裡只見過三個人。

他首先找到的是穗香。扮演侍女的她正在和其他的ＮＰＣ侍女一起整理床舖。

達也冒出些許好奇心，決定偷偷觀察這幅光景。

「穗香小姐，麻煩妳了。」

很快就知道穗香的職責和其他侍女不同。其他侍女們迅速拆下床單與枕套，將羽毛被晾在附滾輪的曬衣台。在室內晾棉被應該沒意義吧？如此心想的達也看見穗香做出奇怪的舉動。

「覺醒魔法！」

穗香忽然將雙手舉到頭上，接著在面前交叉雙手，手指像是捏著什麼般稍微彎曲，接著她屏息片刻——

「鯊門托斯！」

穗香背後浮現閃閃發亮的半裸男性影像。這到底是什麼演出？達也歪過腦袋。

緊接著，窗外射入耀眼的陽光。

從魔王城窗戶看見的景色如同陰天般微暗。天空有太陽，所以大概設定成日照原本就偏弱吧。陽光燦爛灑落的魔界確實和印象不符。

不過現在從窗外射入的光線，像是以透鏡將微弱陽光聚焦般耀眼又火熱。

（這麼說來，幹比古他們聊過電視連續劇的主角。記得是擅長光線折射魔法之類的。）

穗香真的是模仿這部連續劇的主角使用這個魔法吧。連招牌姿勢都忠實重現。看來今晚的創造主肯定是這個節目的劇迷。

感覺床與被子也逐漸曬乾。既然聚集那麼強烈的陽光，殺菌效果也很強，想必有益健康吧。注意健康的魔族聽起來也有點奇妙，但即使想吐槽這種細節也不知道對方在哪裡。

「穗香小姐，ＯＫ了。」

「好的，我知道了。」

穗香說完之後，窗外射入的陽光回復為普通的強度。可以自由中斷魔法，是和現實世界魔法的一大差異。這或許隱含重大的意義。達也將這一點放在心上，在包括穗香在內的侍女們沒察覺的狀況下離開現場。

達也尋求新的情報來源走向城堡深處，在出入口沒有門而且四面挑高的房間，聽到深雪與雫相互開心歡笑的聲音。

「陛下！」

達也還沒搭話，深雪就發現他並且起身行禮。深雪旁邊的雫也默默以同樣的動作行禮。

「深雪、雫小姐，朕也可以加入嗎？」

「當然可以，陛下。」

這句話也是深雪說的。雫吩咐侍女準備達也的茶水。

達也毫不客氣坐在侍女為他拉的椅子。

達也拿起侍女新準備的茶杯飲用，深雪等他將杯子放回茶碟之後發問。

「陛下，看您好像在找人？」

「啊啊，關於宰相剛才提到『人族的恐怖分子』，朕想知道一些事。」

達也注意以「像是魔王」的語氣回答。只不過他對於自己的表現完全沒自信。

「陛下。」

至今交給深雪進行對話的雫，忽然向達也開口。

「小女子可以說明這件事。」

出乎意料的建言使得達也有些詫異。

「妳嗎？嗯，不好意思，那麼可以請妳說明嗎？」

「遵命。」

雫微微低頭致意，看起來完全沒被達也的反應壞了心情。

「朕想知道的是這個人族團體接近到哪裡了。」

「請陛下見諒，目前沒能掌握正確位置。」

雫略顯猶豫之後說下去。

「人族鑽過我們的監視網，推測已經潛入城下町。」

看來這座魔族城市的外圍沒有城牆。似乎是因為城市的居民基本上比入侵者強，所以不必鞏固防守。

「已經潛入？」

完美扮演魔王妃的深雪發出驚慌的聲音。

「沒事的，殿下。」

雫安撫深雪。

「他們的目的是潛入這座城堡，應該不會在城下町引發騷動。」

「那些傢伙的目標是朕。不會冒著曝露行蹤的風險，向城下町的魔族出手。」

「正是。」

然後她簡短同意達也的話語。

「雫小姐，我想聽妳的預測。人族什麼時候會潛入城堡？」

「最快在明天白天。」

「會在大白天闖進來嗎？」

達也吃了一驚，雫以詫異的眼神看向他。

「人族比我們魔族害怕黑暗。而且比起白天更擅長在夜晚行動的魔族不算少，人族肯定也知道這一點。」

「說得也是。朕太大意了。」

「陛下與殿下都和小女子一樣是日行性種族，所以難免這麼認為。」

但是雫沒有繼續起疑，接受自己這個解釋。不對，是系統讓她接受的。

「雫小姐，請您做好萬全的警戒喔。」

情感完全投入角色，發自真心感到擔憂的深雪這麼說，雫點頭回應。

不過，達也向雫下達意外的命令。

「雫小姐，如果人族的暗殺者潛入城內，麻煩妳引導對方到謁見廳。」

「陛下？」

「怎麼這樣！陛下，您要自己擔任誘餌嗎？」

達也向慌張的雫與深雪搖了搖頭。

「這是為了在臣民不會受害的狀況下擊退敵人。若要擊退本領高超到受命暗殺朕的殺手，城裡的人想必也不會毫無傷亡。還不如朕親自對付比較確實。」

在一般的奇幻故事裡，魔王被勇者討伐是常理。而且達也雖然在這場夢裡是魔王，卻還不知道是否被賦予什麼特殊能力。即使如此達也還是親口說出這種話，看來他也相當投入這個角色。

不過達也自己是想要藉此加快劇情進展。

「陛下，到時候我也要陪同！」

深雪探出上半身，達也笑著向她點頭。

「那當然，王妃。朕很仰賴妳的魔法。」

「陛下，小女子也要陪同。」

「啊啊，也請雫小姐好好效力吧。」

雖然表現出逼不得已的模樣，不過達也其實可能也頗為配合演出。

這一天轉眼即逝。為求謹慎，達也暗中在城下町找了一下，卻沒能發現勇者小隊。只知道是兩男三女的團體，而且每個人都很年輕。

如果今晚的惡夢繼承了昨晚的部分片段，那麼兩名男性應該是雷歐與幹比古，三名女性中的兩人則是艾莉卡與美月。考慮到曾經實際參與演出的女性，第三人的最有力人選是真由美。也可能出乎意料是摩利。

如果真由美加入隊伍，達也認為她很可能扮演勇者。真由美是在這場惡夢裡保持現實意識的少數同類。如果真由美是勇者，達也覺得這次的遊戲應該可以意外輕鬆地過關。

在自己房間（當然不是現實世界的自己房間，是魔王的房間）過於氣派的辦公桌前面進行這個預測的達也，聽到敲門聲抬起頭。

「……進來。」

不由得差點說出「請進」的達也，在最後關頭換成符合角色定位的話語。雖然被迫照著劇本走會令他不愉快，但是全都必須臨場發揮的話也很麻煩。

「抱歉打擾了。」

以緊張表情入內的是端著托盤的穗香。

「陛下，屬下端茶過來了。」

穗香的服裝和白天一樣是長袖高領連身長裙加上白色圍裙。完全看不見髒汙的純白圍裙應該是剛換上的。確實，在親自端飲料給最高掌權人的時候，即使不是「王」而是「社長」或許也會換一下圍裙。

「放在這裡吧。」

達也阻止穗香把茶杯放在長椅前方的桌子，要她端來辦公桌。達也真要說的話是咖啡派，卻不想在夢裡也堅持喝特定的飲料。

「遵……遵命！」

穗香以偏尖的聲音回應達也的命令。背對著她的達也也感受到她異常緊張。

這種狀況大多是意外事件的徵兆。雖然覺得這種展開在現代很老套，但是達也認為無法期待這場鬧劇的創作者會貼心安排新穎的演出。

達也幾乎沒動椅子就站起來轉身向後。

剛好是穗香絆到腳，托盤失手往前摔的場面。要是達也剛才就這麼坐在椅子上，茶杯肯定會直接命中他的後腦勺。

達也歪過腦袋閃躲飛過來的茶杯茶碟與托盤，並且前進一步摟住穗香的身體。雖然是從側邊抱住的姿勢，卻沒有摸到胸部。達也沒有慌張到無暇調整攙扶的部位，運動神經也沒那麼遲鈍。

茶杯與茶碟發出響亮的聲音破碎。要是落在地面，長毛地毯或許會成為緩衝而完好如初，可惜飛出去的路線直接命中堅硬的胡桃木辦公桌。不過茶杯與茶碟都是偽造的幻影，所以一點都不可惜。

「沒事嗎？」

不提這個，懷裡的少女才是問題。她因為過度緊張又接著出糗而陷入恐慌，成為豎脊肌——支撐身體的肌肉暫時失去正常功能的狀態，換句話說就是穗香腿軟了。

如果在現實世界，有一種技術可以直接刺激神經讓身體功能回復正常，不過這裡是一種虛擬實境空間。雖說軟腳也只是在模仿這種症狀，沒有連內部的機制都重現。現在唯一能為穗香做的對症治療就是讓她安靜躺好。

「穗香，走得動嗎？」

即使達也發問，穗香也沒有回應。不對，是無法回應。仔細想想，雖然多少能使用特殊的魔法，但她是一介侍女，而且即使有驚無險，她卻把裝著熱茶的杯子甩向魔王，隨後又被穩穩抱在魔王懷裡。成為半恍神狀態也是在所難免。

就算這麼說，也不能一直維持這副模樣。

「抱歉。」

達也道歉之後將手繞到穗香背後，將她的雙腳往上抬，以婚禮偶爾看得見——在虛構世界頻繁看得見的那種方式抱起她。

「咦，那個……！」

這個姿勢對於穗香來說大概非常震撼吧。看來麻痺身體的驚嚇被覆寫，發聲機能回復了。

「馬上就放妳下來，所以忍耐一下。」

對於年輕女性來說，被男性這樣抱起來非常難為情。達也起碼也能想像這一點。不過在另一方面缺乏想像力的達也，說出明顯違背穗香心情的這句話，將她抱往長椅。

「被達也同學……公主抱……」

穗香感動至極的細語傳入達也耳中。

如果是青春期的少年，應該會被這個甜蜜融化的聲音刺激腦髓而忘我，不過達也的意識注意到話語本身。

「穗香，妳清醒了嗎？」

剛才穗香不是稱呼他「陛下」而是「達也同學」。

「清醒……？不，這是夢。因為如果不是夢，達也同學不可能願意對我公主抱。」

穗香像是說夢話般呢喃，看來她的意識還在混亂。

達也如此判斷，讓她躺在長椅上。

「穗香，聽得到我的聲音嗎？」

達也將左手撐在椅背，右手放在穗香臉蛋旁邊，然後向她說話。這個姿勢就像是封鎖左右的退路壓在她上方。

至少被壓在下方的穗香是這麼覺得的。

「達也同學！達也同學居然壓著我，渴求我的身體……」

「咦，不，這是……」

穗香意識朦朧說出的話語，使得達也發現自己現在的姿勢難免會被這麼誤解，於是慌張想要起身。

但是穗香的左手抓住他的右衣袖。

「好神奇……明明是夢卻有手感。」

「不，穗香，聽我說。這確實是夢，不過……」

「說得也是。如果不是夢，達也同學肯定不會追求我。」

「不，我沒在追求……」

「不過，這是美夢……如果這是夢，我想要永遠作下去。」

「穗香，振作一點。雖然這是夢，卻不是只會稱心如意的夢。」

達也認為這樣下去沒完沒了，以左手輕輕搖晃穗香的肩膀。

穗香恍惚朦朧的眼睛聚焦了。

「咦？咦！達也同學？」

「醒了嗎？穗香，知道我是誰嗎？」

「達也同學……達也同學離我這麼近？我躺著，達也同學在我上面……？」

「喂，穗香？」

穗香身體突然虛脫無力。她過度興奮到昏迷了。

達也第一次遇到實際上（不過是夢中的「實際上」）有人會因為這種事而昏迷的場面。騙人的吧？這是他發自內心的感想。大概是心理層面的防禦力在意識轉印到虛擬分身的過程中減弱。達也決定這麼認為。

他拿起桌上的呼叫鈴搖動。

清脆音色消失之前就傳來敲門聲。

達也命令入內的侍女照顧穗香，自己則是離開房間。

「……這麼說來，妳說過我們睡同一間寢室。」

「是的。因為我們是夫妻。」

深雪敏銳聽到達也的自言自語，笑咪咪轉過身來。

「哥哥，請用。因為要就寢了，所以我準備的是花草茶。」

從黑色禮服換成象牙色睡袍的深雪，將洋甘菊茶遞給達也。明明在夢中，居然連這種東西都有……達也略感佩服。

「哥哥……」

達也將茶杯放在桌上的時候，深雪突然從背後抱過來。她環抱達也的脖子，嘴唇朝達也耳朵接近到呼氣可及的距離。

「深雪？怎麼突然這麼做？」

因為猜想妹妹應該會有所動作而做好心理準備，所以達也沒有慌張，如果完全冷不防被這麼做，達也定力再強也肯定會叫出聲，即使繃緊神經也無法避免甜美的刺激沿著背脊往上撩。

「哥哥在這種時候也能冷靜耶。」

其實達也也並非完全不慌張。明明不是真正的血肉之軀，心臟卻確實跳得比平常快。之所以沒被深雪察覺，是因為妹妹的心跳比他還要劇烈。

「我想……哥哥只對這場惡夢感到厭惡至極。」

深雪呼出的氣息拂過達也耳際。達也感覺氣息的溫度比平常高。

「但是我發現了唯一的一個好處。」

「有這種東西嗎？」

達也的聲音有點沙啞。他想潤喉而朝著茶杯伸手，但是拿不到。深雪的手臂以臂力以外的某種力量將他牢牢縫在長椅的椅背。

「這是夢。所以在現實世界絕對不被容許的事，在這個世界可以被容許。」

「雖然這具身體是夢的產物，這份意識還是屬於現實世界的我們。既然已經像這樣清醒，就和現實世界脫不了關係。」

「即使如此，這依然是夢。現在的我是魔王妃，是哥哥這位魔王的王妃。即使像這樣緊抱哥哥，和哥哥同房共眠，也不會有任何人責備我們。」

聽到這段話，達也放棄說服了。看來從前天晚上持續至今的惡夢，使得深雪的精神累積了超過容許等級的壓力。達也決定這麼認為。

既然這樣，就只能讓她為所欲為了。

相對的，我也要為所欲為。

達也做出這個決定。

「我知道了。」

「哥哥？」

看到達也態度突然轉變，深雪疑惑放開手臂。

不過達也輕輕起身之後，隔著長椅的椅背將她收回的手臂拉過來。

就這麼抓著深雪的手臂繞過椅子站在她面前。

「那麼，我們一起上床吧。」

「啊？」

高八度的聲音。達也無視於慌張的深雪，脫下她的睡袍。

象牙色睡袍底下是裙襬較長又寬鬆的薄紗睡衣。雖然不是強調性感的透光材質，卻是看在男性眼裡毫無防備的設計。

深雪頓時想交叉手臂遮掩身體，達也抓住她的雙手阻止，慢慢移動到床邊。

後退撞到床緣的深雪失去平衡。

達也輕輕按著深雪的手，讓她躺在床上。

就這麼脫掉自己的外衣，抽掉腰帶。

深雪臉紅轉過頭去。

房間突然變暗。

深雪就這麼橫躺縮起手腳。即使嘴裡說得再怎麼大膽，關鍵時刻的深雪依然是純潔的少女。

達也上床躺在深雪旁邊。

然後，很快的……

他開始發出穩定的熟睡呼吸聲。

「哥哥……？」

深雪戰戰兢兢轉身，戰戰兢兢呼叫。但是她的聲音沒有得到回應。

深雪以適應黑暗的雙眼觀察達也的臉。

達也動也不動，規規矩矩地熟睡。

「哥哥！真是的！」

即使深雪發出氣沖沖的聲音，達也也沒做出任何反應。

深雪背對哥哥鬧彆扭。

但她沒多久就發出清脆的笑聲。

隔天早晨，達也不是在寢室的床上，而是在私人房間的椅子上醒來。

身上已經穿著魔王的服裝。

原來如此，是這種機制嗎——達也如此心想。昨天（這場夢裡的昨天）的其中一個疑問得到解答，令他心情舒暢。

此時和昨天一樣傳來敲門聲。

「陛下，請問您醒了嗎？」

傳來的聲音和昨天一樣，是深雪的清澈聲音。

「進來。」

門在達也回應的同時開啟，深雪穿著和昨天一樣的漆黑禮服站在達也面前。

今天穗香也隨侍在深雪身後。即使看見達也的臉，穗香也只露出畏懼的情感。看來她自己的意識又陷入沉睡了。

「陛下，今天也請容妾身向您請安。」

深雪深深行禮致意。

「啊啊。王妃妳呢？」

「我嗎？」

深雪說完嫣然一笑，突然甩出一個巴掌。

手掌揮向達也的臉頰，他沒有閃躲。

深雪的右手打在達也的左臉頰。

這股衝擊比達也預料的輕微許多。

「這樣就可以了嗎？」

「是的，陛下。這樣我就消氣了。」

達也的左臉頰稍微變紅，不過這種程度的話，不必一個小時就會完全消腫吧。

「那就走吧。去迎接人族的暗殺集團『勇者小隊』。」

達也以裝模作樣的動作起身。

深雪不禁輕聲失笑。

「哥哥，『魔王』非常適合您喔。」

「也好。我不是成為正義使者的料。」

達也無懼一切般露出笑容，深雪自然而然以右手挽住他的左手。

「這樣不是很好嗎？哥哥，力量才是正義。」

為今晚惡夢做結的來訪者是在正午現身。

「魔王達也！我要以正義之名討伐你！」

幹比古一衝進來就以英勇的口吻這麼說，達也就這麼坐在王座賞他白眼。

「造訪別人家的時候要先報上自己的名字。這是常識吧？」

「呃，家？」

幹比古維持著伸手指向達也的姿勢目瞪口呆愣在原地，達也故意朝他嘆了口氣。

「魔王城是魔族的官廳，同時也是魔王的居城。換句話說，是不知為何成為魔王的我的家。好啦，既然知道了就快點報上名來吧。」

達也說著看向勇者小隊的最後方。勇者小隊是前衛三人、後衛兩人的陣形。在前衛人牆的後方偷偷摸摸別過頭，身穿花俏服裝的嬌小少女引起達也的注意。

「我……我是國王陛下任命討伐魔王的勇者，幹比古！」

達也將視線移回幹比古，然後依序看向他的兩側。

「咦？換我？」

「快點啦，後面還有人在等。」

雷歐與艾莉卡說著悄悄話。

達也識相假裝沒聽到。

「我是同樣由國王陛下任命加入魔王討伐部隊的盾之騎士，雷歐！」

「你的馬呢？」

「啊？」

大概是沒想到居然在這時候被吐槽，雷歐露出錯愕表情。

在王座後方，深雪、雫以及不知為何也在場的侍女穗香不禁偷笑。

「有騎馬才叫做騎士吧？你的馬怎麼了？」

「因為太顯眼，所以我沒帶來！」

雷歐以豁出去&自暴自棄的態度如此回答。

「那你自稱騎士不就是謊報身分嗎？既然沒有馬，我覺得應該自稱『盾之步兵』。」

「盾之步兵……不覺得聽起來很怪嗎？」

「這不關我的事。但你如果不喜歡『盾之步兵』，叫做『盾之戰士』也不錯吧？」

「盾之戰士嗎……嘿嘿，挺不錯的嘛。魔王陛下，謝啦！」

「喜歡的話，你就這麼自稱吧。」

「好，我就拿來用吧。」

此時身穿全身鎧的雷歐頭盔發出響亮的聲音。

「好痛！臭婆娘，妳做什麼啊！」

雷歐隔著頭盔按住腦袋，艾莉卡維持連劍帶鞘往下揮的姿勢怒罵回應。

「你這笨蛋給我閉嘴！哪個世界的勇者同伴會因為魔王給稱號而開心啊！」

雷歐露出愧疚表情看向旁邊。

艾莉卡取代他，從正面注視達也的臉。

「我是王國的劍士，艾莉卡！竟然以三寸不爛之舌拉攏王國的精銳，如此狡猾的智慧值得畏懼。不過那種心理攻擊對我不管用！」

「我知道了。」

「……咦？就這樣？」

看見達也很乾脆地點頭回應，艾莉卡露出掃興表情愣住不動。不過即使艾莉卡如此期待，達也對她也沒什麼好說的。依照達也在現實世界各方面的親身經驗，對她亂說話會害得事情變得更加麻煩。

達也沒回應艾莉卡的要求，而是從王座起身。

深雪在達也背後輕聲說「哥哥，注意用詞」。看來她依然認為扮演好自己的角色很重要。

達也個人非常不想這麼做，但他決定這時候暫且聽從妹妹的意見。

「只聽你們自報姓名也過意不去。雖然你們應該已經知道，但是朕也報上姓名吧。朕是魔王達也。」

達也演得有模有樣自報姓名之後，正如預料聽到「噗」一聲忍不住笑出來的聲音。「她」對於這種事意外地缺乏定力。達也在現實世界就很清楚這一點。

「啊啊，果然是學姊嗎？」

「咦，這是在說什麼？」

身穿繽紛荷葉邊連身裙的真由美慌張向後轉，達也以指尖向她招手兩三次。

「……公主大人，魔王在叫您。」

美月在一旁悄悄向真由美說話。

不只是美月，前衛的三人視線也集中在真由美身上。

「妖精族為什麼成為人族的同伴？」

雫以讀稿般的語氣發問。她這句話使得達也與深雪察覺真由美的耳朵是尖的。

「妖精公主殿下承認我們師出有名，所以提供助力！」

幹比古以光明正大的語氣說出勇者會說的話。

達也當然沒被震懾也沒感動，而是在意另一件事。

「妖精公主……？」

深雪以受驚的聲音低語。看來她也和達也同感。

「比起魔法少女，不知道哪個稱呼比較丟臉……」

達也不由得以本性低語。

「比魔法少女好多了！」

不過這對於真由美來說成為致命的攻擊。

「明明十八歲還打扮成這副模樣已經夠丟臉了！如果是魔法少女什麼的就太離譜了吧！」

真由美滿臉通紅大聲主張。

「啊～～……學姊，我理解您的心情，不過請冷靜。」

關於「這副模樣」顯然有著同情的餘地。達也也覺得自己的魔王造型相當丟臉，但是比起真由美的魔法少女造型就好多了。不對，甚至完全沒得比吧。

無論評分再怎麼放水，膝上二十公分的連身迷你裙終究不太行。而且裙襬是荷葉邊，兩側各有一排小小的蝴蝶結，腰部是大大的蝴蝶結，長手套以花朵裝飾，腳上也是附上花朵的高跟鞋，髮型使用超長緞帶綁成偏高的雙馬尾，別說無法辯護，甚至提不起勁來辯護。

「那個……總之……很適合您。」

達也個人處於說不出其他感想的心境。

但是對於真由美而言，這句話就像是在鞭屍。

「達也學弟大笨蛋～～！」
真由美發出靈魂的哀號。
她手上的童話風格手杖射出光之子彈。
不是真正的光，速度頂多是職業網球選手發球的程度。看來這座舞台也有遵守娛樂作品的原則，將射擊武器的彈速控制在觀眾跟得上的範圍。
「鏡子啊！」
在達也背後待命的穗香大喊。
真由美的光彈被出現在空中的防壁反彈。
「各位，跟著公主殿下進攻吧！」
這句話成為開戰的訊號。
幹比古、雷歐與艾莉卡都理所當然般以勇者小隊的身分挑戰魔王。
看來他們沒在意達也與真由美的上帝視角對話。也可能是劇本妨礙他們所以沒聽到。
雫的指尖發射光束，直接射向真由美。真由美以杖尖張開的光盾擋下。
幹比古拔劍砍向達也。達也以不知何時出現在手中的大劍接招。
雷歐與艾莉卡從兩側襲擊達也。深雪伸手一揮就揚起暴風雪分別捲走兩人。
「深雪殿下！」

和達也交劍角力的幹比古見狀大喊。

「請醒醒吧！殿下您被魔王騙了！」

幹比古因為出聲而放鬆力道，達也大幅推開他。

踉蹌後退的幹比古，在艾莉卡與雷歐的攙扶之下站穩。

這段期間真由美和雫也繼續以光束互射，穗香與美月毫無動作互瞪。

達也判斷真由美與美月應該可以交給雫與穗香對付。

「勇者啊……」

他認為現在是高潮場面，重新扮演起魔王的角色。

「你的目的是什麼？」

幹比古以蘊含激烈鬥志的眼神瞪向達也。

「是把你打倒，帶回殿下！」

幹比古基於自省的性格而鮮少改變自制的態度，如今卻展露鬥爭心與功名心。達也從以前就認為幹比古應該更加表現自我，所以欣賞他現在這種態度。

不過，他要求的內容可不能充耳不聞。

「帶回深雪？意思是深雪屬於你嗎？」

這句話激怒達也的程度，連達也自己都感到意外。

「我不會離開哥……離開這位大人身邊！」

深雪也激動回嘴——不只如此，大廳的室溫也急遽降低。

「等一下，這是不是不太妙？」

艾莉卡身體發抖輕聲說。

「深雪學妹，妳冷靜！這樣下去會變成另一部故事啊！」

回復理智的真由美從搞錯重點的角度大聲制止。

這裡是某人在夢幻次元創造的虛假世界，被捲入這個世界的「玩家」只能使用系統賦予的技能。魔法師也無法使用在現實世界習得的魔法。

明明應該是這樣才對，深雪卻和現實世界一樣讓魔法失控，引發無差別的冷卻現象。如果這不是這個世界的創造者賦予的能力，那就只能以一種方式說明。

這個世界是以靈子組成的。

精神干涉系魔法被認為是改寫靈子情報體的魔法。

深雪天生持有的魔法是精神凍結魔法——讓靈子情報體停止活動的魔法。

這個魔法跳脫原本的發動法則，首先停止了建構出這個脆弱虛擬世界的靈子情報體。

現在還僅止於降低「夢幻世界」的氣溫，卻無法保證不會波及玩家的精神。要是世界凍結，心靈也被凍結，就會和真由美說的一樣，變成某丹麥作家的童話情境……不過其實沒這麼悠哉，無疑會造成生命危險。
知道這個風險的達也，決定盡快做個了結。
「幹比古。你有搶奪別人伴侶的癖好嗎？」
出乎意料被冠上這個嫌疑，幹比古啞口無言。
「現在的深雪是我的妻子。」
室溫停止下降。達也悄悄瞥向一旁，發現原本柳眉倒豎的深雪正在蕩然心醉。達也相當強調「現在」兩個字，但她或許沒聽到。話說深雪的這個反應……達也希望是妹妹的演技。
他重整心情，繼續以話語攻擊勇者。
「記得這叫做『橫刀奪愛的嗜好』？」
「我沒有這種嗜好！」
不知道是終於從打擊之中回復，還是受不了來自旁邊與後方的冰冷視線，幹比古迅速大喊。
「所以你並不是喜歡搶走有夫之婦，而是因為她是深雪才想搶回去嗎？」
整個房間的冷卻現象平息了。
然而幹比古感覺背後飄來沁涼的空氣。
「……是這樣嗎？」
響起這句呢喃。真要說的話是給人軟弱印象的細小聲音，幹比古卻感受到背脊顫抖的壓力。

「什麼事……？」

幹比古戰戰兢兢轉過身去。「敵人就在前方」的這份意識從他內心消失。

「是這樣嗎，幹比古大人？」

這個判斷沒錯。對於幹比古而言，當前最大的威脅不是魔王達也。

「那個……美月修女？」

是勇者小隊的成員——美月。

「您喜歡深雪殿下，所以想從魔王手中搶過來嗎？」

「不對！這是誤會！」

幹比古擠盡聲音辯解。

「不過殿下很美麗對吧？很迷人對吧？」

「不，這……」

幹比古這個老實人一時之間無法說謊。

不過世間有句俗話是這麼說的。「老實人會吃大虧」。

「果然！」

美月放聲崩潰大哭。

「美月！」

艾莉卡連忙跑到她身旁，輕輕撫摸她的背安慰她。

「那個……」

「大爛人！」

啊……

幹比古想對美月說話，但是艾莉卡輕蔑至極的聲音與眼神麻痺他的舌頭。

雷歐一臉為難地搔了搔臉頰。

真由美完全不想介入身旁上演的愛恨情仇，滿臉通紅以魔法和雫互擊。看來雫又多話了。

穗香因為美月脫離戰線，所以加入雫這邊助陣。

深雪不知何時開心地抱著達也。

「勇者鬥魔王」已經演不下去了。

事態變得完全無法收拾。

「……喂，今晚是不是可以『閉幕』了？」

達也朝著空無一人的空中發問。

下一瞬間，隨著有點不乾脆的破碎聲，夢的世界粉碎了。

◇ ◇ ◇

達也在自己房間的床上醒來。
牆上時鐘顯示時間是凌晨三點。
門外忽然產生某人的氣息。
感覺像是要悄悄溜進房內。
達也下床不發出腳步聲，迅速開門。
「……深雪，三更半夜妳在做什麼？」
走廊上，妹妹維持著伸手要開門的姿勢僵住。
「不，那個……陛下！我們不是夫妻嗎？」
然後突然演起莫名其妙的短劇。
「我是陛下的王妃！所以應該要睡同一間寢室……」
「深雪？」
「那個，這是夢。是夢的後續！所以哥哥……」
達也以冰冷眼神注視深雪雙眼。

深雪尷尬移開視線。

看來並沒有睡昏頭。達也如此判斷。

達也「啪咚」一聲關上房門。

「哥哥？」

達也無視於慌張叫聲與敲門聲將門鎖好，上床睡回籠覺。

「哥哥，非常抱歉！我剛才玩笑開過頭了！起碼請讓我解釋一下……」

達也將妹妹的聲音趕出意識，閉上眼睛。

睡意立刻來臨。

達也就這麼連夢都沒作就熟睡到天亮。

（第五夜待續）

「哥哥，抱歉昨晚真的太失禮了。」

達也結束清晨的修行返家之後，在玄關迎接他的是直角彎腰深深低頭的妹妹。

以往或許會因為事出突然而問她「到底怎麼了」，不過達也今天早上清楚知道妹妹謝罪的原因。而且是不能以「沒事」或「不用在意」帶過的原因。

「是昨晚恍神差點闖入我房間的那件事嗎？」

為求謹慎，達也確認深雪是為了哪件事道歉。如果她這時候再度胡言亂語，就必須徹底和她談一談。

「是的。我說出不該說的話，為哥哥添了麻煩。當時我好像睡昏頭所以怪怪的。」

達也從正面定睛注視妹妹的臉。深雪看著下方所以沒能四目相對，但她誠懇的表情並不是在粉飾這句字面上的解釋。

「我知道了。既然是睡昏頭就沒辦法了。」

就達也看來，當時的深雪感覺意識相當清楚，不過對於彼此來說，當成她睡昏頭比較不會在事後留下心結。

「以後要小心別發生那種事啊。」

「好的。如果我再度做出那種冒犯的舉動，到時候即使將我關進鳥籠，我也不會抱怨。」

「居然說鳥籠，妳啊……」

妹妹這個比喻的方向性很奇妙，達也頓時語塞。

或許深雪想說的是「成為籠中鳥也沒關係」。不過就算以這種比喻來形容，要是哥哥真的對妹妹做出這種行為也非常不妥，應該說不當。

「深雪，我不想把妳關起來。所以拜託真的不要再做出那種事。」

「好的。哥哥，我保證。」

異狀愈來愈深入侵蝕達也周圍。

「啊，早……早安……」

達也進入教室一看，鄰座的美月已經到校。

這部分一如往常。但她這副提心吊膽的態度和往常不同。達也認為就像是回到初次見面的那時候，卻立刻察覺自己想錯了。美月自從初次見面的那時候開始，即使感覺有點勉強自己卻還是積極搭話。現在這樣是初次見面之前的狀況。

此時，達也感覺到一雙有所顧慮又像是在試探的視線抬頭一看，發現幹比古隔了一段距離看向這裡。

「幹比古，有什麼事嗎？」

幹比古從搭話的達也身上移開視線。

「啊，嗨，達也早安。」

「早安。所以有什麼事？」

「咦？不，沒事。」

幹比古就這麼不和達也視線相對。

「達也。」

前方座位的雷歐轉過身來輕聲搭話。

「感覺樣子是不是怪怪的？」

「你是說幹比古嗎？」

「不只是幹比古。」

雷歐說著從椅背探出上半身，將臉湊向達也。

「柴田也是莫名緊張，應該說有點冷淡的感覺，其他人的氣氛好像也挺尷尬的。」

說出這種話的雷歐和平常一樣。看來他正因為一如往常才覺得教室裡的氣氛怪怪的。

「早啊～～」

此時艾莉卡進教室了。她難得在快要遲到的時間到校。

「早安，艾莉卡。妳今天好晚來。」

美月沒有打招呼回應艾莉卡。對此愈來愈覺得不對勁的達也向艾莉卡搭話。

「該怎麼說呢～～我作了不舒服的夢……半夜就醒了。」

所以才睡眠不足。艾莉卡回應之後打個呵欠。

她這麼說完之後，雷歐的眉頭動了一下。達也沒看漏這個反應。

「惡夢？既然會在半夜醒來，應該很不好受吧。」

但是達也沒問雷歐為何起反應。達也想確認艾莉卡是否留下惡夢的記憶。

「可是啊……我在清醒的瞬間就忘記是什麼樣的夢了。」

「記性差到走三步就忘記的意思嗎？」

雷歐這麼說完的同時，腦袋響起輕快的敲擊聲。

在按著腦袋的雷歐旁邊，艾莉卡維持著捲起筆記本打下去的姿勢進行收招動作。

「好痛……那本筆記本每次都是從哪裡冒出來的？」

「少囉唆。不然你記得昨天作的夢嗎？」

雷歐答不出來。看他靜不下來的眼神就知道，雷歐不只是想不起來，也和艾莉卡一樣懷著不耐煩的心情。

「夢都是這樣模糊不清吧。」

看氣氛似乎會一直爭論下去，所以達也以大眾論點結束現在的對話。

午休時間，照舊和深雪會合之後前往學生會室的達也，在階梯轉角處巧遇下樓的真由美。

「哎……哎呀，達也學弟、深雪學妹。」

真由美當場停下腳步，表現出不自然的慌張模樣。

深雪同樣停下腳步，朝著站在上方數階處的真由美恭敬行禮。「會長，您吃完午餐了嗎？」她這麼問。午休時間剛開始，所以有點難以想像真由美已經吃完午餐。深雪之所以脫口這麼問，是因為平常都在學生會室吃午餐的真由美從學生會室的方向下樓，所以她沒多想就這麼認為。

「咦，嗯，那個，有點……」

然而聽到沒有特別意圖的這個問題，真由美慌張失措。簡直是在玩捉迷藏的時候，為了尋找藏身處而逃走到一半突然遇到鬼的受驚方式。

「請問有什麼急事嗎？」

達也若無其事開口救場。

「對！沒錯，我有急事！」

真由美猛然抓住這根稻草。

「這樣啊。您辛苦了。如果派得上用場，我們可以幫忙。」

深雪說出客套的慰勞話語。

「雖然是急事但是不重要。你們放輕鬆享用午餐吧。」

話語本身很妥當，但是真由美的聲音像是隨時都會高八度。

看她慌張到非比尋常的這副模樣，達也擔心說不定真的發生了什麼大事。

達也決定確認真由美的「急事」是真的還是藉口。

「魔法少女。」

輕聲說出的這四個字，效果立竿見影。結束對話踏出腳步的真由美踩空了。

「呀啊！」

達也迅速走上階梯，接住真由美差點從樓上摔下來的身體。

「謝……謝謝……」

真由美在達也懷裡鬆了口氣。

「！」

但她隨即滿臉通紅發出無聲的悲鳴，逃出達也的懷抱撞上牆壁。

「您沒事嗎？」

「沒事！對不起！謝謝！」

真由美像是連珠砲迅速說完，翻過半透明的印花裙襬跑下樓。

目送她背影的達也，感覺到來自極近距離的責備視線看向旁邊。

「哥哥……您為什麼要那樣惡作劇？」

擁有昨晚記憶的深雪，似乎認為剛才那句「魔法少女」是惡整。

「我沒有惡作劇的意思。只是覺得如果真的發生緊急事件就不能置之不理，才會像那樣做個確認……但是以結果來說變成惡作劇了。」

「即使是我聽到那種話也無法保持鎮靜。」

大概是想像自己陷入相同境遇的狀況而害怕吧，深雪的聲音有點顫抖。

「說得也是。我就反省一下吧。晚點再去道歉……不對，別這麼做比較好。」

「是的。再也不提這件事才是貼心之舉。」

達也默默點頭，再度踏出腳步前往學生會室。

◇　◇　◇

這天夜晚，達也在魔王城的王座清醒──當然是在惡夢中清醒。

（這是昨晚的後續嗎？）

睜開眼睛的達也，腦中首先浮現的念頭是「這是惡整嗎？」的被害妄想。

到了第五天首度扮演同樣的角色。是題材用盡了嗎？還是被認為適任這個角色？

如果是後者就太討人厭了。達也認真這麼想。他確實認知到自己不是「勇者」或是「正義使者」的類型，就算這麼說，卻也不認為能勝任「魔王」這種被要求勤勉的職業。說到魔王就是征服世界或是殲滅人類，然而征服之後就必須統治，殲滅之後會殘留領土，所以必須考慮重新分配資源與所得，這方面和征服沒什麼兩樣。

達也只希望和深雪過著平穩的生活就好，為此他自認沒有疏於努力，但是老實說他不想背負更重的責任。將來深雪和自己以外的某人結為連理之後，達也打算隱居在遠離人煙的深山或是遠洋的孤島，只要能夠遠遠守護妹妹的幸福就別無所求。他評價自己是徹底不適合擔任勇者或魔王的人。

然而一反他自身的意願，今晚看來也要在這場惡夢盡到魔王的職責。為了把握狀況，達也環視房內找尋昨天的「書」。

說來大意，他直到這時候都沒察覺吊掛在房間角落的巨大鳥籠。籠子是紡錘的形狀。許多細長的金屬棒密集排列，從圓形底板描繪弧線向上延伸集中到同一點。

鳥籠的頂點吊掛在天花板設置的鉤子上。

以銀色金屬打造的鳥籠底板，面積大到可以容納一個小房間。具體來說是直徑三公尺的正圓形。幾乎和四個榻榻米半的房間一樣大。

達也察覺一名少女躺在鳥籠裡。之所以這麼晚才發現，是因為鳥籠底板比他坐著時的視線還高。達也站起來才終於看見躺在裡面的人影。

白色蕾絲重疊縫製而成的寬鬆禮服。黑髮少女埋在這套禮服裡熟睡。達也知道她是誰——真的是熟悉到不可能誤認的程度。

少女清醒了。她撐起身體側身而坐，以朦朧的雙眼看向達也。

達也逃避現實（？）的行為，基於再也無法持續下去的意義達到極限。

「……哥哥？」

「深雪，總之妳先從裡面出來吧。」

在鳥籠裡扮演「被囚禁的公主」這個角色的人是深雪。

要逃離鳥籠很簡單。鳥籠的門只從外側上了門閂，也沒上鎖。只不過距離地面有點高，連達也都要伸直手臂才能解開門閂，深雪從鳥籠下來的時候也必須伸手幫她。

輕盈跳下來的深雪由達也緊緊抱住。深雪害羞低頭，卻立刻露出靦腆笑容答謝達也。

「哥哥，謝謝您。」

不過這句話與這張笑容都使得達也意識的表層剝落。

「這我不在意……不過現在是什麼狀況？」

達也只關心這個問題。

感覺哥哥這個問題有點急性子，深雪對此沒特別表露不滿，閉上眼睛露出像是在聆聽自身內側的表情。

「……看來我扮演的是被魔王抓走的公主。」

「又是『公主與魔王』嗎……」

這是和「美女與野獸（野蠻人）」並列的黃金組合。看來這個惡夢的創造主喜歡老掉牙的設定，達也感到傻眼。

深雪惡作劇地詢問嘆氣的哥哥。

「哥哥，我當公主令您感到不滿嗎？」

這個問題與其說是調侃，期待的成分比較多。

即使在這種時候，達也的回答也不會背叛深雪的期待。

「不，妳比任何人都適合扮演『公主』吧。」

毫不害臊也毫不勉強的果斷聲音，反而傳達出達也的真誠。聽到正如所願的回答而感到不好意思的深雪放鬆臉頰一笑。

「不過這件事和我是否接受這個狀況是不同的問題。到底是要我做什麼事……」

達也感到頭痛而按住額頭。

「哥哥……」

「不，我不用聽妳說也知道。到目前為止是尊重制式設定的那傢伙構思的劇情。反正應該會和昨天一樣有『勇者』要帶妳回去吧。」

「說得也是……不過哥哥，今晚城內是不是很安靜？」

達也沒察覺深雪指出的這一點。聽到妹妹這麼說，他才首度察覺城內過於安靜。

不只沒有別人的聲音，連腳步聲都聽不到。城裡基本上是石砌建築，雖然表面磨得像鏡子一樣光滑，不過只在重點位置鋪上地毯，鞋子的聲音應該相當響亮才對。回想起來，昨晚也隨時聽得到傭人在走廊來回的腳步聲。但是今天即使豎起耳朵也聽不到任何聲音。簡直是除了達也與深雪就沒有其他人的氣氛。

「總覺得好像是幽靈城……」

深雪身體一顫。大概是被自己的話語激發恐懼吧。

不過重新觀察妹妹的模樣，達也就察覺不只是這個原因。他一邊心想今晚的自己不夠貼心，一邊脫下斗篷披在深雪肩膀。

「哥哥？」

「妳穿這樣會冷吧。」

深雪身上的禮服，布料本身似乎很高級，但是實在太薄了。只重疊三層應該沒什麼防寒效果吧。感覺不太適合以這身服裝待在這座城堡的冰涼空氣之中。

「謝謝。」

深雪笑著將斗篷攏緊在身體前方。

「也得幫妳找替換的衣物才行。」

達也將手搭在深雪背上，踏出腳步探索城內。

「看來這裡是謁見廳。」

「和昨天的夢是一樣的設計……」

「所以是設定為同一個世界嗎？」

「或許吧，也可能是從『一開始』就只準備一個世界。」

「可是第一天沒有提到討伐魔王的話題啊？」

「啊啊，不，我不是這個意思。主題樂園會把單一園區劃分為數個區塊進行不同的演出吧？我認為這裡或許也一樣，預先準備的布景設備只有一套，但是『惡夢』分散在不同區塊，以便各自進行不同的劇情。」

「原來如此……我也開始覺得是這麼回事了。」
「話說回來還真是寬敞。剛開始的房間我也覺得很大，大概是私人的謁見室吧。」
「這麼空蕩蕩的就覺得好冷清，而且有點冷……」
「……看來這裡什麼都沒有。去下一個房間吧。」

「交誼室嗎？」
「是的。昨天我在這個房間和雫一起喝茶。」
「看來容器本身果然是同一個。不然就是從同一張設計圖製造的。」
「這是夢，所以與其在白天一直維持，每次入夜再重新打造應該比較簡單。」
「妳說的一點都沒錯。畢竟昨天的城堡在最後肯定損壞了。」
「昨天的結局相當熱鬧。相較之下，今天則是……」
「勇者來了之後才是重頭戲。妳覺得今天到底是誰會來？」
「感覺艾莉卡與西城同學應該會學不到教訓再度前來。」
「不過他們兩人應該也不是自願扮演勇者小隊吧。」
「嘻嘻，說得也是。這麼說來，哥哥，城堡外面是什麼狀況？果然完全沒人嗎？」
「從上方看看吧。」

「這座塔還真高……」

「因為剛才的樓梯很長。如果是血肉之軀應該已經上氣不接下氣了。」

「在現實世界就不必特地自己爬樓梯了。我要以飛行魔法才能來到這個高度，不過深雪妳用跳躍術式的話，應該真的是『一蹴可幾』吧？」

「若您問我是否做得到，我想應該做得到，不過在這種高度使用『跳躍』我會有點害怕。」

「害怕？只因為這種高度？」

「哥哥，我也是女生喔。就算是現在，我也一直在克制不讓雙腿發抖。」

「哈哈哈，那我們牽手一起走吧。」

「……好的。」

逛了一圈之後，兩人在推測是高貴女性臥室的房間裡休息片刻。這裡在昨天是王妃的房間。

結果走遍城內只確認了一件事，這座城堡裡只有達也與深雪兩人。

「不是魔王城，而是幽靈城嗎……」

達也輕聲說出的這句話，使得深雪投以不安的眼神。

「抱歉。」

即使知道沒有意義，達也總之還是向深雪道歉。

「剛才的形容方式不太對。正確來說是連幽靈都沒有的魔王城。」

深雪露出苦笑。

「您這麼說也稱不上安慰就是了……不過這裡以廢棄的城堡來說，看起來沒有損傷。」

光是稍微改變形容方式，無法消除建築物這麼大卻沒有任何人的詭異氛圍。看來深雪想藉由改變著眼點，排解內心那份不知名的恐懼感。

不過聽完妹妹提出的疑問，達也認為她注意的這一點沒錯。

「不只如此，也幾乎一塵不染。簡直像是大掃除之後離開沒多久。」

深雪打開衣櫃，重新檢視裡面的衣物。

「衣服也洗得很乾淨。不對……看起來都是新的，不過保養得很確實。至少我認為人們應該是在一兩天之內離開的。」

「這麼一來就希望有人能說明狀況了。」

外力強行介入意識的那種感覺，達也在生理上感到厭惡。不過既然被扔進像是「毫無線索的推理劇」這樣的缺陷劇本，達也覺得即使多少會留下不好的回憶應該也可以忍耐。人類真是任性的生物。

「我想想……雖然沒有根據，不過大概是因為勇者要來了，所以讓城裡的人們逃走，以免出現無謂的犧牲吧。不，感覺比較可能是部下們害怕勇者所以拋棄魔王見死不救的這種劇情。」

「哥哥，我覺得這種劇情再怎麼說也太反骨了……」

對於達也這種自虐性的推測（魔王是達也自己，所以他說自己被拋棄算是一種自虐），深雪委婉提出反對意見。

「哥哥不是也說過這場惡夢的製造者喜歡經典劇情嗎？我覺得正確解答肯定是魔王先讓部下逃走。」

「但我覺得經典的魔王個性沒這麼偉大吧？」

「雖說是魔王，不過是由哥哥扮演，所以就算個性偉大也沒什麼好奇怪的。」

達也實在無法接受深雪的說法。他好歹明白自己絕對不是什麼了不起的個性。

然而即使在這時候反駁，也不見得能讓深雪接受。議論必須有望找得到妥協點才有意義。達也決定避免進行毫無意義的爭論。

「哥哥，不好意思，可以幫我一個忙嗎？」

人在走廊的達也，聽到房內這個聲音在叫他。

深雪身上的禮服清涼到可以透過布料看見肩膀與雙腿，先不提造型，衣服本身不適合這裡的氣溫。雖然在夢裡應該不會感冒，不過會冷就是會冷，所以達也讓深雪換穿比較保暖的禮服。

正在換衣服的深雪開口希望達也幫忙。

達也當然會煩惱是否可以就這麼依照她的要求入內。

「哥哥？您不進來嗎？」

「沒有啦，我可以進去嗎？」

不過既然再度被這麼要求就無法斷然拒絕。

「是的，請進。」

即使為求謹慎這麼問，深雪的回答也和最初的委託一樣。達也做好隨時可以逃走的心裡準備打開房門。

深雪的雪白背部突然映入達也眼簾。

之所以沒有立刻關門背對，都是多虧「哥哥對於妹妹的肌膚反應過度也很丟臉」的想法掠過腦海。

「不好意思，我無論如何都沒辦法扣上釦子。」

深雪挑選的禮服，是以好幾顆金色小釦子在背部固定的款式。為什麼要刻意挑選這麼麻煩的衣服？達也發自內心這麼想，但他畢竟有一個妹妹是正值花樣年華的少女，所以起碼知道想打扮漂亮都必須花費不少心力。

而且這套高雅的禮服確實很適合深雪。直到剛才穿的白色禮服充滿少女氣息，不過穿上這套不是成熟女性的魅力，是早熟少女的魅力。

這是只有這個年紀的少女能綻放的花朵。如同一年只盛開一晚的曇花，嬌柔又嫵媚的豔姿。

「……您覺得如何？」

扣好釦子之後，深雪整理禮服線條害羞擺出姿勢，達也瞇細雙眼。

「深雪也完全是一位淑女了。」

達也回答之後立刻改口。

「不對，深雪一直都是淑女，不過以前是小小的淑女，現在是出色的大人淑女。」

這是正直的感想，達也自認算是在稱讚。不過深雪露出微妙不滿的表情。

「……深雪不是大人喔。是哥哥您的妹妹。」

達也內心突然充滿疼愛深雪的情感。

他伸出手，稍微粗魯撫摸深雪的頭髮。

深雪看起來很幸福，就這麼任憑達也撫摸。

如此平穩的時間沒能持續太久。

既然扮演的角色是魔王與被囚禁的公主，主線事件應該就是救回被囚禁的公主。

雖然是老掉牙的模式，不過熱愛經典的夢魔不可能拿掉這段劇情。

達也突然被傳送到一開始的房間。以虛擬形式體驗到在現代魔法號稱不可能做得到的瞬間移動，達也原本應該對此深感興趣，但他知道這麼做是為了以魔王身分被打倒，所以感到掃興。

這次關於劇情內容沒收到任何人的指示。不過一直敞開的門刻意在剛才關上，門後又傳來急促的腳步聲，就可以預期到接下來的展開。

這次劇情進展得真快。如此心想的達也坐在浮誇的「王座」上。

就像是抓準時機，厚實的門發出沉重聲音開啟。

「魔王達也！我是王國的劍士艾莉卡！是神殿賦予勇者大任的人！」

艾莉卡一闖入室內就「很有禮貌地」自我介紹，達也沒有直接回應她的話語，確認「勇者小隊」的成員。

「今天是四人嗎？真少。」

帶頭的是艾莉卡。她身旁是雷歐，後方是幹比古與美月。

今晚沒看見真由美。恐怕是受不了「魔法少女」的服裝所以拒絕上場吧。肯定是和昨晚扮演達也同伴的穗香與雫一起被分配到「別的舞台」。

除此之外是原班人馬，但是扮演的角色和昨天不同。

艾莉卡和昨天一樣是劍士，但同時也是勇者。艾莉卡每次都附帶劍士屬性，大概因為這是她的本質吧。也可能是連潛意識領域都強烈認定自己是劍士。這個主題挑起達也的好奇心。

雷歐不是昨天的全身鎧，是包覆局部重點的輕型鎧甲。相對的，手上的武器是巨大戰斧。雖然沒披著熊的毛皮，但他今天扮演的角色大概是狂戰士。

幹比古和前天一樣是「魔法使」的造型。達也覺得這樣比昨天的「勇者」合適，肯定不只是先入為主的觀感。

令人搞不懂的是美月。長裙洋裝加上白色圍裙看起來像是侍女的服裝，但白色頭巾感覺和侍女的頭飾不太一樣。說不定這是護理師的制服。不知道是因為這個舞台從一開始就亂七八糟，還是連維持最底限世界觀的努力都不想付出了……

「喂，不准不理我！」

達也思考這種事的時候，遭受艾莉卡的斥責。不知道是否是達也多心，總覺得她明顯表現出現實世界的個性。

「擄走公主殿下的色慾魔王！殿下在哪裡？」

這麼說來，深雪去了哪裡？達也歪過腦袋。記得被移動到這個房間的時候肯定在一起才對。

如此心想的達也環視房內。

大概是受到影響，艾莉卡他們也看向相同方向。

然後達也臉上失去血色，艾莉卡滿臉通紅。

深雪在鳥籠裡。

或許是察覺到達也等人的視線，深雪害羞移開視線。

光是這個狀況就會被懷疑擁有異常的性癖好，但她連身上的禮服都變回原來那套。

——不對，不是完全和原來一樣。原來的白色禮服是三層薄布重疊的構造，至少確實遮掩重點部位。

然而深雪現在身穿的禮服，只以一層薄到透光的布料製作而成。深雪膝蓋完全併攏又以雙手按著胸部，所以真的不能被看見的部位沒有曝光，但是反過來說就是一定要這麼遮掩才行的性感禮服。

在B級片會毫無意義讓獻祭的公主穿上清涼裸露的衣服，這大概是相同的演出吧。深雪見不得人的模樣，與其說是使得前來拯救的勇者等人受到打擊，不如說對於魔王達也造成更大傷害。

居然讓年輕女性，而且是妹妹穿成這副模樣……

艾莉卡驚愕張大嘴巴愣住，但她頓時回神，朝著身旁同樣錯愕的雷歐狠狠踩了一腳。

「好痛！妳這臭婆娘做什麼啊！」

「我才要問你在看什麼看啊！給我向右轉！」

「喔，好！」

雷歐甚至忘記回嘴，轉身背對深雪。

「不可以看！」

美月大概也終於回神，發出高八度的聲音摀住幹比古的雙眼。

總之確認男生們的眼睛被遮住看不見深雪之後，艾莉卡朝達也投以冰冷眼神。

「大爛人。」

艾莉卡進行達也害怕的攻擊。

「變態。」

實際中招就覺得比想像的還痛。

「色魔。」

心很痛。

「居然讓親生妹妹打扮成這樣，沒想到你是這種人。」

不過，達也可不能把這句話當成沒聽到。

「等一下，艾莉卡。」

「啊？明明是變態魔王，不准這麼親密叫我的名字。」

達也不由得差點受挫。說起來讓深雪穿上那套服裝的元凶，是毫不害臊就敢使用這種陳腐演出的虛構世界創造主，並不是被迫出演的達也。他想要儘快洗刷這麼過分的冤情。不過現在比起他的心情應該更優先確認一件事。

「艾莉卡，難道妳清醒了？回復現實世界的意識了？」

「我從一開始就是清醒的。現實世界的意識？聽你的說法簡直是把這裡當成一場夢。你想要胡言亂語敷衍我嗎？」

艾莉卡握緊已經出鞘的單手劍劍柄，從全身釋放殺氣。

「妳不記得自己剛才說了什麼嗎？」

「記得喔。你這變態。色魔。大爛人魔王。」

看來她不記得最重要的部分。

達也內心逐漸湧現怒火。

他的不悅心情高漲到情緒制動器即將發動的極限。

艾莉卡不知道實情所以誤會了，即使將這件事視為在所難免而盡量退讓，但她好不容易回復意識卻輕易就再度被占據，實在太沒出息了。

那我不就是平白被罵了？

達也手中出現漆黑的大劍。造型與登場方式都很像是魔王的武器。

艾莉卡露出無懼一切的笑容，側身將劍握在中段高度。

「不准插手。這個變態魔王由我來修理。」

艾莉卡進行懲罰的宣言。

「健忘的大小姐需要打擊療法是吧。」

達也挑釁回應。

「不然你說我忘了什麼？」

「既然會說出這種話，就證明妳忘了『自己是什麼人』。」

「從剛才就一直說這種莫名其妙的話……」

艾莉卡忿恨低語，卻不知為何沒揮劍砍過來。

「這種模模糊糊的感覺到底是什麼啦！」

達也稍微睜大雙眼。

艾莉卡果然即將清醒。

「打擊療法」只是一種還嘴的話語，不過或許意外適用於現狀。達也認為只要給予強烈的打擊，或許可以讓她擺脫這個世界的束縛。

既然這麼決定了，接下來只需要全力打倒——絕對不是要發洩剛才被當成變態的怒氣。

「所以我才說要讓妳回想起來——來吧。」

「呀啊啊啊！」

艾莉卡砍向達也。

雖然是艾莉卡先動，卻是達也看透她的呼吸引誘她出招。

達也以現實世界應該無法單手使用的沉重大劍接住艾莉卡的單手劍。

這未必是因為在夢裡才做得到。說到純粹的臂力，達也不如雷歐。但是身體末梢的力氣，也就是握力或手腕的強度，達也就是匹敵甚至凌駕於雷歐。在武器太重無法使用的狀況，與其說是臂力不夠，大多是握住武器的握力不夠，或是手腕無法承受衝擊傳來的力道。

操作武器要運用全身，不過握武器的是手。只要能以手穩穩支撐，武器的重量只要利用離心力或是反作用力就意外地可以駕馭。現在的狀況也是這樣，只要握力足以穩穩支撐沉重的劍，這份重量就會成為擋住對方攻擊的助力。

「喝啊！」

不喜歡交鋒角力的艾莉卡立刻後退，接著改變角度揮劍攻擊。

反覆進行眼花撩亂的後退與衝刺。

如同跳舞般使出多采多姿的劍招。

達也像是機械般持續正確擋下。

「喔喔，有一套！」

「是啊，不愧是勇者大人。」

「艾莉卡大人，加油！」

勇者的同伴們化為觀眾，不只是因為艾莉卡剛才要求「不准插手」。

雷歐手上的沉重戰斧無法加入那種速度型的戰鬥。

幹比古沒能瞄準眼花撩亂高速移動的兩人。

美月從一開始就不是戰鬥要員而是治療要員。

而且不只是單純在戰鬥方面的這種理由，三人更被達也與艾莉卡交擊的劍舞吸引注意力。

「哥哥，請加油！」

目不轉睛的不只是雷歐他們。鳥籠裡的深雪也大聲為達也加油，完全忘記要扮演公主。

達也與艾莉卡在這個小房間一邊沿著圓形軌道移動一邊交劍。兩人的戰鬥愈來愈呈現出劍舞的樣貌。確實防禦對方的攻擊，甚至令人覺得是照著劇本在走。艾莉卡再怎麼以單手劍使出激烈又複雜的攻擊，達也的大劍都是精準從正面擋下。沒有卸招或拆招，達也總是正面架開劍招，所以艾莉卡也不會失去平衡，能夠立刻揮出下一劍。

在觀眾們的眼中完全是平分秋色。但是交戰的兩人做出不同的評價。

（用劍的技術果然是艾莉卡高明兩三級以上嗎？）

達也「賭上性命」鍛鍊而成的身體操作技術奏效，以勝過反射神經的反應速度擋住艾莉卡的劍。但是只能配合她的劍招防禦，實在沒有反擊的餘力。達也的劍技不足以轉守為攻。

（明明是我比較強才對……！）

艾莉卡反倒是正因為知道自己技高一籌而抱持焦躁感。

依照她的經驗，魔王早就應該被打倒在地。只論劍技的話，自己和魔王之間就是有著這麼大的差距。自己肯定比較優秀。

但是沒能打倒魔王。自己的攻擊悉數被擋住。如果自己使用的武器不是聖劍而是普通的劍，或許會因為反彈累積過多的傷害而折斷。

正因為是聖劍與魔劍互擊，才能維持勢均力敵的狀態。艾莉卡已經自覺這一點。對手是魔王。

那麼肯定擅長魔法。

這份疑念掠過艾莉卡的意識。

魔王為什麼不使用魔法？

魔王為什麼配合她以劍技對決？

這是雜念。

冒出雜念就證明艾莉卡的專注力下降。

技術上是艾莉卡優於達也。

然而耐力是達也凌駕於艾莉卡。

不只是身體上的耐力，達也在心理上的耐力更是占盡優勢。

只要達也沒面臨技術上的破綻，明明肯定比攻方不利，但他可以永遠擔任守方。

他的專注力絕對不會中段。因為對於達也來說，他平常都處於專注狀態，意識散漫的狀態才是特殊狀況。

艾莉卡還沒達到這個階段。

不，這不是武道家應該立志邁向的境地。

正因如此，所以即使艾莉卡的注意力開始分散，也不能斷言是因為她造詣不深。

她分散的注意力，接收到她千里迢迢來到魔王城要拯救的對象——「公主殿下」的聲音。

「哥哥！就是這樣！好像快要可以逆轉戰局了，請加油！」

艾莉卡驚訝得不禁差點停手。

努力不懈長年修練習得的劍士本能，代替她的意識出招。在自動揮劍交鋒的狀況下，艾莉卡反芻剛才所聽到難以置信的話語。

『就是這樣！』

『請加油！』

這是公主聲援魔王的話語。

如果只看這個部分，還可以認定是公主被魔王的詭異法術誆騙。

但是那句話呢？

『哥哥！』

——公主她……深雪公主她為什麼將魔王達也稱為「哥哥」？

艾莉卡腦中閃過新的疑問。

——不，這是奇怪的事嗎？

——這是不可思議的事嗎？

——這反倒是很自然的事吧？

——「深雪」將「達也同學」稱為哥哥，這不是理所當然的事嗎？

響起特別尖銳的聲音之後，艾莉卡的聖劍停在達也的魔劍上。

艾莉卡的身體維持揮下聖劍的姿勢靜止。

「艾莉卡……？」

雷歐疑惑低語。

「勇者艾莉卡！妳怎麼了？」

幹比古發出焦急的聲音。

艾莉卡抬起頭，和達也四目相對。

「……達也同學？」

「看來妳這次真的清醒了。」

達也與艾莉卡就這麼以劍抵著劍，隔著劍刃交談。

「……這是什麼狀況？」

「妳什麼都不記得嗎？」

看起來是交鋒角力的形式，但是彼此的劍都沒有使力。

「那個……好像有叫我打倒魔王，拯救被抓走的公主……」

輕聲呢喃的艾莉卡突然臉紅。

「勇者？我嗎？」

艾莉卡突然扔掉劍，蹲下去雙手抱頭。

「啊啊啊啊啊……那麼丟臉的台詞……到底是怎麼回事，那樣的我不是我……」

「我不認為妳說過丟臉到要抱頭的台詞。」

達也將表情錯愕的三人晾在一旁，向艾莉卡說出安慰的話語。

「已經夠丟臉了啦……勇者……勇者什麼的……」

「艾莉卡，妳和我比起來應該沒什麼大不了喔。因為我再怎麼說也是魔王。」

艾莉卡瞥向上方，露出接受的表情。

「說得也是。」

她站起來露出灑脫的表情。

「比起變態魔王好多了。」

艾莉卡看向被關在鳥籠裡的深雪。

「沒想到達也同學有這種嗜好……」

「這是誤會。」

達也立刻回嘴。但是艾莉卡充耳不聞。

「特地打造了那麼大的鳥籠……」

「不是我打造的。」

「不只是把親妹妹關進去……」

「不是我關進去的。」

「還讓她穿成那樣！」

「就說是誤會了！」

艾莉卡退後一步，和達也拉開距離。

「達也同學，原來你是有這種嗜好的人？」

艾莉卡的臉真的僵住了。

「不，就說了……」

「艾莉卡，不准對哥哥說得這麼失禮！」

達也差點放棄辯解的時候，深雪代為表達憤怒之意。

「唔哇，深雪！看見了啦！遮起來！」

深雪伸手指向艾莉卡，所以沒能完全遮住胸前。

但是艾莉卡的警告沒傳入深雪耳中。

「就算是我主動要求，哥哥也不會把我當成禁臠關進籠子裡！」

「咦咦？」

艾莉卡的臉已經超過驚愕，染上恐懼的色彩。

達也感覺頭痛不已，低頭按住自己的腦袋。

「毀損哥哥名譽的這種世界！給我毀滅吧！」

深雪高聲宣布之後，白色煙霧迅速從她的周圍擴散。

感覺體溫急遽下降的達也，在一片雪白的視野之中，照例再度聽到「世界」毀壞的聲音。

◇ ◇ ◇

清醒的場所是自己的房間。

達也對此鬆了口氣，看向枕邊的鬧鐘。

距離鬧鈴響起還有一分鐘。

這次的結束方式意外和平……如此心想的達也從床上起身。

（不過我是變態……變態魔王嗎……）

然而這份平穩——應該說被虛脫感支配的心情，由逐漸湧上心頭的不悅感取代。

他只是失去「強烈的情感」，並不是完全沒有情感。

會懷抱不悅感，也會覺得憤怒。

（惡夢的影響逐漸擴散到現實。看大家在學校的樣子就知道，明顯已經達到不能置之不理的水準。）

達也以這種理由將自己的憤怒正當化，下定一個決心。

（無論如何都要找出製作惡夢的夢魔，停止這種機能。）

如果原因是聖遺物就要一同破壞。如果是某人以魔法操控，甚至要考慮停止其身體機能。

達也在心中如此決定。

（第六夜待續）

夢幻遊戲——團體戰：魔王鬥勇者——

星期六早上。從小型電車的車站通往學校的通學路上，深雪心情很差。
「深雪，差不多該回復心情了吧。」
「可是哥哥……」
「終究只是夢裡發生的事。」
「不是普通的夢。那時候的艾莉卡明顯很正常。」
「就算有意識也還在混亂吧。不能算是正常。」
「但是明明不缺別的話題，她卻說哥哥是變態魔王！」
深雪語氣忿恨不平，以稍微比細語大一點的音量脫口這麼說。
這句話著實給予達也打擊。
深雪不覺得達也是「變態魔王」，反倒是對於哥哥被誣賴而生氣。不過達也其實很在意自己扮演的「魔王」擁有擄走女生關進鳥籠欣賞的變態癖好。
「啊啊？不是的，哥哥！我絕對沒認為哥哥您是變態！」

「……我知道。」

雖然嘴上如此回答，達也卻明顯很在意當時的責罵。

目睹哥哥消沉的模樣（在別人眼中單純是面無表情），深雪用力握拳。

「果然需要修理一下艾莉卡吧。」

聽到妹妹輕聲說出的話語，達也臉色一變。

「深雪，要是把每一句夢話都當真會沒完沒了喔。」

深雪這時候的聲音連達也聽起來都很危險。他擔心妹妹可能鑄下大錯，甚至無暇消沉。

「那始終是在夢裡發生的事吧？夢與現實應該好好區分清楚。」

深雪露出無法接受的表情沉默下來。

達也一臉「真拿妳沒辦法」的模樣，以左手溫柔搭在妹妹的右肩。

「深雪？」

「既然哥哥這麼說了……」

深雪以不情不願的語氣允諾。但是只有語氣還在不高興。深雪的眼睛看著哥哥放在她肩上的手，而且眼角稍微泛紅。

進入一年E班教室的瞬間，達也全力移開視線。

「達也同學，早安……艾莉卡，妳怎麼了？」

即使美月詢問為何突然採取奇妙態度，艾莉卡也完全不回答，只有臉蛋逐漸變紅。看來她確實留著昨晚的記憶。

反觀美月只在舉止可疑的好友面前頻頻歪頭納悶，看起來心裡沒有底。看這個反應就知道她顯然什麼都不記得。

到最後，艾莉卡沒回答美月的問題。

「……達也同學，陪我一下。」

這裡的「陪我一下」當然沒有嬌滴滴的感覺，真要說的話是比較適合用在「借一步說話」這句話的語氣。艾莉卡說完以下顎朝走廊示意。

艾莉卡無視於面對這種唐突展開不知所措的美月，快步走出教室。她身上洋溢不容分說的氣息，正要進入教室的雷歐與幹比古甚至睜大雙眼讓路。兩人和達也擦身而過的時候以眼神詢問，達也以聳肩動作回應，跟在艾莉卡的身後離去。

在第一高中的校舍，一科生與二科生使用的出入口分別位於主校舍兩側，用來前往教室的樓梯也是分開的。一科生這邊的入口並沒有打造得比二科生豪華，一科生使用的樓梯也沒有禁止二科生進入，但在構造上總覺得無法拭去這種討厭的感覺。

雖然因為真由美在春季全校臨時集會的那場演講，以及九校戰祕碑解碼新人賽由二科生隊伍奪冠而逐漸改變，不過大多數的一科生下意識瞧不起二科生，二科生也感覺不想和一科生扯上關係。所以將一科生與二科生行動範圍分割到某種程度的校舍構造，雖然大多數的學生不會在意，卻也有少數學生在心情上感到抗拒。例如深雪雖然不會說出來，但是入學至今一直必須和達也使用不同的校舍出入口，她對此總是感到不快。

不提這一點，這棟校舍基於構造，上學時幾乎不會用到中央樓梯。艾莉卡就是帶著達也來到這條中央樓梯二樓與三樓之間的轉角平台。

雖然停下腳步，艾莉卡卻一直背對達也遲遲沒開口。就在達也正準備說「快要上課了」的時候，她終於轉過身來。

「昨天很對不起！」

艾莉卡面向達也之後突然低頭。

達也立刻想到她在為哪件事道歉。

「妳有昨晚的記憶吧？」

這個問法聽在外人耳裡可能會想入非非，但當事人艾莉卡當然沒誤會，而是點頭回應。雖然大多是達也個人的希望，不過他的推測看來是對的。

「說你是變態魔王，真的很對不起！」

從昨晚夢中算起來不知道是第幾次的「變態魔王」這四個字，使得達也露出不悅表情。

「……你果然很在意嗎？」

艾莉卡再度從低頭狀態揚起視線觀察達也表情，戰戰兢兢這麼問。

「說我不在意是騙人的，不過只要妳明白這是誤會就好。」

聽出達也的聲音沒隱含怒氣，艾莉卡露出安心的表情。

「啊～～太好了。那時候的我亢奮到有點奇怪。明明冷靜思考就知道，你不可能把深雪關進鳥籠對吧？」

「那當然。當時我也說過不是我做的吧？」

「一點都沒錯。畢竟我也被迫扮演『勇者』這種丟臉的角色，明明立刻就應該知道，你其實是被夢境操縱的。」

「等一下。」

看來艾莉卡嘴裡說知道，卻還是有所誤解。

「我說過不是我把她關進去吧？」

「咦，你沒被操縱嗎？所以是深雪自己進去的？」

艾莉卡不經意以提心吊膽卻又帶點期待的語氣問。

達也嘆了一口氣。

「當然不可能吧？她是自動被移動到籠子裡。」

「哇～～不愧是在夢裡，原來有這麼神奇的事情啊。」

「因為是夢啊。」

今天從早上就一直消耗精神上的體力，不過達也在最後還必須問艾莉卡一件事。

「話說回來，深雪自己進入鳥籠的這個想法是從哪裡來的？」

聽到這個問題，艾莉卡露出感到意外的表情反覆眨眼。

「咦？這種程度的事，以深雪的個性應該會做吧？如果你願意把她關進籠子裡，我覺得她會很開心哦？」

「居然把別人的妹妹說得像是變態……」

達也語氣與其說憤怒，虛脫無力感更勝一籌。但是艾莉卡的本能嗅出不能忽視的危險。

「啊，啊哈哈哈哈……啊，要開始上課了。」

艾莉卡說完就經過達也身邊跑下樓。

想攔住她的話攔得下來，不過校舍裡有監視器，要是抓住女學生的手臂，恐怕會招致違背本意的嫌疑。達也瞬間做出這個判斷，目送艾莉卡的背影離去。

他發出今天早上不知道第幾次的深深嘆息。

對於深雪癖好的誤解（？）暫且不提，艾莉卡的精神狀態看起來沒有特別的異狀。達也不是這方面的專家，所以當然可能在他沒察覺的部分出現問題，不過至少在達也感覺到的範圍內是一如往常的艾莉卡。

然而，明顯和往常不同的朋友比較多。

「……雷歐，你從剛才就怎麼了？我臉上有什麼東西嗎？」

「咦，不，並不是這麼回事。」

現在是第二節與第三節之間的下課時間，不過達也今天從早上就經常感受到雷歐的視線。雖說是定睛注視的眼神，但他應該不是有奇妙的癖好覺醒吧。達也沒有被這種視線注視的經驗所以無法斷言，不過隱含在雷歐視線的不是熱情而是疑惑。

「……我說達也，你有養金絲雀之類的嗎？」

「沒有。不只是鳥，我沒養任何寵物。因為家裡的經濟狀況也不是很寬裕。」

全球寒化與戰爭也影響到寵物問題。世界連續戰爭結束三十年的現在，寵物依然只在部分富裕階級比較常見。最近反倒是以立體影像動作的電子寵物或是動物造型的機器人逐漸普及——說實話，先不提大型犬，達也的經濟能力足以飼養小鳥。

「話說回來，為什麼問這種問題？」

達也自認沒有特別發出像是威脅的聲音。他在視野一角看見正在自己座位偷聽達也他們對話的艾莉卡突然轉過頭去。

問題。

「問我為什麼……到底是為什麼呢？」

但是被反問的當事人看起來沒特別抱持危機意識，反倒像是搞不懂自己剛開始為什麼問那種問題。

「別問我啦……」

「你說的是。沒有啦，我腦中不知為何冒出『達也與鳥籠』這個組合。」

「……我不知道自己做了什麼讓你有這種印象。」

艾莉卡聰明地沒對達也這句話做出反應。

出現可疑舉止的不是她，是美月。

「……美月，連妳都怎麼了？」

美月突然開始頻頻斜眼瞥向這裡，達也抓準時機和她的視線相對。

「啊！那個，不好意思……」

美月像是被逮到偷窺現場般害羞低頭，但還是好像在意某件事，揚起視線看向達也。

「不，妳不用道歉沒關係。重點是妳有什麼想問的嗎？我個人比較在意這個。」

達也暗中施加「我不過問偷窺的行徑，所以從實招來吧」的壓力，美月變得更加戰戰兢兢，但是沒有結巴就回答問題。

「那個……聽到西城同學那麼說，我突然冒出一種想像……」

「想像？」

感覺不必問也知道是什麼，但是達也成功壓制自己的心理抵抗。

「哪種想像？」

「那個，達也同學面對銀色的鳥籠，露出非常溫柔的笑容。」

如果可以斷言「即使在夢裡也沒有這種事實」，不知道會多麼輕鬆……達也如此自問。

在美月後方，艾莉卡肩膀在顫抖。雖然只有一瞬間，不過達也心想早知道今天早晨就不要阻止深雪了。

「鳥籠裡有一位身穿純白衣裳，非常漂亮的妖精小姐。」

「等一下，美月。」

達也覺得讓她繼續「回想」的話不太妙，強行打斷話題。

「聽妳這麼說，我不就像是抓住妖精享樂的壞蛋嗎？」

艾莉卡忍不住發出無聲的笑，雷歐與不知何時接近過來的幹比古以詫異眼神看她。但是美月沒有餘力注意艾莉卡。

「咦咦？沒沒沒那種事啦！」

突然大喊的美月引起班上同學側目。察覺到安靜無聲的教室裡集中過來的視線，美月滿臉通紅低下頭。

達也、幹比古與雷歐朝著同學們回以犀利的目光。

眾人慌張別過視線。

視線的壓力消失，但美月依然低著頭。

「……雖然可能和柴田同學不太一樣，但我最近這幾天其實也被奇妙的想像所苦。」

雖然應該不是要分散達也的注意力，不過幹比古以這句開場白插嘴。

「幹比古你也是？而且是最近這幾天？」

被達也這麼一問，幹比古略顯猶豫點了點頭。

「雖然沒有柴田同學想像得那麼清晰，卻隱約有一種討厭的感覺纏著我……就像是在我自己都沒察覺的狀況下被某人操控。」

「吉田同學也是嗎？」

低頭的美月突然抬起頭。

「我也……慢著，柴田同學也是？」

幹比古一臉驚訝地反問，美月以嚴肅表情點頭。

「我最近每天起床的時候，也覺得自己好像變得不是自己，被一股莫名的不安感襲擊。雖然可能只是作惡夢，可是連續每天早上都這樣……」

「作夢……對喔，原來是夢。居然聽柴田同學這麼說完才察覺，我也太大意了！」

幹比古突然抱住頭，達也與雷歐同時問他「怎麼了」。

「就某方面來說，夢不一定只是自己做的，也可能是別人讓自己做的。心上人之所以出現在夢裡，不只是因為自己在思念對方，也是因為對方在思念自己，這種說法從以前就廣泛被大家相信，『託夢』這個詞也真實反映世間認為神明或是往生者會讓自己作夢。」

達也與雷歐轉頭相視，幹比古不以為意，繼續抱著頭像是自言自語般說下去。

「夢中的自己確實像是自己又不像自己……不過正常來說肯定會覺得『啊啊，這是夢』就不當一回事。清醒之後還留下突兀感真的很奇怪。我為什麼沒察覺這種事……」

幹比古放開抱頭的雙手，繞到美月的課桌旁邊。

「柴田同學！」

「啊，有！」

幹比古的氣勢強得出乎意料，美月像是整個人要彈起來般回應。她的眼睛甚至稍微泛淚，不過幹比古似乎沒有餘力注意這一點。

「今天放學的時候可以等我一下嗎？我製作護符給妳。」

「護符……你是說護身符嗎？」

說到「等我一下」的時候，美月差點滿臉通紅，多虧幹比古一口氣說完用意，所以她的臉色勉強控制在日常範圍。

「為了以防萬一，最好防一下詛咒。對了！」

幹比古轉身面向雷歐。

「雷歐！」

「喔，喔喔……」

這股氣勢使得雷歐向後仰。

「護符也會製作你的分。放學之後，就算社團活動結束也先別回家啊。」

「不，我並沒有作惡夢……何況放學之後，我們不是都會一起回家嗎？」

聽到雷歐這麼指摘，幹比古終於想到這種事不必特別叮嚀。

「對喔……說得也是。」

剛才的激動產生反作用力，幹比古像是鬆懈般低語。

各桌的終端機顯示開始上課的通知。

幹比古連忙回到自己的座位。

剛才的下課時間，幹比古自行做結論的那套解釋，對於達也來說成為至今推論的補強。

（夢不一定只是自己作的，也可能是別人讓自己作的嗎……）

暫且不提王朝時代的貴族們相信哪種說法，從這週一開始的那場惡夢無疑是某種外力讓大家作的。而且在沒察覺這一點的被害者精神留下巨大的壓力。

（對應措施或許有點拖太久了。）

「達也學弟，到底怎麼了？瞧你露出這麼嚴肅的表情想事情。」

看見達也放下筷子動也不動，摩利從正對面搭話。今天是星期六，不過月底即將舉辦學生總會與學生會長選舉，所以一如往常的成員們正在學生會室的桌旁吃午餐。達也依序環視成員——真由美、摩利、鈴音、梓與深雪，最後看向摩利。

「風紀委員長，最近心理出問題前來求助的學生有增加嗎？」

「出問題？精神異常的意思嗎？」

「應該沒這麼明顯，比方說因為作惡夢而煩惱之類的。」

「有這種煩惱的學生應該會去找輔導老師，就算去找輔導老師打聽，老師們也因為有保密義務所以不能回答吧……」

摩利花了一些時間思考之後，以略帶害羞的聲音坦白。

「老實說，我也從星期一就一直作惡夢，應該說是奇妙的夢。」

達也和深雪轉頭相視，真由美也轉頭和他相視。

「達也學弟也是嗎？真由美也是？」

「我作的是惡夢。」

真由美以滿滿不高興的聲音冷淡回答。

摩利吃了一驚，鈴音代替她插嘴說明。

「被惡夢所苦的這種事我很少聽到。反倒是自認作了美夢的學生比較多。」

「市原，妳怎麼知道這種事？」

「鈴妹，難道妳……」

摩利與真由美看過來懷疑她偷聽輔導過程，鈴音冰冷一瞥逼退兩人。

「我是定期接受心理輔導的對象，所以和輔導老師的交情還算親近。老師們有義務保護個人的祕密，但如果不是針對特定個人的問題，只要別問得太深入，老師肯定都會回答。」

這段說明是對達也說的。

「司波學弟你也有定期接受心理輔導吧？在意的話要不要問問看？」

「說得也是。我之後去問問看。」

達也微微點頭向鈴音致謝，鈴音以眼神答禮。

「話說渡邊學姊……」

「嗯？什麼事？」

達也以不經意的聲音發問，使得摩利展現戒心。如果達也在這種時候發出這種聲音就必須提高警覺，這是她最近逐漸學會的道理——不過說來遺憾，她這個當事人將這個道理活用在對策的實績是零。

「您記得『奇妙的夢』是什麼內容嗎？」

「啊，啊啊，算是記得吧。但我不會連內容都說出來喔，這是我的隱私。」

不提前半，後半聽起來像是以堅毅的態度應對。但她臉頰發紅視線游移的模樣和「堅毅」這個形容詞相差甚遠。

「我從一開始就不打算連內容都問清楚。」

達也苦笑回應的聲音，使得摩利放鬆緊張——這同樣是達也的戰術，她差不多也應該學會這個道理比較好。

「我想問的是另一件事。渡邊學姊，您作那場『奇妙的夢』的時候，有在夢裡自覺正在作夢嗎？」

「你怎麼知道？」

摩利反射性地大聲回應。這也是對於達也的問題給予肯定的回答。

「果然是這樣嗎？難道說，您是不是也能在某種程度隨心所欲地行動？」

「——啊啊，沒錯。」

摩利撇頭以鬧彆扭的聲音承認。

「我在夢裡有意識，心情發洩得很痛快。這樣有錯嗎？現實世界幾乎沒有盡情揮劍的機會，至少在夢中解放一下也沒關係吧！」

「當然沒關係。因為無論是什麼樣的夢都終究是『夢』。」

摩利完全亢奮到連自己剛才宣布「不會說出來」的夢境內容都揭露了，但是聽到達也以冷靜聲音回以暗藏玄機的話語，她突然回復鎮靜。

「……聽你這麼說，這好像不是普通的夢？你知道什麼真相？」

「請您等一下。」

達也沒回答摩利的問題，看向鈴音。

「市原學姊記得作過奇妙的夢嗎？」

「雖然不記得內容，但我也覺得那是一場美夢。」

鈴音大概是覺得不必特別隱瞞，立刻回答。

「中条學姊怎麼樣？」

梓搖了搖頭。

達也看向真由美。

真由美抗拒般板起臉，卻還是露出「情非得已」的表情點了點頭。

達也將視線移回摩利。

「其實我與深雪也從星期一就被惡夢所苦。而且我從一開始，深雪則是從前天開始能夠在夢中維持自我意識，在某種程度以自己的意願行動。」

「達也學弟，這是……」

「是的。應該和渡邊學姊您一樣。」

摩利睜大眼睛說不出話。

「然後接下來才是重點。」

達也猶豫接下來的事情是否可以公開。但他想起事態的緊急性而跨越這份迷惘。

「我與深雪在夢中可以實際溝通。」

經過數秒的沉默，對達也這句話起反映的是鈴音。

「意思是你們在夢裡進行的對話，在清醒之後確認過是一致的嗎？」

「不只是對話。彼此的所見所聞、背景與行動內容全部一致。」

「……真是耐人尋味。所以是共享同一場夢嗎？兄妹之間產生心電感應之類的作用？」

鈴音自問般的這段低語，達也立刻否定。

「市原學姊，這個現象不是起因於血緣關係。」

聽到達也充滿自信斷言，鈴音稍微皺眉。

「……為什麼能說得這麼斬釘截鐵？」

這當然不是達也在虛張聲勢。

「因為我在夢裡見到的不只是深雪，也有和會長交談。」

其實不只是交談，還是一起跳舞的交情，但現在不必說這種事。

鈴音以眼神詢問真由美。

真由美露出彆扭表情，點頭回應鈴音的視線。

「如果可以詳細調查，應該會查到更多學生和我們有相同的體驗。我認為某種能夠操作夢的不明精神干涉系魔法正在影響第一高中全體。」

「但我不認為真的有魔法師能使用這麼大規模的精神干涉系魔法。」

鈴音以魔法師的常識反駁達也的推論。

達也當然也對這個意見沒有異議。

「我也這麼認為。我猜這不是單一魔法師造成的，而是我們還無法理解的魔法技術產物——聖遺物作用之下產生的現象。」

「聖遺物嗎……如果只有司波學弟與深雪學妹就算了，既然連會長都有相同的體驗，就無法否定這個可能性了。」

「如果只有我與深雪就算了」是什麼意思？達也如此心想，不過因為可能會離題，所以他決定不追究這一點。

「讓人們作夢的聖遺物嗎……要命名的話就是『夢境演算器』？」

真由美這句話使得達也忍不住笑了。

「我個人覺得『夢魔』比較合適，不過好像也有學生覺得這不是惡夢而是美夢……而且『夢魔』或是『造夢者』已經用在別的魔法，如果為求方便需要命名就叫做『夢境演算器』吧。」

「假設暫定稱為『夢境演算器』的聖遺物位於一高某處，那麼鈴妹，妳可以幫忙找嗎？」

「……現在開始找嗎？」

鈴音終究發出不滿的聲音。畢竟這件事過於突然，何況她接下來正打算準備月底舉辦的學生總會。

「登記參選的期限剛好就到昨天，而且下週會忙得愈來愈沒有空閒時間吧？我無論如何都希望避免選舉與總會受到負面影響。」

真由美身為學生會長，對於最後一份重要工作——月底的學生總會抱持某個期許。鈴音也理解這一點。

「……真拿妳沒辦法。」

其實即使嘴上說得嚴厲，鈴音基本上也很寵真由美。現在她也是嘆出長長的一口氣，在最後答應真由美的「請求」。

「聽起來確實不能置之不理。所以會長，這件事已經查明到什麼程度？會長已經在著手調查『夢境演算器』了吧？」

鈴音只以這些材料就猜到真由美正在調查「夢境演算器」。

「沒有可疑物品被帶進校內的形跡，研究資料也沒有類似的古代遺物。」

不過吃驚的只有旁人，真由美本人理所當然般接受這一點，正常地繼續對話。

「剩下的可能性就是混入美術品或古董品……這部分當然也調查完畢了吧？」

「是的。說起來從這個年度開始，學校就沒有購買美術工藝品。」

「……這麼一來就是教職員的私人物品嗎？真是棘手。」

「這方面我會試著暗中調查，鈴妹可以幫忙重新確認研究資料的清單嗎？或許有我看漏的部分。」

「知道了。那就立刻進行。」

鈴音從桌旁起身前往控制台，真由美也移動到學生會長的座位。

「我去打聽一下有沒有人在說奇怪的事或是進行反常的行動。」

摩利走向通往風紀委員會總部的階梯。

「我去小野老師那裡看看。」

「……這裡由我來收拾，請中条學姊專心準備選舉吧。」

「……那就拜託妳了。」

達也站起來，深雪目送他離開，梓以幾乎聽不到的聲音如此回應。

說明。

十分鐘後。在心理輔導室負責E班的輔導老師小野遙，就這麼面有難色雙手抱胸聆聽達也的說明。

不提剛入學那時候的蓄意色誘，遙在校內也遵守現代的服裝規範。不過即使遮得住肌膚也遮不住體型。不對，要以服裝隱藏體型並不是不可能，但是難免有極限。以遙的三圍來說，她雙手抱胸會出現男高中生不敢直視的光景，不過她看來沒有自覺。

冷靜思考這種事的達也，在最後以提供情報的要求做結。

「就算你說不需要影射特定人物的情報……」

遙的聲音充滿困惑。比方說如果是達也以外的學生來談同樣的事，她應該會充分活用心理學的知識著手分析吧。主要是朝著「青春期常見的遐想」這個方向。

「在輔導過程聽到的事情，再怎麼瑣碎都是保密義務的對象。而且司波同學，你已經確定這場異常的夢不是只在自己身邊小範圍發生的現象，而是在更大範圍發生的現象，也確定這不是心理現象而是魔法現象吧？那不就沒必要從我這裡打聽情報了？」

「原來如此，謝謝您。」

達也回以謝辭與鞠躬。

遙因而察覺自己的話語已經回答達也的委託。她連忙以雙手的電子紙遮住半張臉。

達也假裝沒察覺遙的慌張，提出另一個委託。

「關於保密義務。我也理解了。但我認為對於小野老師來說，這也是不能坐視的狀況。」

「……你想表達什麼？」

遙露出最強烈的戒心反問達也。

面對這個反應，達也沒露出善良或邪惡的笑容。

「為了消除學生的不安與壓力，不只是事後的照顧，造成無謂壓力的原因也必須去除吧？」

「……我不用你說也知道這種事。」

這不是遙在逞強。實際上第一高中的輔導老師，如果判斷學校營運的某些要素會對學生造成過度的壓力，就有權利與義務建議校長改善。

「造成本次事態的聖遺物，不就開始對於學生的心理狀態造成負面影響嗎？」

「你說原因是聖遺物，但這還只是假設吧？」

「就算這麼說，我也認為不能置之不理。」

「唉……司波同學，你想要我做什麼？」

遙面向下方大幅搖頭，終於舉白旗投降。

「我自認沒要拜託太困難的事情。」

遙露出打從心底懷疑的眼神，達也不予理會，繼續說明委託。

「請確認九月之後是否有寄給校長的古董品。」

「寄給校長……？」

遙聽到這個要求似乎倍感意外，以忘記要心機的真實態度反問達也。

「校長以收集古董品的嗜好聞名。而且只有校長能將工作以外的私人物品帶進這間學校。」

「你在懷疑校長？」

「我不認為校長是主動將聖遺物帶進校內。」

達也否定遙傻眼提出的問題。

「不過，聖遺物不小心當成古董品寄給校長的可能性，我認為無法否定。說到七草會長在這間學校調查不到的物品，可能性最高的就是校長的私人物品。」

遙不知何時變成一臉嚴肅，咀嚼達也的話語。

「……我懂你的意思了。不過校長出差到今天，只有教頭能進入校長室。」

「只用正常手段的話應該如您所說吧。」

遙露出快要哭出來的表情吊起眼角。

「結果還是這麼回事是吧！」

遙高明展現「泫然欲泣又火冒三丈」的情感，達也站起來鞠躬致意。

「查出什麼線索的話請通知我一聲。」

「……司波同學，真正的銅牆鐵壁不是十文字同學，是你的臉皮。」

達也以遙形容的厚臉皮承受她的責難，離開輔導室。

◇◇◇

到頭來，在這天沒有得到成果。真由美與鈴音都查不到任何線索，遙也沒有連絡。

然後在夢中，達也再度以魔王身分坐在王座。

他強忍嘆息的心情，站起來詢問三名少女。

「妳們認為我這麼適合當魔王嗎？」

身穿低胸純白禮服的深雪發出銀鈴般的笑聲回答。

「我不認為哥哥適合當魔王，但是很適合當國王喔。看到您這副英姿，我就覺得哥哥比起被人使喚，更應該是使喚別人的類型。」

她的衣服是星期一夢裡看見的公主禮服。

「確實，比起只不過是國王跑腿的勇者，迎擊的魔王比較適合你。」

和昨天一樣是劍士造型的艾莉卡，像是消遣般接話這麼說。

「沒那種事！達也同學就算是勇者大人也不奇怪！」

穗香是星期四看見的圍裙服侍女造型，她雙手握拳強烈否定的樣子可說是小小的救贖。只可今晚也扮演魔王的這個「現實」不會改變。
「那麼……深雪沒問題，艾莉卡妳今晚也是從一開始就有自我意識吧？」
「託你的福。」
艾莉卡以像是要吐舌的語氣回答，不過臉頰略帶紅暈。恐怕是想起不願回想的昨晚記憶吧。
「穗香今天也有自我意識吧。」
「啊，是的……那個，請問這是什麼狀況？」
看來反倒是穗香完全沒留下直到昨晚的夢中記憶。
「這套衣服是……服務生？但應該不是吧。是女僕嗎？」
穗香自行敞開裙襬，扭動身體確認自己身上的打扮，將手伸到頭上確認頭飾的觸感。
「這裡是以某種魔法手段打造的一種夢。雖然還不知道是什麼樣的魔法，也不知道是否能斷言這是夢，不過應該是許多人共同參與的一場夢。這是目前最適當的解釋。」
「夢？那我這身打扮是反映我的潛意識嗎？」
「不不不不。」
明明只要說一次就好，達也卻說重複四次的「不」，一點都不像他的作風。
「這場夢是由某種外力控制的。剛開始我以為是『某人』，但是現階段認為應該是是製作這場『夢』的聖遺物，將陷入這場夢的眾人潛意識吸收之後分配角色。包括妳在內，我們的造型都是由那個聖遺物決定的。」

「是喔～～」

此時率先反應的不是穗香而是艾莉卡。

「那麼昨天深雪的那副打扮，也不全是達也同學的嗜好啊。」

達也再度回以不像他作風的過度反應。

「絕對不是！我不會讓深雪打扮成那樣！」

「不過這是反映出夢裡人們的潛意識吧？既然這樣不就也稍微加入了你的願望？」

「我要再三強調，絕對不是！若要說我的興趣，比起昨天我更喜歡深雪今晚的造型。」

「哥哥……謝謝您……」

深雪嬌羞臉紅，開心般掛著微笑低頭。

艾莉卡咧嘴一笑，達也意外地無法反駁。他在清醒的時候不可能像這樣失言。

「好好喔～～」

然而聽到旁邊傳來的惆悵聲音，艾莉卡也笑不出來了。

「深雪是公主大人，我是女僕嗎……嗯，雖然早就知道了，但還是好羨慕……」

達也以眼神責備艾莉卡。艾莉卡正確接收到「都是妳多嘴」這句訊息，因為她自己也有這種感覺。

「沒有啦，呃，那個，穗香。我覺得深雪確實很適合公主大人的角色，不過妳的女僕也有奉獻、清純又專情的一面，我覺得和妳的個性超搭。」

「是……是嗎？」

「嗯，是的！公主大人不是隱約有種驕縱任性的形象嗎？女僕在這方面則是面對任何不講理都能忍氣吞聲一心一意服侍主人，並且在最後終於和主角結為連理，這是傳統的經典劇情喔！」

相較於芳心暗喜的穗香，深雪明顯壞了心情。大概是「公主大人驕縱任性」這部分惹她不開心吧。

但是如果在這時候插嘴多話，好不容易快要收拾的狀況可能又會陷入混沌。達也以手勢拚命安撫深雪的心情。

「話說我想確認今晚的設定。」

達也說完看向妹妹，但是深雪懷抱歉意般搖頭。

「不好意思，哥哥，今晚沒收到任何情報。」

「我也是。」

艾莉卡同樣搖了搖頭。

「這樣啊。穗香妳呢？」

「啊？什麼事？」

穗香歪過腦袋反問。

聽到她這麼說，達也察覺很多事情還沒向穗香說明。

「穗香，如同剛才所說，陷入這場夢的人們，都被聖遺物分配扮演不同的角色。」

「……總覺得像是戲劇舞台耶。」

「說得也是。可以形容為演劇型虛擬世界嗎……總之服裝也是依照角色決定的。」

「隨身物品也是。例如我的這個東西也一樣。」

艾莉卡將腰間佩帶的劍抽出半截示意。

「唔哇……艾莉卡，那是真劍？」

「至少在這個世界是真的。」

穗香做出女生會有的反應，艾莉卡苦笑收劍回鞘。

「不過，只有衣服與配件的話沒辦法演戲吧？」

「啊，嗯，是的。即使角色定案了，沒有劇本就無法開始演戲。」

「就算準備劇本也必須背下來。光是背下劇本還不行，也要記住演技，如果有打鬥或是舞蹈場面也必須學起來。」

「這我知道。我在國中校慶演過唯一一齣戲。即使是短短三十分鐘左右的戲劇，也必須在好幾週之前就開始練習才演得好。」

「妳說的一點都沒錯。所以剛被拖進夢中的外行人，不可能直接上場就演得很好。這一點妳可以理解吧？」

「是的，我知道。」

穗香大幅點頭回應達也的話語。

「這就是這場夢討厭的地方……聖遺物為了讓自己打造的舞台發揮功能，會介入演員們……也就是我們的意識與行動。」

「意思是……會操縱我們嗎？」

「沒錯。」

穗香露出害怕表情微微發抖。

「首先為了詮釋角色而改寫、替換我們的意識，完全成為自己扮演的角色。例如騎馬的角色需要馬術，拿劍戰鬥的角色需要劍技，必要的技能會植入這具身體。不過其中也有像是現在的我們這樣沒失去自我意識的案例，在這種場合，劇本會以知識的形式輸入腦中。」

「這就是你剛才說的意思吧……請等一下。」

穗香說完閉上雙眼，雙手交握在腹部前方開始集中意識，努力試著從自己內部找出達也想要的知識。

「……啊，我知道了。」

經過一分鐘左右，達也他們開始認為差不多該阻止的時間點，穗香睜開眼睛。

「達也同學，那個，你果然是『魔王』。深雪是『公主』。設定上原本是人類國家的公主大人，卻被『魔王』奪走心智而百依百順。艾莉卡是『魔劍士』。是以魔法強化身體能力戰鬥的劍士，所以應該和現實的劍術家一樣吧。」

「穗香是什麼角色？」

深雪理所當然這麼問，穗香不知為何臉紅。

「我是，那個……『魔女』的樣子。」

「咦，不是『侍女』嗎？」

艾莉卡驚聲反問，但穗香的回答依然是「魔女」。

「說什麼這副打扮是『魔女』的嗜好……」

「那是怎樣？受不了，男生真的……這麼喜歡侍女服嗎？」

「哥哥，是這樣嗎？」

聽到艾莉卡這麼說，深雪揚起視線詢問達也。不過即使再怎麼可愛發問還投以期待的眼神，達也還是只會搖頭否定。

「至少我對侍女服沒有特別的想法。這種傢伙在男高中生之中也只有少數吧？何況擁有奇怪嗜好的人很顯眼，所以看起來會比實際上更像是多數派。」

「是這樣嗎？」

「說得也是……」

深雪稍微歪過腦袋，穗香低頭消沉，但是達也的回答依舊沒變——要是在這時候改口，不知道清醒之後會被說些什麼。

「所以穗香，狀況是？」

被達也叫到名字，低頭的穗香回神抬起頭。

「那個……達也同學，不得了！勇者小隊馬上就要攻進這個房間了！」

「這還真是急性子的展開。」

「是的，以至今最短的時間就進入最高潮了。」

這是為什麼呢？對於深雪沒說出口的這個疑問，達也準備了一個推理。

「或許這次主要著重在勇者那邊的劇情吧。」

「這是什麼意思？」

穗香歪過腦袋發問。達也當然打算詳細說明。

「換句話說，勇者那邊已經進行很長的劇情了。不過我們在那裡沒有戲分。這次的劇本沒有魔王這邊的章節，直到最後的高潮場面肯定都是在後台待命的狀態。」

「然後現在終於輪到我們上場……什麼嘛，所以我們是配角嗎？」

和聽起來不滿的話語相反，艾莉卡露出愉快的笑容。

「既然這樣就痛快大鬧一場吧，鬧到掀翻這座『舞台』的程度。」

就像是等待這句話已久，大廳的門發出聲音開啟。

「勇者小隊」跑了進來。不過帶頭少女說的不是勇者的台詞。

「終於到最終舞台了！快點結束這部荒唐的ＲＰＧ吧！」

熟悉的聲音以只像是自暴自棄的口吻大喊。

「渡邊委員長，您也是嗎……」

其實在這個場面應該以角色稱呼，但是達也忍不住輕聲說出對方的本名。

白天聽摩利的說法就知道她被捲入這場惡夢，而且保有自身的意識。不過即使是在夢裡，所見所聞的印象也大不相同。

大概是被叫到名字而察覺，身穿超閃亮服裝的摩利，以握柄同樣超閃亮的劍指向達也。

「達也學弟，你是最後大魔王嗎？」

「我好像是『魔王』的樣子。」

「哈哈哈哈，達也學弟是『魔王』！這真的很適合你吧！真由美，妳說對嗎？」

感覺摩利個性錯亂得很嚴重，看來她非常討厭這次的劇本。

「原本以為渡邊委員長是『勇者』，不過看來您扮演的是『王子』。」

「連你也說這種話嗎？我是女的！真要說的話應該是『公主』吧！」

「可是『公主』這個角色已經分配給深雪了。」

「可惡，你們每個傢伙都這樣！」

摩利正要砍向達也的時候，已經拔劍的艾莉卡介入擋在她面前。

「慢著，妳的對手是我喔。」

「正合我意，艾莉卡！今天我一定要讓妳學會學姊學妹的倫理！」

「妳才應該要明白師姊與師妹的立場吧！但我可不需要妳這種『妹妹』！」

「很抱歉，我預定會成為妳的嫂嫂喔！」

「這我更不需要！」

在如此對話的同時，摩利和艾莉卡已經激烈交劍。雖說是在夢中，不過即使拿著真劍也毫不猶豫出招，看在旁人眼中只能傻眼。

「七草會長，您好。」

判斷已經不可能和摩利溝通之後，達也向摩利身旁的真由美搭話。

「……你看見了吧？」

「什麼？」

不過真由美明明只回了一句話，卻從一開始就雞同鴨講，而且聲音莫名充滿魄力。

「當然看見了……所以怎麼了？」

真由美的服裝是和前天晚上一樣的「妖精公主」。膝上二十公分的連身迷你裙，裙襬縫上荷葉邊，兩側各有一排小小的蝴蝶結，腰部是大大的蝴蝶結，長手套以花朵裝飾，腳上也是附上花朵的高跟鞋，髮型使用超長緞帶綁成偏高的雙馬尾。雖然或許不是她自己的本意，但是果然非常適合她。

「看見了吧？你又看見！我的！這副打扮了！」

真由美的聲音別說半哭，已經有七成以上是哭聲了。

「達也學弟是笨蛋！這種惡夢快點給我忘記吧！」

「休想得逞！」

隨著真由美的哀號，無數的冰塊碎片從真由美高舉的手杖前方射向達也。

身穿白色長禮服的深雪翻動裙襬擋在這片彈幕前方。突然出現漩渦般的暴風雪圓盤吞噬冰塊碎片，像是和彈幕抵銷般消失。

「深雪學妹，妳退下！女人有一些非得堅持下去的骨氣！」

「會長，請冷靜。老實說，您這樣莫名其妙。」

達也也完全同意深雪的說法。他完全猜不透真由美說的到底是哪門子的骨氣。

「深雪學妹真好！那麼成熟的禮服很適合妳！看看我這副模樣吧！我一直被迫以這副模樣旅行！」

「我覺得很可愛啊……？」

深雪並不是以惡整心態這麼說，只是說出率直的感想。她才十五歲。這個年代的三歲差距，會在感性層面形成巨大的代溝。深雪只是可以表現出成熟的模樣，並不是已經失去「少女」的部分。

「那麼，妳敢打扮成相同的模樣嗎？」

然而要十八歲的少女理解這種事是強人所難。這種事必須繼續長大成人，直到可以懷念從前的時候才終於能理解。

「如果是要穿給哥哥看……」

深雪按住臉頰害羞低頭。

「說得也是……偶爾穿上這種衣服讓哥哥欣賞，或許也不錯。」

平常的真由美應該會心想「這對兄妹又來了」，露出像是火燒心的表情移開視線吧。不過在這裡的不是平常的七草真由美，是承受沉重心理壓力的十八歲魔法少女（能使用魔法的少女）。

「深雪學妹，妳也是我的敵人！」

真由美以像是隨時會流下血淚的氣魄大喊。

「我們在這裡本來就是敵人，我不會讓妳碰哥哥一根寒毛！」

深雪沒安撫，反而全力挑釁。

「所有人都消失吧～～！」

真由美發出不只服裝連精神年齡都退化的哀號，同時施放彈幕魔法。

「我說過休想得逞！」

深雪的減速魔法完全阻絕這波攻勢。

達也判斷這邊應該可以暫時交給深雪，然後看向穗香。

穗香正在和身穿修女服裝的雫對峙。侍女與修女，真是驚人的光景。

「穗香，待在邪惡陣營只會覺得空虛喔。」

「達也同學不是什麼邪惡的人！他只是被迫扮演這種角色！」

「別人不會理解這種隱情喔。」

「只要我有理解就好！我知道達也同學不是壞人！」

……總覺得兩人正在演一齣不同次元（不是等級不同的意思）的戲。

「正義很棒喔，穗香。美味的甜點也可以吃到飽。」

「甜點這種東西我會自己做！我要親手做甜點給達也同學吃！」

「之前別人進貢的哈蜜瓜大福是極品。」

「這，這種程度……」

「柿子大福也很好吃。」

「這，這種程度……嗚嗚嗚……」

「穗香，一起吃吧？」

「不可以，我要為愛而活！就算吃不到高級甜點，也要用親手做的甜點獲得幸福！」

達也差不多想要吐槽了。為什麼善惡會和甜點相提並論？難道有「甜食是正義」這種天理？

達也學習到一件事。要是這兩人同時搞笑，場面將會無從收拾。

「我才要說雫，來我這裡吧。我會再烤年輪蛋糕給妳吃哦？」

「穗香的年輪蛋糕……」

「如果要把善惡分得這麼清楚，我再也沒辦法烤年輪蛋糕給妳吃喔。」

「這樣我會很困擾。」

「所以……好嗎？我們沒有爭執的必要喔。」

「……我發現更好的解決方法了。」

「咦，什麼方法？」

「穗香，妳帶著達也來這邊就好了。這麼一來妳也吃得到進貢的高級甜點，我也吃得到妳親手做的甜點。」

「這個點子真棒！不愧是雫！好聰明！」

「欸嘿嘿……」

……看來穗香與雫的「對決」和平解決了。不，其實沒有解決任何事，不過基於再也無計可施的意義，可說是已經迎來一個結局吧。

達也看向最後的好友。

「好啦，雷歐。現在只剩下我們兩人了。」

「我說達也，果然非打不可嗎？」

最後一人是雷歐。今晚沒看見幹比古與美月。這麼說來之前在教室裡，幹比古說過要為美月製作護符，或許是護符發揮效果了。早知道也請他幫我作一個……達也與雷歐都這麼想。

「我想確認一件事。雷歐，你是『西城雷歐赫特』吧？」

「啊啊，沒錯。不是王國的騎士雷歐赫特，是通稱『雷歐』的西城雷歐赫特。」

「你今晚從一開始就有自我意識嗎？」

「今晚？啊啊，這麼說來這是在夢裡。其實連一個晚上都還沒過吧……」

聽到雷歐隱含感慨的這句呢喃，達也感覺不對勁。

「雷歐，你們究竟花了幾天才來到這座城堡？」

「以我們的真實感受來說已經一個月了吧。不過實際上是跳過很多場面，像是總集篇的一個月。」

「原來如此，所以渡邊委員長與七草會長才會成為那種狀態……」

在大廳的左側，艾莉卡與摩利以眼花撩亂的敏捷身手交劍。艾莉卡露出勇敢笑容的模樣一如往常，摩利的樣子卻和往常的印象大不相同。摩利高聲大笑，掛著猙獰表情砍向艾莉卡。

知道這是夢境的艾莉卡，瞄準摩利的手腳出劍企圖剝奪她的戰鬥能力。相較於艾莉卡這種作風，摩利毫不猶豫瞄準要害的戰鬥方式明顯帶著瘋狂氣息。感覺已經超過「自暴自棄」的等級。

反觀大廳右側，身穿成熟長禮服的深雪以及身穿超可愛連身迷你裙的真由美停下腳步以魔法互射。相較於深雪甚至醞釀神祕氣息的靜謐表情，感覺隨時會聽到真由美發出「唔呵呵……」的偷笑聲。

「你沒問題嗎？」

「我原本就是即使整年流浪也不在乎的個性。令我意外的是北山吧。那傢伙比起七草會長更擅長把鎮長或是領主玩弄在股掌之間。不愧是巨大企業集團的千金小姐。我第一次親身感受到這一點。」

「我在夏天旅行的時候就徹底親身感受過了。」

「哎，當時我確實也覺得北山是有錢人，但是這次重新體認到她不只是家境很好的大小姐。應該要到她那種水準才首度可以自稱是『社長千金』吧？」

「你的評價好高。原來這趟旅程這麼辛苦嗎？」

「那當然，你看到她們兩人就能想像吧？」

聽到雷歐這麼說，達也無條件地信服了。

真由美與摩利的精神層面絕對不算脆弱。雖說被迫扮演「稍微」偏離原本個性的角色，但她們才一個月的程度就失常成那樣。達也心想如果換成是自己，或許會不容分說就想要「分解」這個世界吧——不過結果應該只會無功而返。因為這個世界是以靈子情報體組成，他的「分解」之力不管用。

「……總之既然被『叫來』這個地方，至少要留下曾經交戰過的證明吧？」

達也撥除無謂的雜念叫出劍。

昨晚也使用過的漆黑大劍。

「我想也是。」

剛才說得不太起勁的雷歐，看到這把劍之後也變了眼神，拔出背上的巨劍。是比達也的大劍還要巨大的劍。

「那麼，就在不受傷的範圍打一場吧！」

雷歐高高舉起巨劍揮下。

達也以漆黑大劍敲向他的劍身。

巨劍的劍刃插進地板。地板石材飛散，達也翻動斗篷擋下。達也的大劍從上方砍向雷歐的巨劍。砍在地板的衝擊還沒從雷歐手臂消退，達也試著進一步給予衝擊，想從他手中搶走巨劍。

然而雷歐沒放開劍。不只如此，甚至就這麼任憑達也的大劍壓在上方，從地板抽出巨劍往上揮！

反倒是達也的劍被奪走。

不，正確來說，達也為了逃離巨劍的軌道而主動放開劍。

證據就是達也高舉在頭上的右手再度握著漆黑大劍。

「……這是什麼機關？」

雷歐露出「你犯規」的表情抱怨。

「是夢中的設定。」

達也以不感興趣的聲音回答。

「雷歐，你知道嗎？剛才那是『物質轉移』。現代魔法花費十年以上的歲月研究，終於認定不可能而只能放棄的『有質量物體瞬間移動』。不過在夢中這麼輕易就做得到。」

「……真是不合理。」

「沒錯，不合理。不是魔法師的人們，應該也認為魔法同樣不合理吧。不過為了學習一個魔法，即使是短時間也需要密集的訓練。絕對不像這樣輕鬆就能學會。」

達也將自己厭惡注視的漆黑大劍指向雷歐。

「我想要盡快離開這種令我火大的場所。」

「……同感。我也想盡快告別這種荒唐的世界。」

兩人的話語使得大廳兩側發出同意的聲音。

「贊成，我舉雙手贊成！這種三流戲劇，我現在就讓它落幕！」

大廳左側的靈子波動高漲。

「贊成，我舉雙手贊成！說什麼妖精公主，不准用笑容掏挖別人自卑的傷口！」

大廳右側的靈子波動高漲。

「神劍啊，解放你的力量！」

「聖玉啊，解放你的力量吧！」

接下來的叫聲聽不清楚。強大的能量振動空氣，產生人聲根本比不上的巨大聲響。

城堡裡充滿光輝。

響起激烈的破碎聲。緊接著，達也被浮遊感包覆。

睜開眼睛的時候，達也的身體埋在瓦礫堆。往上看是灰暗多雲的天空。往旁邊看是冰冷缺乏綠意的荒野。魔王城完全崩塌了。

達也從瓦礫堆裡抽出右手朝向天空。漆黑的大劍出現在掌中。

「喂，還要繼續嗎？」

雖然理所當然，但是劍什麼都沒回答。

代替沒回答的劍，玻璃的破碎聲響徹天地。

◇　◇　◇

達也順利在自己房間清醒。確認時鐘之前，他先將「眼」朝向妹妹的想子情報。

他在床上鬆了口氣。深雪也以平安無事的狀態清醒。最後的瞬間沒能確定妹妹的安危，達也有點擔心，不過看來有遵守「不會反饋影響現實身體」的原則。

達也下床之後，不經意將右手向前伸。

沒發生任何事。

雖說理所當然，但是漆黑的大劍沒出現。

「這次也是相當吃不消的結局啊……」

達也像是遮羞般低語，前往浴室前方的盥洗間洗臉。

（第七天待續）

夢幻遊戲——迷宮攻略法下載——

清晨在八雲的寺廟九重寺進行體術修行，這是達也的例行公事。即使是星期日也一樣。基於旅行或是工作需求所以無法全年無休，除此之外即使是颳風下雨的日子都會前往九重寺。

但是不會連修行的內容都千篇一律。例如有一半的機率是和八雲對打。其他的日子則是和八雲的高徒一起進行忍術使特有的身體訓練。

這天，八雲在達也完成訓練課程之後露臉。

「達也，可以過來一下嗎？」

全身在雨中熱氣騰騰的達也在調整呼吸時，撐傘從庭院走過來的八雲向他這麼說。

「知道了，請等我一下。」

達也移動到僧房的屋簷下躲雨，然後以釋放系魔法將溼透的衣服弄乾。此外他的腳完全沒沾到泥土。不只是達也，和他一起修行的八雲高徒們都一樣。至少在這座九重寺只有初學者會在走路或跑步的時候濺起泥水弄髒腳。八雲與部分高徒甚至不會在各處積水的潮溼土地留下腳印。和這種等級比起來，達也的技術還差得多。

「看來第一高中現在很奇妙。」

八雲看到達也坐下之後，毫無開場白直接這麼說。

「意思是先前找師父討論的奇妙惡夢在學生之間擴散了嗎？」

達也如此反問，緊接著覺得自己的解釋不對勁。八雲並不是說「第一高中發生奇妙的事」。如果八雲指的是學生被夢影響，「第一高中現在很奇妙」這種說法怪怪的。

「……意思是第一高中本身發生某些異狀嗎？」

「被相當罕見的結界覆蓋……類似這樣吧。」

八雲回答得有點結巴，並不是為了隱瞞事情。是因為他自己也沒完全掌握事態。

「就某種意義來說，我覺得是化為異界。」

「所以是被魔法形式的『力場』覆蓋吧？師父知道是哪種性質嗎？」

「但這單純是我自己的想像。」

「沒關係。」

即使得到達也口頭承諾，八雲的回答還是有點猶豫。

「恐怕是將許多人關進幻影的性質。」

「關進幻影？製作物質無法穿透的障壁，在內部建構幻影嗎？」

對於達也的推測，八雲搖了搖頭。

「應該沒有干涉物質的效果。相對的，陷入結界的人應該會被強迫進入睡眠狀態。即使強行叫醒也依然半夢半醒，以表面看起來是夢遊的狀態持續看見幻影。我認為是這種性質的結界。」

「在睡眠狀態看見的幻影……所以是夢嗎？」

「就是這麼回事。八成和你先前找我討論的『惡夢』是同一種法術。不過真相必須進入內部才能查明。」

達也閉上眼睛皺起眉頭思考。

今天是星期日，不過有進行社團活動，肯定有不少學生到校。應該不能扔著他們不管吧。只是這樣，達也就沒必要處理。但是如果八雲的推測正確，就代表著這週造成許多困擾的惡夢源頭——聖遺物正在一高內部活絡運作。這或許是找出暫稱「夢境演算器」這個聖遺物的大好機會。

達也睜開眼睛和八雲視線相對。

「我去看看。」

聽到達也的回應，八雲露出微笑。

「這樣啊。小心一點啊。以你這麼堅定的精神，應該不會在清醒的狀態被幻術吞噬……不過畢竟這邊沒摸清底細。」

「我不會大意。」

如此回應的達也正準備行禮起身的時候，察覺必須請教八雲一個問題。

「話說師父，在結界裡睡著的人要怎麼叫醒？」

八雲輕聲說「這個嘛……」將手抵在下巴。

「我不知道解除法術的方法，不過如果不在意對方成為夢遊狀態，那麼只要給予強烈的打擊肯定就可以清醒一半。」

「強烈的打擊嗎……」

「並不是要將魂魄從肉體切離，所以點穴肯定就夠了。即使不弄痛也行得通。」

八雲咧嘴一笑。

達也隱約明白八雲要他怎麼做。卻沒有因而改變表情，他沒有這種「少年情懷」。

「知道了。謝謝師父指點迷津。」

達也以故做正經的表情行禮，這次真的起身告辭了。

◇　◇　◇

來到一高的達也與深雪在校門前面停下腳步。之所以停下腳步，不是因為校門在週日關閉，也不是因為明明是週日卻沒有警衛而提高警覺。

天亮就開始下的雨，在他們搭乘小型電車的時候就停了。從車站到學校的這段路，兩人沒機會共撐一把傘，兄妹的其中一方在內心感到遺憾，不過從校內與校外界線洋溢的異常氣息驅除了這份雜念。

目睹這個異狀，達也心想果然不應該帶深雪過來。他原本想讓深雪看家。既然異常現象僅止於第一高中內部，就不必刻意讓深雪暴露在危險之中。

但是達也依然像這樣准許同行，因為他必須承認深雪「我也是被害者」的這個訴求有道理，同時也是考慮到深雪魔法特性的結果。

深雪擅長的魔法是振動減速系魔法（比較好懂的通稱是「冷卻魔法」）——在一高學生之間是這麼認知的。來參觀九校戰的研究員或是星探之間八成也這麼認為吧。

不過她原本擅長的魔法是系統外的精神干涉系魔法。她的冷卻魔法只不過是天生的固有魔法「精神凍結魔法」轉變形式之後成為能夠干涉物質次元的魔法。

在精神干涉系魔法擁有高度天分的魔法師都一樣，深雪對於外在的精神干涉也擁有強大的抵抗力。雖然在睡眠時完全被「夢境演算器」占據意識，不過在清醒的狀態應該會展現出和達也一樣甚至更強的抵抗力吧。考慮到這一點，達也判斷深雪可以成為對付「夢境演算器」的戰力。

「深雪，有感覺到什麼嗎？」

「……沿著校區圍牆有一層像是柔軟薄膜的東西。是具備彈力而且無法輕易戳破的觸感。」

深雪不像美月看得見靈子波動，但是精神凍結魔法的附屬技能，使得她能以觸覺感應到靈子情報體。「柔軟又有彈力」是深雪從覆蓋一高的結界感受到的觸感。

換句話說，這座結界應該和那場惡夢一樣是以靈子情報體打造的。

「哥哥您覺得呢？」

「沒看見擁有物理效果的魔法式。妳碰觸到的結界純粹是精神層面的吧。」

「也沒看見精神干涉系的魔法式嗎？」

「嗯。」

「既然哥哥沒看見魔法式，那麼在這座結界內部運作的魔法應該不是常駐型，而是定期輸出魔法式的魔法吧。」

「雖然不能斷定，但是這個可能性很高。」

達也的超知覺基於某種意義來說能以視覺形式認知想子情報體。即使是干涉靈子的魔法，只要使用到想子情報體的魔法式就逃不過達也的「眼」。「夢境演算器」的運作原理如果和達也他們所知的魔法屬於相同機制，那麼達也就能「看見」運作的現場。既然達也的「眼」沒看見魔法式，或許「夢境演算器」的運作原理和現代魔法截然不同，不然就是目前沒有輸出魔法式。

要是「夢境演算器」以不同於現代魔法的原理運作，達也他們再怎麼努力也無法感知，所以思考這個可能性沒有意義。以現場的行動方針來說，只能假設讓眾人作惡夢的魔法式是間歇性地輸出，這是實際上的唯一選項。

「只要捕捉到魔法式輸出的時間點，就有可能反向偵測到訊號來源……但是不知道間隔時間有多久。」

達也輕聲說完踏出腳步。

「要闖進去嗎？」

深雪以緊張表情來到他身旁。

「嗯。最可疑的是校長室。可惜小野老師沒有回覆，不過目的地就設定為校長室吧。」

「知道了。哥哥，我們走吧。」

達也他們打算就這麼筆直前往校長室。然而在校門通往校舍出入口的林蔭道路途中，兩人突然被迫改變方針。

身穿網球服的女學生集團倒地不起。

「艾莉卡！」

深雪在其中認出朋友的身影，跑到她的身旁。考慮到萬一，深雪將手放在她嘴巴上方，確認還有呼吸之後鬆了口氣。

「艾莉卡，妳怎麼了？艾莉卡？」

深雪搖晃艾莉卡的身體，但是完全沒有清醒的徵兆。

女網社社員倒地的場所，是往下走可以通往球場的階梯旁邊草地。再稍微走向操場就會滑下去的斜坡上，大約十人躺在一起不動。

現在還是白天依然酷熱的季節，但是早晚已經相當涼快。穿著單薄的網球服躺在潮溼的草地恐怕會感冒。

達也從懷裡拔出手槍造型的ＣＡＤ。跪在艾莉卡旁邊的深雪察覺到這股氣息連忙起身。

「哥哥，由我來吧。」

「不，沒問題。」

看起來像是發散系魔法的分解魔法，達也連續發動四次。

首先將草地表面附著的水滴分解為氫與氧，使得草地成為不再潮溼的狀態。

接著分解滲入泥土粒子之間的水分弄乾土壤。

然後讓網球服成為乾燥狀態，再度讓草地變乾。單純使用發散系魔法的話，一次就能完成這些程序，但是以達也特化過的魔法演算領域，這種做法即使浪費魔法力也更快又確實。

「不好意思，哥哥。我剛才沒察覺……」

妹妹以惶恐眼神看過來，達也簡短回應「沒事」，走到深雪旁邊的艾莉卡那裡。

「如果師父的預測正確，那麼艾莉卡被聖遺物的力量囚禁了。」

達也繞到艾莉卡的頭部位置蹲下。

「現在要怎麼做？我知道剛才哥哥貼心使用魔法，所以就算維持現狀也不必擔心感冒……」

深雪再度跪下和達也視線相對，暗示「暫且扔著她們不管吧」。

但是達也在這一點（不必擔心感冒的這一點）不像妹妹那麼樂觀。雖說衣服與草地都乾了，只穿一件網球服睡在戶外，即使是盛夏也可能會感冒。而且就算雨已經停了，天空依然滿是灰濛濛的雲層，今天或許不會那麼熱。

不過達也也沒說要將所有人叫醒或是搬進室內。

「據說只要給予強烈的打擊，就可以暫且回復為半夢半醒的狀況。試試看吧。」

他說著扶起艾莉卡的上半身。

深雪見狀以為是要一掌往背部拍下去，但她猜錯了。

達也的手指在艾莉卡的背脊慢慢來回兩三次，然後停在某處。

他的食指發出想子光，同時隔著網球服插入艾莉卡的背。

「嗯啊！」

艾莉卡發出痛苦又帶點嬌媚的聲音。

然後她慢慢張開眼皮。

「達也同學……？」

達也也不確定那麼做就能回復意識。看到她睜開雙眼，不只是達也，深雪也鬆了口氣。

「……原來如此。我還在夢裡啊。」

但是接下來這句話令兄妹倆歪過腦袋。

「艾莉卡，妳在說什麼？這裡是學校喔。」

聽到深雪這麼說，這次是艾莉卡詫異般頻頻眨眼。

「咦？可是那套禮服……」

「禮服？」

深雪不由得低頭看向自己的衣服。映入眼簾的無疑是平常穿的一高制服。

「艾莉卡，妳說的禮服是……」「深雪。」

妳說的禮服是怎麼回事？深雪想這麼問的時候被達也打斷。達也回想起八雲說過「依然半夢半醒，以表面看起來是夢遊的狀態持續看見幻影」這段話。

「艾莉卡，妳可能會覺得我在問奇怪的問題，但是麻煩老實回答我。」

達也輔助艾莉卡站起來，詢問看起來很在意右邊腰際的她。

「什麼事？瞧你態度這麼鄭重。」

看到達也突然繃緊表情，艾莉卡想要露出搪塞的笑容，卻被達也投向她的嚴肅視線震懾而沒能如願。

「艾莉卡，妳看我們是什麼模樣？」

「還能是什麼模樣……深雪穿著白色禮服加披一件外出用的淺綠色罩衫吧？與其說是公主大人，感覺更像是巫女……不對，是聖女。達也同學在皮甲外面穿一件白色大衣，看起來的印象和制服差不多。」

「妳看自己是什麼模樣？」

「我自己嗎？我的話……這是怎樣？」

艾莉卡皺眉不悅發出「唔呃……」的呻吟。

「……我的造型就像是電玩遊戲裡擔任養眼角色的女騎士……迷你裙短到不行，上半身也是有領子的低胸上衣……」

看見艾莉卡露出難為情的表情將裙子——網球裙的裙襬往下拉，達也與深雪視線迅速相對。

「但你為什麼問這種問題……？啊，難道說！」

艾莉卡以「我想到了！」的表情睜大雙眼。如果是傳統的搞笑漫畫或動畫，感覺她的頭頂會亮起電燈泡。

「我看見的和你們看見的不一樣？」

「居然自己察覺，真不愧是艾莉卡。觀察力確實高明。」

「……但我沒有被稱讚的感覺。」

實際上，達也內心認為「哎，她應該會察覺吧」，所以沒反駁艾莉卡像是抗議的這句話。

「不過正確來說，應該是我們看見的和妳看見的不一樣。」

「有什麼差別？」

乖乖跟在踏出腳步的達也身後，頭上冒出好幾個問號的艾莉卡這麼問。

此外，深雪在一如往常的位置配合哥哥移動中。

「剛才深雪也說過，這裡是第一高中，我們剛到校。」

「不會吧……」

重新被這麼告知之後，艾莉卡臉色鐵青。大概是達也告知的現實和自身認知的差異終於滲透到意識了。

「我們穿的不是禮服或鎧甲，是制服。妳身上不是女騎士的服裝，是網球服。網球社每個星期日都是這麼早就開始練球嗎？」

「唔，嗯，沒有強迫參加就是了。但是我覺得偶爾也要認真參加，不然真的會被當成幽靈社員，所以今天早上稍微加把勁……咦？」

聽到自己說出口的話語，艾莉卡鐵青的臉蛋緊繃。

「今天早上？今天早上是……」

艾莉卡連忙重新低頭看向自己的服裝確認。不只是用眼睛看，還伸手摸來摸去，不知道基於什麼心態掀起網球裙——

「艾莉卡，妳在發什麼失心瘋？哥哥在看啊！」

——即將掀起的時候，深雪連忙制止。

「怎麼回事……」

錯愕呢喃之後，艾莉卡抓住達也的袖子。

「這是怎麼回事？我來到學校對吧？這裡是學校對吧？」

艾莉卡陷入恐慌，達也心想「妳也會露出這種表情啊……」看著她。

「這部分沒錯。」

「那我為什麼穿成這樣？達也同學，你說我現在穿著網球服對吧？」

「這部分也沒錯。」

達也確實看著艾莉卡的眼睛點頭。

「但是在我眼中不是這樣！就算用手摸也不是網球服的觸感！」

「艾莉卡，妳冷靜。」

艾莉卡抓著達也的袖子搖晃，深雪加重語氣對她這麼說。

「妳中了幻影魔法。」

艾莉卡搖晃達也的手停止了。

「魔法……？這是魔法？」

看不見自己記得也肯定存在的東西。

看見自己不記得又不可能存在的東西。

這對於人類內心造成的傷害，比達也想像的還要嚴重。下次應對的時候要更慎重一點。達也將這個有點心急的反省深刻在心裡。

原本應該要先讓艾莉卡冷靜下來再反省。

達也當然也沒忘記這件事。他決定正確說明目前所知的事態，安撫艾莉卡內心的恐慌。

「艾莉卡，妳現在體驗的事情，和昨天與前天的夢一樣。妳現在受到某種東西的干涉，正在作著白日夢。」

「白日夢？那麼這果然是在那場夢裡？」

「直到剛才是這樣沒錯，但是現在不太對。」

在艾莉卡混亂大喊之前，達也繼續說明。

「妳原本和其他社員一起倒在通往網球場的階梯旁邊，我們剛才叫醒妳了。那不是在夢裡，是在現實世界發生的事。我們現在正要前往校舍。只不過，雖然妳的身體在現實世界行動，五感卻受困在和那場夢相同性質的幻影。推測妳現在處於這種狀況。」

「我的身體是醒著的，意識卻在作夢……是這麼回事吧？」

「如果這麼想比較好懂，妳這樣解釋也沒問題。之所以能夠正常行走，應該是因為幻影的地形是反映現實世界形成的吧。」

聽到達也這麼說，艾莉卡看向腳下。

「雖然看起來以及腳底傳來的觸感都是石板，實際上卻是平常在走的柏油路嗎……」

艾莉卡抬起頭。將不安的心情藏入心底，對於不講理的干涉露出憤怒之意。

「達也同學，你說的『某種東西』是什麼？」

「恐怕是精神干涉系的聖遺物吧。」

原本應該一如往常以「還不知道」回答這個問題，不過即使現階段只是推測，達也依然沒有隱瞞。

「不是某人幹的好事嗎？」

「我認為很可能是聖遺物自動發揮效果。」

「這樣啊，真可惜。」

艾莉卡以一如往常的語氣這麼說，露出危險的笑容。

「如果幕後黑手是某人，我就要把他揍得稀巴爛了。」

比起不安怯懦的弱女子模樣，這個態度更適合平常的她。

看來完全回復鎮靜了。要是就這麼繼續恐慌，帶她一起走會令人不安，不過達也認為現在這樣應該沒問題。

「問題所在的聖遺物，我們暫時稱為『夢境演算器』。我認為夢境演算器在校長室。」

「那麼目的地就是校長室吧。雖然這麼說，不過校舍在我眼中和現實世界不一樣，所以達也同學，可以帶我一起去嗎？」

達也當然從一開始就是想讓艾莉卡同行才叫醒她。如果故意被幻術囚禁就不予考慮，但是完全無視也不能說毫無風險。所以達也想讓艾莉卡警戒幻影世界裡設定的危險物體。

「知道了。一起走吧。」

「啊，不過等一下。我可以去拿我的ＣＡＤ嗎？」

艾莉卡在這麼說的同時摸索腰際。看來是下意識的動作。她說自己是「女騎士」的造型，所以可能對於自己沒帶著「劍」感到不對勁吧。

「這我不在意。因為前往校長室的途中會經過事務室。」

平日上學的時候有很多學生會將ＣＡＤ交給校方保管，所以校舍出入口有自動上鎖的機械式置物櫃，事務室的職員會在開始上課之後回收這些ＣＡＤ保管到放學時間。不過假日肯定是直接交給事務室的窗口保管。

但是達也說到「事務室」的時候，艾莉卡開始尷尬地忸忸怩怩。

「艾莉卡，難道妳沒把ＣＡＤ交給事務室保管嗎？」

聽到深雪這麼問，艾莉卡發出像是搪塞又像是坦承的笑聲。

「沒有啦～～因為嫌麻煩，所以我就這麼放在社辦了。」

「……真是受不了妳。被發現的話甚至可能會停學耶？」

被深雪投以冰冷的視線，艾莉卡不自在般扭動身體。

「既然這樣就更要趕快回收了。」

達也說完將行進路線變更為各社團社辦所在的準備大樓。

雖然已經預料到某個程度，不過因為魔法而入睡的不只是女網社。高位籃球社的社員身穿運動服在前院倒地不起。看見運動背包散落一地的模樣，大概是接下來正要前往某處吧。預定和魔法大學一起練球的可能性最高。蹴球社的社員倒在中庭，應該是正要移動到操場。

接下來這也是預測「遲早會遇到」的事，達也他們在準備大樓前方遭受夢境演算器的干涉。面前的空間洋溢魔法式。

「『夢境演算器』的魔法應該是對人型，不過這是領域型。」

達也以「術式解體」粉碎企圖干涉他與深雪的魔法式，並且輕聲這麼說──這個魔法式的強度沒有高到必須使用「術式解散」。

「哥哥，謝謝您。」

「咦，發生了什麼事？」

對於達也使出的對抗魔法，深雪表達謝意，同時艾莉卡提出疑問。

「不，就算我沒出手，妳也不會受到實際的危害。」

達也首先向深雪露出笑容搖頭。

「艾莉卡，妳剛才看我是什麼模樣？」

對於艾莉卡，達也不是回答而是反問。

「什麼模樣……啊，原來如此！」

艾莉卡輕敲手心。她的機伶使得達也露出苦笑，深雪一臉不明就裡般歪過腦袋。

「我看見你全身發出強光喔。剛才那是九校戰時的那個吧？『術式解體』。」

「沒錯。不過妳說全身發光嗎……原來看起來是這樣啊。」

魔法師除了五感還擁有感應想子的知覺。剛才的魔法式改寫三人身邊空間的性質試著干涉深雪的意識，為了粉碎這個魔法式，達也確實將想子壓縮為薄膜狀之後朝著全方位釋放。

「深雪是怎麼感覺的？」

「哥哥的『術式解體』嗎？我感覺有一層堅硬的想子圓殼以哥哥為中心擴散。」

不過正常來說，感受到的應該是深雪回答的這種印象，肯定不會「看見」身體發光的模樣。

「我在受到『夢境演算器』影響的學生面前使用魔法，可能會被誤會是未知的異能力嗎……看來得小心才行。」

「意思是恐怕會被誤認為使用不明魔法的未知勢力成員嗎？」

達也搖頭回應深雪的問題。他思考的是稍微再嚴重一點又相當荒唐無稽的內容。

「如果是未知勢力還算好，恐怕不會被當成人類看待。」

但是再怎麼荒唐無稽，對於達也說的這段話，深雪也無法回應「太誇張了」一笑置之。

「不被當成人類看待？意思是會被誤認為神或是惡魔之類嗎？」

「不，應該不會被誤認為神，頂多是魔物吧。」

和深雪不同，艾莉卡想將達也的話語一笑置之。但是在這個想法化為聲音與表情之前，她察覺到達也暗示的風險。

「被誤認為魔物，也就是可能會被別人二話不說就攻擊嗎？」

對於艾莉卡的問題，達也毫無笑容點頭回應。

「例如剛才的『術式解體』，如果看起來不是全身發光，而是全身籠罩著蒼白的火焰，艾莉卡妳會怎麼做？」

艾莉卡在回答之前做了吞嚥的動作。

「如果不知道是你，大概會落荒而逃吧。」

「如果是無處可逃的狀況呢？」

「……應該會不管三七二十一直接攻擊，不會覺得想要搭話看看。如果正要搭話的時候就被打倒，簡直像個笨蛋。」

艾莉卡移開視線，深雪代替她開口說下去。

「倒地的學生不必在意，但是清醒四處行動的學生就必須注意。是這個意思吧，哥哥？」

「沒錯。尤其在使用魔法的時候必須注意。」

達也看向身旁的深雪點頭，將手放在準備大樓的門。大概因為是週日，所以準備大樓的門沒開放。

「咦？」

達也正要開門的時候，艾莉卡發出聲音。

「艾莉卡，怎麼了？」

發問的是深雪。達也瞬間停住手，但在確定沒有特別的異狀之後迅速開門。

「嗯，因為達也同學在牆上空無一物的地方做出開門動作。原來那裡是準備大樓的入口。」

「順便問一下，準備大樓在妳眼中是什麼模樣？」

「石造的大倉庫。牆壁也是以工整切割的石磚堆砌而成。」

「校舍呢？」

「城堡？堡壘？不對，是迷宮！」

聽到艾莉卡的回答，達也疑惑皺眉。

「……艾莉卡，妳是從哪種特徵判斷是迷宮？我沒聽過迷宮有固定的建築樣式。」

「就算問我從哪裡看出來，我看著看著就靈光乍現認為這是迷宮了。」

嘴裡這麼說的艾莉卡，似乎也不知道自己為什麼判斷這座建築物是迷宮。

「原來如此，是夢的『通知』嗎？」

「哥哥，您是說在夢中有知識注入意識的那個現象嗎？」

「啊，這麼說來昨晚在夢中聊過這種事。唔～～原來就是這個啊。」

艾莉卡像是事不關己的這種態度，使得深雪抱持疑問。

「艾莉卡，妳沒有覺得不舒服嗎？」

「不會不舒服，但是覺得毛毛的。洗腦魔法就是這種感覺吧？」

「但妳看起來好像不以為意。」

聽到深雪的指摘，艾莉卡回答「還好啦」笑了。

「如果沒聽過聖遺物……你們稱為『夢境演算器』？的這件事，我想我會非常不安，懷疑自己是不是瘋了。只不過是因為你們預先說明這是魔法技術比現代更為先進的遠古文明產物，所以我才免於懷疑自己。」

「不懷疑自己……這是很重要的。這麼一來肯定沒問題。」

深雪以理解的語氣說完點了點頭。

「咦？深雪妳也會不相信自己嗎？」

艾莉卡會這樣反問只是突然想到，沒有特別的意思。

「會喔。因為我也還是十五歲的女生。」

不過，隨口回答的深雪笑容底下，似乎隱藏深不見底的深淵。察覺這一點的艾莉卡不得不改變話題。

「原來深雪才十五歲啊。」

「艾莉卡已經十六歲了嗎？那我叫妳『姊姊』吧？」

深雪惡作劇般拋了一個媚眼，艾莉卡身體猛然顫抖。

「別這樣啦！我不敢想像深雪是我妹妹！」

「……我很好奇這是什麼意思，但我也覺得艾莉卡不是當姊姊的類型。」

差不多必須把離題的對話拉回原來的軌道了。如此心想的達也在這時候插嘴。

「抱歉這麼說像是在催促，但我不想把事情拖太久。」

「不好意思，哥哥。」

深雪立刻對哥哥的話語起反應。

「艾莉卡，知道社辦的場所嗎？」

「應該沒問題。我起碼看得見走廊喔。不過是和平常的準備大樓完全不一樣的陰森光景。」

「雖然對於妳看見的光景有點興趣，不過現在還是先趕路吧。」

「收到。」

艾莉卡在社辦順利回收CAD。伸縮警棍現在是以伸長的狀態握在手中。如果就這麼維持縮短的狀態，她好像無法認知為「劍」。

走出社辦的艾莉卡在網球服外面加穿一件運動外套。不知為何無法換穿制服。好像是制服看起來和現實差太多，不知道該怎麼穿。

「必須趕快清醒才行，不然連衣服都換不了……」

走出社辦的艾莉卡極度消沉。必須一直穿相同服裝的可能性，對於女生果然是一大打擊吧。

「肯定不會一直這樣。以最壞的狀況，只要離開學校就好。」

話說艾莉卡今天還真是經常露出少見的表情……如此心想的達也總之出言安慰。

「離開學校就好嗎？但我作夢的地方是自己房間啊？」

艾莉卡不是說「自己家」而是「自己房間」，達也覺得怪怪的，但是沒追究這件事。

「這場白日夢可以認定是只在學校裡的現象。靈子形成一層障壁覆蓋學校的用地。內部恐怕形成了魔法形式的力場。」

「是喔……」

艾莉卡露出一半接受、一半聽不懂的表情點頭。

「那個，哥哥……」

一旁的深雪略顯顧慮開口。

「我現在忽然想到，『夢境演算器』的魔法遍及到哪裡呢？」

「有效範圍嗎？」

「是的。您剛才說學校的用地，不過包含演習樹林的話就是相當大的面積。即使是再怎麼強大的聖遺物，真的可能以魔法力場持續包覆這麼廣的範圍嗎？」

「魔法並不是消耗能量來產生作用。雖然這麼說，不過確實有極限……雖然會繞點路，不過就確認一下吧。」

「要去哪裡？」

「演習樹林的入口。就在準備大樓後面，應該不會浪費太多時間。」

「唔哇……」

艾莉卡輕聲發出傻眼的聲音，不知道是對於她看見的演習樹林，還是對於演習樹林——第一高中野外演習場與其他校地分隔的圍欄前方倒地不起的許多學生做出這種反應。

「是在進入演習樹林的時候被催眠的吧。」

達也仰望沿著圍欄形成的靈子障壁輕聲這麼說，走向通往演習樹林的後門。

就這麼穿過後門。

這一瞬間，達也身體釋放高密度的想子。

在艾莉卡眼中，達也看起來像是變成了光。

以深雪的感覺，達也就像是爆炸了。

「哥哥！」

「達也同學！」

「我沒事。」

達也當然沒有燃燒殆盡也沒有爆炸四散。

她們看見的是達也以最強威力施放「術式解體」的波動。

「看來只要試著穿過這面『牆』，將人拖進惡夢的魔法就會自動發動。」

「嚇我一跳……哥哥，如果接下來要再做相同的事，請您預告一下。」

深雪按著胸口這麼說。

「我原本也沒要採取這麼誇張的應對方式。」

達也露出像是苦笑，像是害羞一笑，也像是要以笑容掩飾的複雜表情辯解。

「魔法比預料的還要強力。」

看來剛才那一幕對他來說是一種失算。

只不過，並不是只發生出乎預料的壞事。

「呵啊～～……」

隨著這個懶散的呵欠，一名學生慢慢動了起來。

「……咦？達也，你打扮成這副模樣是怎麼回事？深雪同學與艾莉卡也是。」

倒在後門旁邊的雷歐站了起來。大概是被「術式解體」餘波影響的結果。

連達也都不知道為何只有雷歐一個人醒來。不過反正原本就預定叫醒他，達也覺得省了一番力氣也不錯。

「看來是那場夢的後續嗎？還以為已經醒來，不過好像是我誤會了。」

然而他即使醒著也沒有完全清醒。

「唔哇……」

聽到雷歐這麼說，艾莉卡發出充滿絕望感的呻吟。

「我和這傢伙同等級嗎……？」

「突然這麼說很沒禮貌吧！」

「總之雷歐，等一下。」

雷歐差點要槓上艾莉卡，不過達也迅速介入兩人之間。

「雖然聽起來像是突然問你奇怪的問題，不過你看我們是什麼模樣？此外，你自己現在是什麼打扮？」

「這個問題真的很奇怪。達也你穿著護具？不對，是皮甲，然後再加穿一件白色大衣吧？深雪同學是白色禮服加上淺綠色外衣。深雪同學穿什麼衣服都是公主大人耶。」

「哇！西城同學，你真會說話。」

「沒有啦，也還好吧……」

「你害臊個什麼勁啊，噁心。」

「妳說什麼？」

「總之等一下。」

達也再度出面仲裁。

「所以你看艾莉卡是什麼模樣？」

「艾莉卡是那個吧？擔任養眼角色的女騎士。」

「閉嘴！」

看來自己這麼說和聽別人這麼說是兩回事。艾莉卡滿臉通紅怒罵回應這時候，雷歐已經按著腦袋在地面打滾。

「拜託不要用劍吐槽……就算沒用劍刃也不是開玩笑的……」

「唔，對不起啦……」

大概是覺得用警棍（在艾莉卡眼中只認為是劍）吐槽終究下手太重，艾莉卡率直道歉。

「總之看起來有手下留情，而且雷歐也說得太冒失了。」

達也之所以居中協調，並不是為了消除尷尬氣氛。

「所以雷歐，你自己是什麼打扮？」

是為了以確認狀況為優先。

「再稍微擔心我一下啦……我的打扮，一言以蔽之就是獵人吧。不過好像沒弓箭。」

「艾莉卡？」

達也向艾莉卡確認。

「就我看來也是這樣。不過再髒一點就是土匪了。」

艾莉卡向達也點頭回應。

不知為何，雷歐沒對她話中的後半段有意見。

「……啊～～說得也是。我扮演的角色似乎是『當過土匪的士兵』。」

看來設定資料也有傳送給雷歐。這就是他沒有一如往常回嘴的原因。

但是對於達也來說，這件事不是重點。

「看來艾莉卡看見的『舞台』，和雷歐看見的『舞台』是同一個。」

「好像是這樣。」

雖然不情不願，但艾莉卡同意達也的說法。

「這是什麼意思？簡直說得像是達也看見的景色和我們看見的不一樣耶？」

「一點都沒錯，雷歐。你與艾莉卡『被迫』看見的風景，和我與深雪看見的不一樣。」

達也以此做為開場白，將剛才對艾莉卡的說明重複一次。

「真的假的……所以我沒有搞錯，而是真的來到學校了嗎？」

雷歐不像艾莉卡那麼混亂。大概是因為個性樂觀，也可能是在女生面前打腫臉充胖子，這要問他本人才知道。

「總之，受到聖遺物影響的學生們，說不定會留下某些後遺症。趕快找出元凶吧。」

「可是啊，達也。那個『夢境演算器』放在校長室也是你的假設吧？」

對於雷歐毫不留情的指摘，達也沒做出慌張反應。

「確認猜錯的話就尋找別的可能性。無論是對是錯，儘早得出結論比較好。」

「你說的沒錯。」

四人快步前往校舍出入口。

雖然在現代的大規模設施不算是特別稀奇，不過第一高中校舍的各設施可以從集中管理室進行遠端操作。這間集中管理室的鑰匙以及管理用控制台的鑰匙使用了硬體鎖，硬體鎖通常是由教頭保管，借給值班的職員使用。

但是在這一天，硬體鎖被人從教頭室偷走了。

「不能讓魔王接近神寶……沒錯，我是這座迷宮神殿的守護者。我要驅使迷宮的力量趕走魔王軍。」

偷走鑰匙的是年輕女性。她發出「唔呵呵呵呵……」有點失去理智的笑聲，朝著語音輸入的麥克風下達手動關閉防火門的指令。

抵達出入口的達也等人一開始就碰了釘子。

「這道看起來很堅固的鐵門是什麼？」

「是防火門。」

原來在夢中看起來也像是金屬製的門……如此心想的達也回答雷歐這句自言自語。

「這是防火門嗎？」

「是的。艾莉卡妳看這扇門是什麼模樣？」

「表面打上很多釘子，看起來煞有其事的粗獷大門。」

這段說明缺乏具體性，不過達也與深雪都隱約能夠想像。

「艾莉卡剛才把校舍說成迷宮……看來這場白日夢的主題是迷宮攻略。」

即使沒有玩過ＲＰＧ電玩的經驗，大家也知道「迷宮攻略」這個詞，場中沒人發出「那是什麼？」的反問聲。

「……可是哥哥，防火門為什麼是關上的？」

以幻術的機制來說，即使可以利用幻影製造障礙物，也無法讓機械設備運作。

「大概是陷入夢裡的某人在集中管理室操作吧。」

達也也不認為能以精神干涉系魔法控制機械。在他的心目中，解釋為有人在操縱比較合理。

「原來如此……看來要抵達校長室沒這麼容易。」

「管理室裡的某人應該正在用監視器觀察我們的行動吧。感覺會變得很麻煩。」

達也嘆了口氣，艾莉卡輕拍他的背兩下。

「樓梯好像可以走喔。總之要不要上樓看看？」

「總比打破窗戶玻璃入侵來得好吧。」

達也以這種說法接受艾莉卡的提案。

提案人艾莉卡帶頭開始爬樓梯。不過達也立刻追上，深雪也超越了莫名拖拖拉拉的艾莉卡。

「艾莉卡，妳怎麼了？」

「看雷歐的腳步也相當慎重。難道就你們看來長了青苔嗎？」

艾莉卡與雷歐看見的東西和達也他們不一樣。達也認為或許是夢境讓兩人看見「容易打滑的階梯」的幻影，所以上樓的時候變得慎重。

「不，並不是這麼回事。」

「這個……還挺刺激的。」

「你們到底看見什麼？」

不過，他們看見的光景似乎和達也想像的類型不同。

兩人不自然地蛇行上樓。

「沒有啦，樓梯各處都崩塌了。」

「你們往上爬之後就一直接連崩塌，所以很恐怖。」

「……難道說，你們看見的校舍內部是廢墟？」

「……真要說的話是鬼屋吧。」

「別這樣說啦！鬼屋迷宮聽起來很觸霉頭。」

達也覺得艾莉卡這句話若要說是打趣告誡，語氣似乎有點過於強烈。

「艾莉卡，妳害怕鬼屋嗎？」

「怎麼可能啦！」

達也刻意直接這麼問，隨即得到語氣更強烈的否定。

「哎呀，艾莉卡。怕鬼沒什麼好害羞的喔。因為是女生。」

「我說了不是這樣吧！……兄妹倆都這麼壞心，個性不會太惡劣嗎？」

艾莉卡激烈批判，達也宣稱「這是誤會」，深雪輕聲發笑。

「……雖然情非所願，不過唯獨這次我有同感。」

雷歐以其他三人聽不見的音量悄悄呢喃。

成為迷宮守護者的她，看著映在「魔法鏡」裡的入侵者笑了。

「居然不知道這邊看得一清二楚……」

為了囚禁「魔王的走狗」，她朝著「祭壇」詠唱「咒語」。

「緊急關閉二樓的二號防火門。三號防火門同樣緊急關閉。」

「魔法鏡」下方鑲嵌的寶玉發出綠光回應她的命令。

四人沿著二樓走廊前往中央階梯。

他們前方不遠處的走廊照射出一條紅光，持續響起短短的警報聲。

這個信號使得達也與深雪停下腳步。

走在前面的艾莉卡與雷歐不以為意——或者是沒有察覺，就這麼繼續前進。

「停下來！」

聽到達也犀利制止的聲音，艾莉卡與雷歐停下腳步，露出吃驚的表情轉過身來。

緊接著，防火門發出劇烈聲響在四人面前關閉。

「……好險。達也，這也是防火門嗎？」

達也回答「沒錯」的同時，背後的防火門發出劇烈聲響關閉。

「為什麼防火門關得這麼快？」

「這是發生毒氣時的緊急封閉機制。沒聽到運作之前的警報聲嗎？」

「——沒聽到。想到你沒叫住我們的結果，我就渾身發毛。」

達也也有這份危機意識。他自以為明白看不見現實景色的危險性，卻覺得自己的認知還是過於天真而自責。

現在的艾莉卡與雷歐等於是在矇住眼睛、摀住耳朵的狀況下四處走動。「夢境演算器」讓他們看見的模樣表面上像是反映現實世界，實際上卻只是恣意偽造的光景。

（話說回來……）

達也將注意力集中在校舍設備的集中管理室，並且在內心低語。

（小野老師……雖說您是被操縱的，不過要是害學生受傷會造成問題喔。）

到時候就好好追究責任吧。達也這個想法肯定不是在胡亂發洩情緒。

「話說達也，接下來怎麼辦？現狀我們算是受困在這裡了。」

雷歐的聲音沒什麼急迫感，因為他認為有必要的話從窗戶跳下去就好。窗外的景色在他眼裡看起來是離地幾十公尺的高處，但他知道這裡其實是不到十公尺高的校舍二樓。雖然抓不到著地的時間點有點麻煩，但即使就這麼跳下去，頂多也不到扭傷的程度。

「從這裡出去吧。」

達也指示的逃離路線果然是走廊窗戶。

但他使用的手段出乎雷歐與艾莉卡的預料。

達也從口袋取出小小的演算裝置。是只有兩個按鍵的簡單款式。

「深雪，這個給妳。」

其實這是飛行演算裝置。達也從兩邊口袋各取出一個，將右手的交給深雪。

「謝謝哥哥。」

深雪恭敬地微微行禮。

達也按下飛行演算裝置的按鍵。

不過看在艾莉卡與雷歐眼中不是演算裝置。兩人只看見達也將手伸進口袋，沒拿著任何東西就抽出手，將看不見的某個東西送給深雪，然後拇指微微動作。

——手指的動作就像是在畫著神祕的印記。

達也的身體輕盈上浮，在窗外靜止。

——身披大衣的皮甲戰士飄浮在石砌外牆挖出的窗口外面。

深雪跟著哥哥啟動飛行演算裝置。她的身體並排在達也身旁。

——身穿白色天衣，飛翔在空中的仙女。

「深雪，雖然應該沒人看見，但是為了以防萬一，妳先去樓頂吧。」

「知道了，哥哥。」

深雪的身體平順上昇。

——仙女離開暫時居住的地面，回歸原本所住的天界。

艾莉卡與雷歐都覺得自己迷失在真正的魔法國度。

「雷歐，站在窗框上伸出手。艾莉卡妳稍等一下。」

「嗯？啊啊……」

雷歐就這麼懷著作夢的心情，依照達也的吩咐行動。他站在實際上相當狹窄的窗框上俐落保持平衡，一隻手伸到窗外。

達也一握住這隻手，雷歐的體重就消失了。

「唔喔喔喔？」

感覺像是突然被扔到毫無踏腳處的空中，雷歐驚叫出聲。

「冷靜點，雷歐。我不會讓你摔下去。」

然而聽到達也明明沒在怒罵卻神奇響亮的這個聲音之後，雷歐回復鎮靜。

「抱歉，我沒事了……話說回來，這是什麼道理？」

聽不懂雷歐想問什麼的達也稍微皺眉。

「你至少知道飛行魔法的運作原理吧？」

「是連續發動重力控制魔法吧？這種程度的事情我也知道……可是為什麼連我也在飛？飛行魔法不是個人用的嗎？」

「什麼嘛，原來是這件事。雷歐，你現在被當成我在運送的貨物。」

「啊？」

雷歐不只以話語，還以表情表現驚訝之意。

「這樣也行？」

「我說啊，衣服與ＣＡＤ嚴格來說也是貨物喔。如果只能讓自己的身體飛行，那麼飛行魔法本身根本不成立。」

聽到達也以打從內心傻眼的語氣回答，雷歐顯然嚇了一跳。

「這個嘛，哎，衣服或是配件可能是這樣沒錯吧……」

「和大小或重量都沒有關係。總歸來說在於是否有著物理層面的接觸，並且能夠認知為『附屬物』。之所以說成『個人用』，只不過是因為人們內心會抗拒把別人視為自己的附屬物。」

「……達也你不抗拒嗎？」

「有這個必要就不會。說起來『認知』本來就很籠統。我想雷歐你正在體會這一點吧。」

「確實。」

在這樣閒聊的時候，兩人抵達樓頂了。

「我去帶艾莉卡上來。深雪，麻煩妳再等一下。」

「好的，哥哥，我等您。」

在這句話的目送之下，達也再度回到二樓窗戶。

然後，他後悔應該把順序反過來比較好。

「艾莉卡，那個……妳可以嗎？」

「嗯？什麼事？」

艾莉卡笑著回答達也的問題。不過她的笑容稍微缺乏血色。

（這麼說來，她好像很怕鬼屋……）

即使在達也眼中是普通校舍，在艾莉卡眼中也是和廢墟沒有兩樣，隨時可能會出現「某些東西」的石造建築物。達也粗心忘了這一點。

（不管了。對於現在的艾莉卡來說，盡快和深雪他們會合也是最好的做法吧。）

「艾莉卡，和剛才雷歐做的一樣，站在窗框將手伸過來……做得到嗎？」

之所以再度確認是否做得到，肯定是意識深層早就有某種預感。

「當然。那種程度的事情輕而易舉。」

艾莉卡說著輕盈跳上窗框。

就這麼半蹲挺直上半身，朝窗外伸出手——然而她發抖的雙腿變得無法完全支撐身體。

艾莉卡的腳朝著窗外打滑，就這麼背部朝下，仰躺落下——

她用力閉上雙眼。大概因為是半夢半醒的狀態，甚至無法在空中調整姿勢。

就這麼逐漸墜落。

逐漸墜落。

逐漸墜落。

……墜落伴隨的漂浮感一直沒停止，艾莉卡終於對此感到疑惑而睜開眼睛。

達也朝向側邊的臉就在她眼前。

然後艾莉卡立刻察覺朝向側邊的——被側身抱住的人是她自己。

「沒事嗎？」

艾莉卡甚至發不出哀號，嘴巴反覆開闔，達也以冷靜至極的表情詢問。

「為什麼……」

「嗯？什麼事？」

「為什麼明明在墜落卻沒有墜落……？」

艾莉卡好不容易成形說出口的話語是這個問題。

「反倒正在上昇？」

「飛行魔法是將術士與術士附屬物承受之重力強度與方向改變的魔法。成為飛行魔法對象的物體總是朝著被改寫的方向呈現自由落體狀態。所以妳說妳感覺到『墜落』，基於某種意義可說是正確答案。」

「原來是這樣嗎？」

此時艾莉卡終於有餘力注意自己的姿勢。

「慢……慢著，這個姿勢是怎樣？立刻放我下來！拜託，放我下來！」

艾莉卡在懷裡掙扎，達也很乾脆地放開她的腿。

「呀啊！」

「要摔下去了」的想法頓時掠過意識，艾莉卡發出短短的尖叫聲。

但她只和達也手牽手的身體，停留在和達也一樣的高度。

「其實抱著比較輕鬆，不過光是手牽手也可以一起飛行。」

達也笑著說明，艾莉卡在他面前鬧起彆扭。

「既然這樣，一開始這麼做不就好了？」

艾莉卡努力裝出不高興的表情撇過頭去。

不過，這種程度的使壞態度，以及其實已經變紅的臉頰，達也都不在意。

「我說過抱著比較輕鬆吧？剛才我沒想到妳會摔下去，才會情急之下採用最確實的方法。」

「唔……謝謝。」

「哎，畢竟俗話說『弘法大師也有筆誤之時』。好啦，我們到了。」

沒使用最符合剛才狀況的「猴子也會摔下樹」這句諺語，是出自達也對於女生的貼心。

大概是下意識明白這一點，艾莉卡的態度變得愈來愈尷尬。

「艾莉卡，妳怎麼了……？妳該不會有懼高症吧？」

「啊哈哈，沒那種事啦！」

深雪以擔心的表情搭話這麼問，降落在樓頂的艾莉卡笑著想要搪塞，卻稱不上順利。

「可惡的惡魔走狗，跑去哪裡了？」

在一樓的集中管理室，正在白日夢裡徹底扮演自身角色的遙，接連切換看似「魔法鏡」的監視器螢幕尋找達也他們。

然而監視器包括樓頂的物品在內，沒拍到達也他們四人的身影。

「達也，你在做什麼？」

「在對監視器動一點手腳。」

達也浮在監視器上方，隔著外殼將情報終端裝置的端子按在監視器的管線部分。他剛才說在對監視器動手腳，正確來說是對影像伺服器下指令，重複播放五分鐘前到兩分鐘前的影像。

這是從藤林那裡「偷來」的技術。雖然不像她那麼隨心所欲，卻已經可以讓螢幕在短時間內重複播放相同的影像。

如果監視員的意識正常，就可以立刻看穿這種拙劣的手法。但是達也認為現在的遙應該看不出來。被白日夢奪走意識漂浮在奇幻舞台的人，達也判斷不可能熟練使用科學技術。

「哥哥，所以您接下來打算怎麼做？」

深雪詢問動完手腳回到樓頂地面的達也。

另外兩人也在等他回答這個問題。

「走那邊的樓梯回到一樓。」

達也指向一旁中央階梯的出入口。

「防火門只是阻斷樓梯與走廊，沒有阻斷樓梯的功能。因為這麼做就無法避難。」

「啊，對喔。」

「原來如此，所以暢通無阻嗎？」

「可是哥哥，即使可以下到一樓，還是會被防火門擋住去路吧？」

「正常來想的話是這樣沒錯。」

達也朝深雪露出「真虧妳能察覺」的眼神。

只不過，這種程度的事情，當然也早就在達也的計算之中。

「但是集中管理室所在的那一區，設定成不會被完全封鎖。」

「請問這是怎麼回事？」

深雪稍微歪過腦袋。

「有教室的區域，可以像剛才那樣手動關閉兩側的防火門。不過在這個狀態，窗戶不會被封鎖。因為成為密室的話，在緊急狀況會無路可逃。」

「這我覺得……是理所當然的顧慮。」

「不過，集中管理室與校長室所在的那一區沒有窗戶。是為了防止重要物品或資料失竊而設計成這種構造。」

「沒有窗戶的區域要是以防火門完全封閉，在緊急的時候無法避難……所以不能從兩邊同時

「一點都沒錯。」

看到達也用力點頭回應，深雪臉上開心綻放笑容。

「好了好了，要醞釀氣氛晚點再說吧。」

大概是待在這股氣氛感到不自在，艾莉卡粗暴介入兩人。

「總歸來說，學生出入口那邊的防火門已經關閉，所以中央階梯那邊的防火門關不上，這樣解釋ＯＫ吧？」

達也在氣氛這方面沒提出任何反駁。大概也覺得現在不是爭論這種事的時候而自重吧。

「就是這麼回事。」

達也以這句話贊同，咧嘴露出壞心眼的笑容。

「艾莉卡，如果妳怕樓梯，我可以用飛行魔法帶妳下去喔。」

「——少煩！不需要啦！」

聽到達也小小的反擊，艾莉卡臉紅衝向中央階梯。

正如達也預料，從中央階梯往下跑到一樓的路上沒有任何障礙物。

而且通往一樓校長室區域的走廊也沒有放下防火門。

深雪、艾莉卡與雷歐都猜想達也會直接前往校長室，但他前往的是集中管理室。

即使按下對講機的按鍵，裡面也沒人回應。不過通話燈號是亮的。達也不等回應就朝著房內搭話。

「小野老師，可以請您出來嗎？」

艾莉卡與雷歐在他背後露出「咦？」的表情。深雪也沒料到這時候會出現遙的名字，但她對於小野遙沒抱持任何情感，所以即使得知礙事的元凶是遙，表情也沒有特別變化。

「小野老師，我知道您在裡面。我想知道昨天拜託您的調查結果。」

但是接下來這段話令深雪也略感意外。

『我沒接受什麼委託！要我潛入校長室根本強人所難！』

對講機終於傳來應答的聲音。話說回來，大概是達也硬塞的無理難題造成相當大的壓力吧。或許這出乎意料也是她被「夢境演算器」乘虛而入的原因。

「不過您已經取得集中管制室的硬體鎖吧？那不就也能進入校長室嗎？」

「那種事我辦不到！我是這座迷宮的守護者。這樣的我當然不能打破禁忌進入『神寶之間』吧！魔王的爪牙啊，立刻給我離開！」

「原來如此，『神寶之間』嗎？」

聽完遙將白日夢與現實混淆的這段回答，達也離開對講機。

「看來是在校長室沒錯。」

達也轉身面向三人這麼說。

「我說達也……剛才那是對講機嗎？」

雷歐的反應看起來和達也的話語完全無關。

「是啊……就你看來是什麼？」

「最好別問。」

艾莉卡不只皺眉，而且就這麼移開視線扔下這句話。看來對講機變成非常令人作嘔的東西。

「──『夢境演算器』應該就在校長室沒錯。」

達也假裝沒聽到雷歐與艾莉卡的話語重新來過。

「不過說來遺憾，小野老師不肯幫忙開鎖。接下來完全是非法入侵，你們要怎麼做？你們用不著勉強陪同，我也不打算請你們陪同。」

「只要是哥哥前往的地方，即使是天涯海角我也會陪伴您。」

深雪立刻如此回答達也的問題。總之這是大家早都知道的回應。

「我覺得事到如今還在計較非法入侵也很奇怪。」

艾莉卡以稍微彆扭的說法要求同行，肯定是因為今天吃了不少苦頭。

「我當然要跟你去。走到這一步沒能見證結局的話太離譜了吧？」

雷歐的回答比艾莉卡率直。

老實說，達也希望兩人待在這裡。如果不知道白日夢造成的景色可能會造成不便，達也當初是考慮到這一點才帶兩人過來。不過到目前為止沒發生他擔憂的事態，甚至可以說他們兩人礙手礙腳。

不提雷歐，艾莉卡是在沉睡的時候被達也叫醒硬是帶來這裡，所以達也沒要把她當成累贅。但是坦白說，今天她已經沒有用武之地。

「知道了。跟我來。」

達也當然不可能說得出這種真心話，帶著三人前往校長室。

「這就是校長室……比魔王的房間還氣派耶。」

站在校長室的門前，艾莉卡以傻眼聲音低語。一旁的雷歐也頻頻點頭。

這個評價聽在「魔王房間」的主人達也耳裡很微妙，但是現在映入他眼簾的是厚重的木門。雖然豪華，但還稱得上是在現代常識的範圍內。

「所以達也同學，要怎麼打開？」

「使用一種小小的祕術。可能會很耀眼，所以最好閉上眼睛。」

達也說完之後「看」向門。分析機械鎖的構造，確定拆掉哪些部分可以開鎖。

在發動分解魔法之前，達也以「術式解體」的要領釋放想子波動。

「呀啊！」「唔喔！」

過於耀眼的光輝使得艾莉卡與雷歐哀號。

達也瞬間踏步接近失去視覺的兩人。

以雙手食指插向兩人。

八雲直傳的點穴術。

點向不會留下後遺症，只會剝奪意識的穴道。

接住兩人虛脫無力倒下的身體，讓他們慢慢躺在地上。

「哥哥？」

深雪目瞪口呆看著整段過程，但是沒有妨礙達也。她絲毫不認為哥哥毫無正當的理由就會對朋友做出這麼過分的事。

「我不希望他們看見接下來要做的事。為了讓『夢境演算器』停止運作，需要妳的『那個』魔法。」

「原來是這樣啊。」

即使是基於「必須保守我倆的祕密」這種自私心態，深雪也深信這是「正當的理由」。

以分解魔法破壞校長室的鎖。達也打算在離開房間的時候使用「重組」讓門鎖復原。

兩人一進入房間就發現聖遺物「夢境演算器」。

釋放出極度強烈想子波動的一個木盒。

居然整整一週都沒找到這種東西，兄妹倆都不敢相信。兩人知道校長室使用了妨害魔法偵測的建材，而且和國防軍防空洞使用的規格相同，卻沒料到建材的性能這麼優秀。

不過現在隱藏聖遺物的東西只有一個木箱。

達也毫不客氣解開這個包裹。

從裡面出現的是仿造「四神」的金屬香爐。材質是連達也都沒看過的合金，但是重點不在容器。以四神「青龍」「朱雀」「白虎」「玄武」環繞的香爐裡有一顆寶玉，看來這就是想子波動的源頭。

「深雪，雖然還是被封印的狀態，但妳做得到嗎？」

「以結果來說，我的力量只是受到阻礙。那個祕術不是用來封印我的魔法，單純是真正效果的副作用，所以——」

然後深雪以幾乎要哭出來的眼神看向達也，堅定斷言。

「我會成功給您看。」

達也繞到深雪背後，雙手放在她嬌細的雙肩。

深雪交叉雙手放在達也的手上，就這麼看向「夢境演算器」。

定睛注視。

專心凝視。

然後深雪閉上雙眼。

她的魔法演算領域，施放出停止靈子活動的魔法。

想子一口氣從「夢境演算器」釋放出來。

為了創造夢境而儲存至今的想子，因為魔法停止而解放。

在眩目的光輝中，達也聽到「夢的世界」毀壞的聲音——

（終章待續）

白日夢世界崩毀的聲音與想子光的散射都止息之後，達也與深雪的視野映著和以往相同的校長室光景。

對於一般學生來說，校長室是相當無緣的場所。尤其一高的百山校長有著強烈的權威主義傾向，連學生會幹部也幾乎不准進入。在學生會擔任書記的深雪也是今天第一次進入校長室。

所以她無法區別哪裡和以往不同或者是完全相同。唯一知道的是只以肉眼所見來說，聖遺物停止運作前後的室內模樣沒有任何改變。

「……哥哥，『夢境演算器』停止了嗎？」

對於妹妹的問題，達也思考不到一秒（或許是在觀察情報體次元）然後回答。

「香爐釋放的想子波停止了。覆蓋學校的想子力場也正在消失。」

將四神——青龍、朱雀、白虎、玄武分配在蓋子周圍的四腳香爐。收在內部的彩色寶玉應該就是聖遺物「夢境演算器」。

「那麼……？」

「如果這顆寶玉是『惡夢』的原因，那麼問題就解決了。」

達也的回答和深雪預料的不太一樣。但是她眨眼兩次，露出信服的表情。

「說得也是。這顆寶玉不保證是『夢境演算器』。」

「校內異狀的原因應該是這顆寶玉。我認為這也肯定是『夢境演算器』沒錯。但是正在運作的『夢境演算器』未必只有這個。」

深雪大幅點頭回應達也的指摘。

「這麼一來，問題是否真正解決，必須觀察好一段時間是吧？」

「不，要做結論不必等太久。只要今晚沒被拖進『惡夢』，應該可以認定晚上問題的元凶也是這個東西。」

如果在這裡陪同的是真由美或摩利，或許會批判達也下的這個結論「過於心急」。不過要求深雪這麼做應該辦不到吧。

「話說回來，艾莉卡他們要怎麼辦？不然當成我的魔法被反彈之後殃及到他們也沒關係。」

深雪在意的是另一件事，就是達也剛才偷襲奪走意識的兩個朋友清醒之後要怎麼解釋。

「不，我沒要讓妳扮黑臉，也沒這個必要。」

深雪的提案恐怕超過妹妹對於哥哥的奉獻程度，但是達也不可能答應。

達也首先單腳跪在艾莉卡旁邊抱起她的頭，輕輕搖晃她的身體。

立刻看得見反應。

「唔……嗯，啊，達也同學……？」

「艾莉卡，妳醒了嗎？自己站得起來嗎？」

「嗯……沒問題。」

艾莉卡如自己所說，首先側坐撐起自己的上半身。

只是她的意識似乎還不清晰。但也多虧如此，她沒察覺自己剛才是被達也抱起來的姿勢，這對於兩人來說都是大幸。

至於雷歐那邊，達也只輕輕搖晃倒在走廊的他就了事。達也也懂得這種程度的男女區別。

「雷歐，醒醒吧。」

「喔嗚……」

雷歐自己撐起身體。他搖頭一次，就這麼坐著看向達也。

「達也，現在是什麼情形……？」

雷歐這個問題不得要領，不過達也明白他應該是想問「我剛才發生什麼事情昏倒」。不過對於這個問題，達也回以一個沒有直接關係的問題。

「先讓我確認一下。在你的眼中，我現在是什麼模樣？」

雷歐立刻察覺達也這麼問的意圖。

「看起來確實是身穿制服的模樣喔。」

換句話說，他從白日夢清醒了。

「艾莉卡妳呢？」

「我也一樣。」

達也轉身發問，艾莉卡也點頭回應。

「運動外套與網球服。嗯，我也確實看得見自己穿的衣服。」

艾莉卡拉起外套衣領窺視內部。雷歐凝視她的這個動作，應該是下意識好奇她在看網球服還是更私密的衣物。

「……你在看什麼啊？」

「啊，不，沒事！我什麼都沒看！」

「是喔……」

因為知道事情會這麼進展，所以達也立刻從艾莉卡身上移開視線。

「好奇嗎？」

艾莉卡笑嘻嘻地稍微拉下外套，解開運動衫的第一顆釦子拉起衣領。

「並不會！」

雷歐生氣回嘴。

「啊哈哈哈哈！」

大概是罷休了，艾莉卡拉回外套拉鍊整理衣領。

對於艾莉卡來說或許是小小的玩笑，不過達也覺得雷歐這樣有點可憐。

「不過我會好奇。」

他打趣這麼說就是這個原因。

「咦？」

不過達也的這句發言，聽在少女耳裡似乎過於意外。

兩張嘴同時發出同樣表達驚訝的聲音。

「達也同學，真……真的？」

「哥哥？您當真嗎？」

出乎意料被逼問，反倒是達也嚇了一跳。

「不，應該會好奇吧？因為同年級的女生要當面露出內衣給我看。」

但是聽到達也這句話，這次輪到艾莉卡生氣了。

「我……我不會做那種事啦！」

艾莉卡臉紅回嘴，深雪不經意投以冰冷視線。被這麼冷靜指摘之後，就覺得艾莉卡的舉止以年輕女孩來說確實不太檢點。

「……達也同學的個性真的很喜歡欺負人。」

艾莉卡揚起視線忿恨說出的這句抱怨，達也只露出笑容回應，沒否定也沒肯定。

大概是看見艾莉卡被捉弄的模樣而消氣，回復鎮靜的雷歐向達也搭話。

「總歸來說，施加在學校的魔法解除了吧？這樣就算是告一段落嗎？」

對於雷歐的問題，正要點頭的達也改為搖頭。

「校內發生的異狀解除了。不過是否真的告一段落，要到明天早上才知道。」

「只要今晚沒作奇妙的夢，這個事件就算落幕嗎？」

「其實只有一晚的話不能斷言，但是這麼認定應該沒問題吧。」

「這樣嗎……哎，反正要是又發生什麼事，到時候再思考就好。」

雷歐沒用手，單純只是聳肩點頭同意。

「所以，我們剛才為什麼昏倒？總覺得是被達也攻擊的……」

深雪對於雷歐的問題做出慌張反應，達也露出差點嘆氣般的表情。

「你只記得這個嗎？你們兩人剛才聯手襲擊我喔。」

雷歐與艾莉卡一起睜大雙眼。

「不會吧……」

「我完全不記得……」

不記得也是當然的，因為這是達也在說謊。連深雪都在達也身旁目瞪口呆，不過幸好（？）艾莉卡他們沒看見。因為達也以實在不像是演技的眼神狠瞪，兩人不敢從他的雙眼移開視線。

「原因應該是被聖遺物操縱……但是因為事出突然，所以我也光是避開要害就沒有餘力。」

達也緩和目光說聲「抱歉了」，艾莉卡與雷歐完美同步用力搖頭。艾莉卡的臉色尤其難看。避開要害被打昏。

她認為這是一個不小心可能就會被殺的意思。

這當然是艾莉卡想太多了。因為收拾善後很麻煩，所以達也也不會無謂殺人。說起來，真相是達也為了隱瞞深雪的固有魔法才單方面攻擊，達也的話語與表情都是用來掩飾這件事的謊言與演技。雷歐與艾莉卡就這麼完全受騙。

「不提這個，哥哥，接下來要怎麼做？」

深雪立刻插嘴發問，與其說是防止哥哥的謊言被看穿，應該說是害怕自己說漏嘴穿幫。達也終究也沒能察覺得這麼深入，卻還是立刻回答。

「請魔法大學接管這個聖遺物吧。那裡也經常處理聖遺物，所以這個『夢境演算器』肯定也能以沒運作的狀態保管。」

「魔法大學嗎……說得也是，我認為這麼做很妥當。」

深雪點頭之後，艾莉卡與雷歐也表達贊同之意。

「我也贊成。」

「我也是。不過啊，連絡的時候要怎麼說？我們基於某種意義來說是非法入侵者吧？」

「不必基於什麼意義，本來就是非法入侵者喔。所以要怎麼做？」

艾莉卡正經吐槽雷歐的話語，然後仰望達也的臉。

「這種時候就輪到大人出馬了。」

達也的回答毫無迷惘。

被任命連絡魔法大學的是遙。

「為什麼我還得做這種事……」

「您找出校內出現異狀的原因並且解決了。這不是立了大功嗎？」

遙狠狠瞪向睜眼說瞎話的達也。但是其中沒有魄力。

達也承受遙的眼神相視回應，雙眼充滿冰冷勝於鋼鐵的光芒。

先移開視線的是遙。她垂頭喪氣坐在視訊電話前面。

「小遙好可憐……」

「被達也同學看上是她運氣不好喔。」

達也俯視遙的背部，他身後的雷歐與艾莉卡以同情的語氣說著悄悄話。

雖說是悄悄話，音量也沒小到連距離不到一公尺的達也都聽不到。他們明白達也被這麼說也不會生氣才進行這段對話。

艾莉卡與雷歐對於達也的這個評價沒錯。

兩人錯誤的是對於現狀的認知與判斷。

「艾莉卡？這話到底是什麼意思呢？」

深雪轉過身來，以溫柔的聲音發問。

艾莉卡身體猛然一顫。深雪像是貓咪撒嬌的聲音，聽在艾莉卡耳裡是老虎威嚇敵人的聲音。

「呃，那個，就是……討厭啦，深雪，不是那種意思喔！」

艾莉卡一時之間想不到巧妙的解釋，試著以笑容搪塞。

「艾莉卡，不必模仿一百年前的女高中生也沒關係的。我只是在問『被哥哥看上就是運氣不好』這句話的意思。」

「呃，這是，那個……」

艾莉卡甚至沒察覺一旁的雷歐以「這傢伙真笨」的眼神看過來，拚命尋找逃生之路。

老天爺沒有對她見死不救。

「深雪，過來一下。」

「是，哥哥。」

達也呼叫的瞬間，深雪的注意力就完全移向哥哥。雖然沒用跑的，卻以輕盈的腳步前往哥哥身旁。目送深雪背影的艾莉卡鬆了口氣。

「下次妳再用這種態度的話會變成冰雕喔。」

「少……少囉唆。剛才我只是鬆懈了一下啦。」

雷歐輕聲警告不要粗心大意，艾莉卡壓低音量回嘴。

達也將深雪叫到收藏聖遺物的箱子旁邊。

「魔法大學派人過來接管，好像需要一小時左右的時間。」

「既然這樣，我們自己送過去不會比較快嗎？」

聽到達也的說明，深雪搶先說出哥哥的用意。

「看來可以長話短說了。」

完全被搶話，達也只能苦笑。

「我當然也會陪您一起去。因為萬一聖遺物再度啟動，我也可以當場處理。」

「完全被妳摸清心思了嗎……」

「那當然。因為深雪明白自己的職責就是實現哥哥的心願。」

「也就是妳看透了一切。」

「是的。哥哥不必說出口，我也知道您實際上想要我怎麼做。」

「妳太得寸進尺了。」

達也以食指輕戳深雪額頭。

深雪縮起脖子開心一笑。

「……我現在的心情超想吐槽。」

「……我很能理解妳的心情，但是省省吧。不然妳會吃不完兜著走喔。」

艾莉卡與雷歐在不遠處相視嘆息。

◇◇◇

達也與深雪一起帶著收藏聖遺物的盒子前往魔法大學。

關於兩人拿走聖遺物，遙已經徵得教頭的許可。遙說明事情的時候費了好大一番工夫，但是達也沒有「多嘴」提出意見。他主張學生在教職員對話的時候插嘴很沒禮貌。遙當然沒接受這種說法，但是達也這邊也不認為需要讓遙接受。

這次前往魔法大學，是叫了無人駕駛的通勤車。一高與魔法大學之間接受交通系統的管制，所以即使乘客都沒有駕照也沒問題——遙以這種說法設下防線，不過達也從一開始就沒預定要她一起去。

說到出乎預料的事情，就是雷歐與艾莉卡婉拒同行。

「因為我還在進行社團活動。」

「我也是。差不多該過去會合了，不然學長們會要我進行懲罰遊戲。」

無須帶兩人前往魔法大學，所以他們婉拒並沒有不便之處。但是感覺兩人明顯迴避到不必要的程度，達也個人感到納悶。

就這樣，載著達也與深雪的通勤車抵達魔法大學了。深雪當然不用說，達也這次也是第一次進入魔法大學。達也不只是民間研究設施，連軍方研究所也頻繁出入，但是魔法大學的氣氛和這兩者都不一樣，至今的經驗不太適用。向門口警衛告知指定的研究室名稱之後領取通行證，到這裡的程序都一樣，不過後來沒有特別遭受監視。達也對此反而吃了一驚。

大概是各建築物都具備萬無一失的保全系統，不必詳細監視校內的各個角落吧。達也從善意的角度如此解釋。話是這麼說，不過像這樣貫徹毫無警戒的做法反而刺激戒心。深雪覺得新奇般看著周圍前進，達也配合她的步調慢慢走向目標建築物。

兩人要前往的研究室在三層樓的小規模建築物內部。

「你們就是打電話來的一高學生嗎？」

即使站在建築物前方約二十五歲的女性這麼問，達也也不覺得意外。大概是警衛預先連絡他們要拜訪的研究室吧。達也剛才領取通行證的時候就知道證件內藏無線發訊裝置。

而且達也與深雪穿的是一高制服。參考材料這麼齊全，如果不知道兩人是約好造訪的對象反而不可思議。

一名壯年男性在研究室沙發等待，達也認出對方長相的時候感到意外。

「紅林先生，好久不見。」

「這是屬下要說的。深雪大人看起來精神不錯，真是太好了。」

外表五十歲左右的這名男性叫做紅林，是四葉家的管家。

「……那麼這間研究室是四……更正，是本家的？」

擺脫驚訝心情的深雪差點問出「是四葉家的合作單位嗎」，在千鈞一髮之際更換專有名詞掩飾。

「是的。這裡的各位包含教授在內，都是我們家的合作對象。」

不知道是否有這個必要，紅林管家很乾脆地承認這間研究室在四葉的影響之下。

「我不知道家裡有將手伸進魔法大學。」

「因為魔法大學標榜中立的關係。不只是我們家，七草家也沒有對外宣揚。」

換句話說，七草家也在魔法大學打好基礎。達也不只是再度確認十師族的實力，也重新感覺要貫徹中立有多麼困難。

「那麼，這個聖遺物是要交給紅林先生保管嗎？」

「是的。那是原本就應該寄送到這裡的東西。」

換句話說，就是應該經由這間研究室送到四葉家的東西。不小心誤寄到一高都還在推測的範圍內，不過真相使得達也不禁吃了一驚。

「一直都等不到寄達的通知，所以屬下從兩天前就在找，卻沒想到居然寄到一高。」

紅林對達也的謹詞用句也很客氣。這是紅林的個性，也因為他是知道四葉的詳細內情，僱傭順位前三名的「內陣」。

「好像是誤認為校長的私人物品。」

「啊啊，原來如此。」

不只是一高，如果是寄送到魔法大學的相關機構，不可能隱匿貨物寄錯的事實，肯定會立刻通知寄件者。紅林說「沒想到」又點頭說「原來如此」，就是基於這樣的理由。

「在下也放心了。」

達也將裝有聖遺物的箱子交給紅林，並且別有含意般這麼說。

「『放心』的意思是？」

雖說話中有話，卻是微弱到必須注意才會察覺的程度，不過紅林沒聽漏。

「沒事，我原本想過某人拿一高學生當成白老鼠的可能性，不過是我多心了。」

「說得也是。想太多了。我們不可能做出利用『深雪大人』做實驗的犯上行為。」

紅林正面看著達也的雙眼這麼回答。

然後，從達也手中接過箱子的他解開繩子，取出香爐放在桌上，以青龍、朱雀、白虎、玄武的順序扭轉四神的小像。

雖說是扭轉，各小像卻是和香爐一體成形的鑄造物，沒有可動的部分。四神沒有旋轉也沒被取下。

不過總覺得青龍、朱雀、白虎、玄武的眼睛看起來都朝向香爐內部。

「上一位擁有者應該不知道這件事吧。安全裝置解除了。失控應該就是這個原因。真是的，不知道價值的外行收藏家真令人頭痛。」

「原來有這種機關嗎？『夢境演算器』先前是失控狀態啊。」

「您說的『夢境演算器』是這個聖遺物嗎？原來如此，這名稱很有趣。」

紅林之所以頻頻點頭，肯定是因為喜歡「夢境演算器」這個暫定的名稱。

「這個聖遺物在我們之間是稱為『邯鄲之枕』系列的物品之一。無須多說，這個名稱來自唐朝的故事，不過實際上沒有任何物品是枕頭的形狀，所以有人說這個名稱並不適當。『夢境演算器』嗎……雖然給人有點輕率的印象，但這個聖遺物本來就是玩具，或許反而適合這麼稱呼。」

「這果然是玩具嗎？」

對於「玩具」這個詞，達也就只是忍不住失笑，像這樣起反應發問的是深雪。

「我們認為這是一種遊樂器。只要能夠解析機制，肯定也能在某種程度控制劇本與角色。」

「但是你們不打算把這個聖遺物當成遊樂器使用吧？」

「哎，至少現狀確實不可能這麼奢侈。」

紅林的聲音聽起來真的相當遺憾。

「考慮到紅林先生您的職責也在所難免吧。」

感覺到這份心情的深雪出言安慰。

紅林在四葉家內部負責的是管理魔法師調校設施。不只是「製造」調整體魔法師的設備，後天形式的魔法力強化設施也由紅林管理。四葉家嘗試利用精神干涉系魔法提升魔法力，基於這個性質，擁有精神干涉作用的聖遺物，只限定運用在魔法演算領域的強化。

「深雪大人說的沒錯。這個『夢境演算器』，屬下基於職務會負起責任保管。」

既然是由紅林——四葉家接手，今後這個聖遺物應該不會失控。不提情感上的好惡，四葉家的實務能力沒有質疑的餘地。

對於達也來說，他只擔心一件事。

「話說回來，這種聖遺物的數量很多嗎？」

擔心類似的物品失控，導致他們再度被殃及的可能性。

「如您所知，聖遺物是稀有的存在。晶陽石那樣的物品是例外，『夢境演算器』也是十年都不一定能找到一次。只不過……」

紅林像是暗示般中斷話語，以強烈眼神注視達也。

「……尋找聖遺物的人不只是我們。其他的魔法師集團收藏『夢境演算器』，並且故意或是不小心啟動其功能的可能性，屬下認為絕對不低。」

從紅林為難般的聲音推測，他應該也不想這麼說吧。可以的話，達也同樣不想聽到這種不祥的預言。

◇ ◇ ◇

西元二〇九五年九月十九日，星期一。達也久違在沒作什麼惡夢的狀況下清醒。他換好衣服走出房間準備出發進行晨間修行時，遇到從睡衣換成居家服的深雪。

「哥哥，早安您好。」

深雪一如往常恭敬行禮。不過達也沒聽漏妹妹的聲音有點愉快。

「早安，深雪。沒作惡夢嗎？」

達也沒作惡夢，所以知道深雪也一樣。兩人作不同夢的可能性，在達也的思考之中不存在。

而且這是正確的事實。

「是的。託哥哥的福，我久違睡了一個好覺。」

「妳說託我的福就太誇張了。不過看來應該可以認定事件到此告一段落。那個聖遺物果然是原因嗎？」

「是的。而且找到那個『夢境演算器』的人是哥哥，所以能解決事件果然是託哥哥的福。」

「知道了知道了。」

達也像是制止般這麼說完，深雪露出有點不滿的表情。

站在達也的角度，他認為深雪過於高估他的本領。

站在深雪的角度，她覺得達也應該更以自己的功績為傲。

客觀來看，最早察覺真相並且找到「夢境演算器」的人是達也。不過正因為有深雪的能力才得以停止那個聖遺物的運作。總歸來說彼此都有功勞。

「我晨練的時候會順便向師父道謝。」

「路上小心。」

在深雪早起的早晨，這是照例會看見的風景。

達也在這天早上重新確認這樣的一如往常——「日常」何其貴重。

「早安～～達也同學！」

一進入教室，達也就受到這聲愉悅問候的歡迎。這個開朗的聲音來自艾莉卡。不過面帶笑容揮手的不只是她。

「早安，達也同學。」

美月也和艾莉卡一起掛著笑容。她肯定以幹比古的法術保護所以沒作惡夢，大概是艾莉卡告知惡夢的夜晚已經結束吧。

「哈囉，看來好像結束了。」

背後傳來雷歐的聲音。達也知道他從後方走過來，所以即使突然被搭話也沒嚇到。

「啊啊。這麼一來應該可以說已經結束了吧。」

雖然自己應該也抱持這份確信，不過艾莉卡與美月聽到達也親口宣布終結之後鬆了口氣。

「總覺得好久沒能舒服睡覺了。」

對於艾莉卡這句話，美月反覆點頭。

艾莉卡見狀咧嘴露出別有含意的笑容。

「咦？不過美月妳沒出現在星期六的夢裡吧？」

美月露出「啊！」的表情。她想開口解釋，但是艾莉卡乘勝追擊不給機會。

「這麼說來，Miki說過要製作護身符，不過美月，其實……」

「呃，那個，我這次受到吉田同學的照顧了，應該說多虧吉田同學給我的護身符，所以星期六確實平安度過的樣子……但我原本也和艾莉卡一樣，不太記得作了什麼樣的夢。」

大概是從艾莉卡的語氣察覺到危險氣氛，美月強行打斷她的話語。

「早安，怎麼啦？總覺得各位看起來心情很好。」

不知道來得是不是時候，幹比古到校了。

「早安。Miki，事情進行得很順利嘛。」

「我叫做幹比古……到底在說什麼？」

幹比古照例對於Miki這個綽號進行制式回應之後，對於艾莉卡說的風涼話歪過腦袋。他絕對不是在裝傻，是真的不知道在說什麼事。

「Miki與美月，你們沒出現在星期六的夢裡吧？」

「我叫做……妳說星期六？啊啊……柴田同學，護符順利發揮效果是吧，太好了。」

「是的，謝謝你。這都是多虧吉田同學的協助。」

幹比古與美月即將成為不錯的氣氛時，艾莉卡插嘴了。

「真的只有護身符嗎～～？」

艾莉卡絕對不是想妨礙兩人培養感情，不過似乎無論如何都無法坐視這種氣氛。

說不定是因為其中一方是幹比古。即使問她本人肯定也不知道真相吧。

「什……什麼事啊？」

只不過，被質詢的幹比古不可能有餘力猜測艾莉卡的心情。

「我啊，對於這方面的術式也不完全是外行人喔。」

千葉家的「劍術」是將劍技和現代魔法組合而成。從魔法技術的層面來看是歸類為現代魔法的領域之一。但是從劍技的層面來看也無法忽視傳統宗教的影響。不只是打坐與冷水淨身列入日常修行之中，像是九字驅魔之類的術法也有少部分被納入其中。

符咒也是，雖然無法製作，但艾莉卡至少知道使用方法。「不是外行人」就是這個意思。

「我覺得護符這種東西沒那麼簡單，並不是只要帶在身上就能發揮那麼強的效果喔。」

幹比古與其說反問更像回嘴的聲音很嚴厲。但是艾莉卡不會因為這種事就畏縮。

「我不認為美月從以前就知道護符怎麼使用，必須好好親自指導才行……對吧？還是說Miki透過護符架設了結界？就這麼保護美月一整晚？」

「……妳想表達什麼？」

「我沒做那種事！」

幹比古賭氣否定艾莉卡的說法。拚命到這種程度的原因，聽艾莉卡接下來的話語就知道了。

「嗯嗯，我也認為Miki這樣的紳士不可能這麼做哦？畢竟如果要從遠處架設結界，就必須經由護身符將部分五感轉移到當地才行。」

「咦……？那個，難道吉田同學……」

「就說我沒做那種事了！」

受到打擊的眼神，看好戲的眼神。

雖然性質不同，但是幹比古被兩名少女投以疑惑的視線而狼狽，達也懷著「節哀順變」的心情旁觀朋友的這個反應。

「……那樣不算是恩將仇報嗎？」

達也對於雷歐的吐槽也有同感，但達也與雷歐都不想刻意介入這個連狗都不想理的爭執。

在午休時間的學生會室，也都在討論惡夢終結的話題。

「這樣啊……聖遺物果然在校長室。」

真由美沒隱瞞備受困擾的心情嘆了口氣。

「追根究柢，原因在於物流業者不小心寄錯。春天的事件也是因為物流車被利用，或許本校應該檢討全面改成自動配送的系統。」

鈴音表面上是冷靜分析事態，實際上是在發牢騷。

「全面自動化的問題在於費用……」

不過這種事無須等待真由美的指摘，在學生的層級根本無法推動。所以才叫做「發牢騷」。

「說這種話也無濟於事。何況事件暫且算是解決了。對吧，達也學弟？」

察覺到真由美與鈴音即將討論個沒完，摩利向達也搭話試著改變話題。

「是的。只要沒有相同性質的聖遺物再度被拿進校內，應該不會發生像是這次一樣殃及全校學生的事態。」

「……總覺得你的說法暗藏玄機。」

「是嗎？恕我失禮了。我只是想提醒『夢境演算器』未必只有一個，而且故意針對我們之中的某人使用『夢境演算器』的可能性也不是零。」

「……不要說這種觸霉頭的話啦。」

聽到達也的指摘，真由美身體發抖。

「確實令人毛骨悚然。因為『夢境演算器』是基於靈子產生作用，無法以一般的情報強化或是領域干涉來防範。」

「可是哥哥，吉田同學他們好像成功以護符隔絕聖遺物的干涉……」

「也就是說在精神干涉系魔法的領域，古式魔法應該略勝一籌吧。」

「我要不要也找神社製作護身符呢……」

真由美深深嘆口氣，摩利覺得有趣般注視她。

「和真由美家來往密切的神社想必很靈驗吧……不過那是需要這麼提防的東西嗎？現在回想

起來，感覺單純是惡作劇的道具，也可能只是玩遊戲用的魔法物品……」

聽到摩利這個感想的真由美嘟起嘴。

「因為事情已經過去了，妳才能說得這麼悠哉喔。」

「是嗎？最後一天那樣的劇本我確實再也不敢領教，但我因而獲得相當有趣的體驗喔。」

「摩利當然會覺得有趣吧。因為妳是『勇者大人』。」

「真要這麼說的話，真由美妳不也是公主大人嗎？」

「別提了！」

這次的挖苦大戰，雖然感覺主要是因為真由美自爆，不過摩利占了上風。

「裙子長度沒超過膝蓋的那種公主大人，我可不承認！」

真由美激烈搖頭之後趴在桌上。

達也覺得這個反應有點太誇張了。

「可是當時有穿褲襪，我不認為裸露程度嚴重到令人在意。」

「達也學弟，這不是裸露的問題喔。我不想被迫穿上像是小孩子會穿的那種衣服啦！」

真由美猛然抬起頭，以激烈的語氣反駁達也。

對此，達也始終以冷靜的口吻回應。

「應該是您想太多吧？即使是三十或四十多歲的婦女，只要『對於自己的身材有自信』，我認為穿上那種長度的衣服還是很好看。」

「咦……是嗎？」

正如預料，達也加重音強調的那段話引得真由美上鉤了。

「……是身材的問題嗎？」

不可以說她很好騙。雖然男女之間有著程度上的差異，不過關於容貌或體型的自卑感很容易令人落入陷阱。

「是的。何況童裝不會是那麼立體式的構造。」

「居然說立體式……達也學弟，你連那種地方都看見了？」

真由美以雙手遮住胸口縮起身體，以稍微變紅的臉蛋揚起視線瞪向達也。不過她的表情明顯是芳心暗喜。

「哥哥，您這段發言不會有點冒犯女性嗎？」

深雪以正經表情規勸達也。

雖然真由美她們看不見，不過深雪的手指在桌子下方用力捏著達也的腿。

「說得也是。會長，對不起。我失言了。」

但是，達也以絲毫不讓人發現正在被妹妹家暴的平靜表情，向真由美低頭道歉。

◇　◇　◇

在那之後，以魔法打造的那場夢再也沒在一高內部成為問題。一般的學生們頂多只是偶爾回想起那週發生的事情當成話題閒聊。月底的學生會選舉雖然稱不上順利卻也按照預定計畫結束，在下一個事件發生之前，達也他們享受著短暫的平穩時間。

表面上是如此。

「西元二〇九五年十一月二十日，星期日。時間，上午零點。第三十五次的夢想空間魔法實驗開始。」

在自家地下的實驗室，達也朝著多重感應記錄裝置宣布實驗開始。

他以半跏趺坐的姿勢坐在向八雲買來的地毯，就這麼挺直背脊放鬆全身的力氣。

厚地毯的表面繡著很像法曼荼羅（不是以繪畫而是以文字記載的曼荼羅）卻明顯不一樣的文字與紋樣。文字的部分有著想子的光輝。

這個狀態就這麼維持三十分鐘。達也動也不動，地毯的想子光別說熄滅，甚至不曾閃爍。

計時器響起電子合成聲。

達也睜開眼睛伸直雙腿，吐出長長的一口氣之後讓身體仰躺。

「第三十五次實驗，沒有成果。觀測結束。」

達也就這麼躺著，以語音指令關閉記錄裝置。

調整呼吸之後起身。

「進來吧。」

達也站起來朝著厚實的氣密門這麼說。

雖然在構造上即使是相當吵鬧的聲音也不會從室內外洩，不過門在達也這麼說的同時側滑開啟。在睡衣外面罩上一件睡袍的深雪站在門外。

「那個……不好意思。我覺得哥哥好像在這裡……」

大概是覺得在這個時間還沒睡會被罵，深雪的聲音有點緊張。

「妳以為現在幾點了？」

果然聽到責備自己的話語，深雪繃緊身體。

「雖然我很想這麼說，但我也和妳一樣。害妳擔心了嗎？」

但是達也立刻以溫柔聲音詢問，深雪覺得肩膀放鬆了。

「不，我沒擔心，但是覺得有點不可思議。」

「不可思議？」

「是的，那個……因為我從這個房間感覺到精神干涉系魔法的氣息。」

達也沒有精神干涉系統的天分。正確來說是天分極差，所以術式本身還是能以「閃憶演算」發動。然而即使如此也無法達到有意義的水準。

所以在達也身處的實驗室裡，就算精神干涉系魔法還沒完成就消散，也不是匪夷所思的事。深雪感到疑問的是達也為何在做這種「白費力氣」的事。

「哥哥，如果您不介意的話，我來幫忙吧？」

深雪不等達也回答就略顯顧慮如此提案。她還不明白達也要做什麼，卻知道哥哥不可能進行沒必要的實驗，也知道自己對於精神干涉系統擁有高度天分。

「這個嘛……」

達也開始沉思──遲疑的時間比平常長得多。這個魔法就是如此令他猶豫是否要拿深雪當成實驗台吧。只要哥哥希望，深雪願意成為實驗動物甚至是寵物之類的，但她沒有多嘴插話，乖乖等待達也的回應。

「我正在做的事情，是要將『夢境演算器』的魔法以自己能控制的形式重現。」

「您想製作人造的夢境世界？方便請教原因……更正，請教用途嗎？」

深雪確信達也不可能把魔法用在不對的事情（順帶一提，殲滅無頭龍幹部與「灼熱萬聖節」這兩個事件，深雪站在妹妹的立場認為哥哥的行為不算是「不對的事情」），但是夢境演算器造成討厭回憶的記憶猶新。深雪再也不想看見達也在她眼前奄奄一息的光景。

「『夢境演算器』創造的世界在體感上和現實幾乎沒有兩樣，即使在裡面受傷也不會影響到現實的身心。不覺得最適合做為戰鬥或是魔法的模擬嗎？」

「原來如此……您想當成虛擬實境的模擬器來使用啊。」

「沒錯。因為除非擁有我這樣的能力，否則以近似實戰的形式測試魔法過於危險。」

達也誇稱練得爐火純青的「重組」帶給他很大的恩惠。正因為能將所有負傷當成沒發生過，他才得以真正賭上性命學習各種技術。

「夢境演算器」的魔法如果真的能當成虛擬實境模擬器來使用，達也將會失去這份優勢。但是比起自己的優勢，達也更優先想要提升己方魔法師的整體水準，深雪認為這種想法很像哥哥的作風。

「哥哥，既然這樣請務必讓我幫忙。」

深雪接近到相互擁抱的距離仰望達也的臉，但是達也還在猶豫。最後他點頭了。

深雪臉上綻放亮麗的笑容。達也在意識被吸引之前，從妹妹臉上移開視線。

按照往例，達也做完一次實驗之後就會回到自己房間床上。不過現在是剛換日成為星期日。今天也沒有前往ＦＬＴ的行程。達也決定立刻請深雪協助。

達也再度坐在地毯擺出半跏趺坐的姿勢。深雪和哥哥面對面正坐。這個房間的地板是堅硬的木質地板，不過地毯夠厚。

「深雪，不用幫妳準備坐墊嗎？」

即使如此，達也還是這麼問。

「沒關係的。哥哥，謝謝您的關心。」

深雪以開心表情回答。

「這樣啊。那麼開始吧。」

達也說完半閉雙眼。

深雪也跟著這麼做，但她是完全閉上雙眼。

「啟動式的製作還有太多不明白的部分，所以現階段使用師父為我準備的魔法具。這張地毯是一張巨大的符咒。」

「好的。」

這段說明是第二次聽到，不過深雪和第一次一樣確實點頭回應。

「符咒沒有創造夢想空間的功能。」

「夢想空間」是達也對於夢中虛擬實境世界的暫定稱呼。

「這個魔法具好像是協助使用者進入思考受到抑制的精神狀態，也就是師父說的『明鏡止水的境地』。使用這個魔法具可以打造出半夢半醒的狀態，到這一步已經實驗完畢。」

「好的。」

「注入想子發動符咒的部分由我來。深雪妳放空心思，配合我譜出的想子節奏就好。」

「知道了。」

深雪就這麼閉著眼睛回應。感覺她的聲音已經像是正在作夢。

「那就開始吧。」

深雪就這麼沉入達也釋放的想子波。她立刻進入α波占優勢的半夢半醒狀態，也就是所謂的「出神狀態」(trance)。

即使是兄妹，妙齡少女和同年齡的異性獨處實能夠放鬆到這種程度，在旁人眼中肯定是奇異的光景。不過在這方面不只深雪，達也的感性也脫離常識。達也比獨自測試的時候更快進入冥想狀態。

——回神一看，達也站在一望無際的草原。天空染成火紅，一邊是巨大的太陽，令一邊是潔白的滿月。不必搜尋記憶，從自己感受不到冷熱的狀態就可以判斷這裡不是現實世界。

「深雪。」

總之確認應該不是危險狀況，所以達也呼叫面前佇立不動的妹妹。

「……哥哥？」

宛如鬼斧神工的美神雕像般佇立不動的深雪，沒改變自己的平靜站姿就睜開雙眼。

「這裡是……？成功了嗎？」

深雪抓住達也的手，露出鬆一口氣的表情，大概是傳來確實的手感而安心吧。假設這是夢的世界，那麼沒有手感才正常，不過透過妹妹手掌的觸感與體溫，達也覺得自己也放心了。

「還不能斷言是否成功，不過唯獨可以確定這裡不是現實世界。看這片風景或是我們的服裝都可以確定。」

即使覺得不是這麼做的場合，達也還是止不住苦笑。

「……說得也是。」

深雪也忍不住稍微苦笑。兩人身上穿的不是居家服也不是便服，是一高的制服。或許因為對於現在的兩人來說是最熟悉的服裝吧。

「事情總是無法盡如人意耶。」

深雪輕聲這麼說，是因為在達也的左胸與雙肩沒看見八枚花瓣的徽章。達也從妹妹的視線察覺這一點，嘴唇刻上不是苦笑的失笑。

「這是小事。我的價值不是以這種東西決定，所以深雪妳也別在意。」

「……恕我失禮了。您說的沒錯。」

一科生的徽章只不過是學校內部的評價，執著這一點等同於對哥哥的侮辱，深雪對此低頭反省，並且察覺自己的思考和平常一樣。

「哥哥，意識沒受到影響。」

「沒錯，我也沒感覺到意識被干涉。看來這個空間不在『夢境演算器』的影響之下。」

對於達也這段話，突然出現的第三者出聲回應。

「但也不是完全無關。」

這個聲音聽在深雪耳裡非常熟悉。

「哥哥？咦？哥哥有兩人？」

從達也背後搭話的人物，聲音與外型和達也一模一樣。

「這麼說來，原來我是這種聲音嗎？」

深雪面前的達也轉過身去如此低語。達也之所以沒能立刻認出這是自己的聲音，並不是因為他遲鈍，而是只以耳朵聆聽自己聲音的機會意外地少。

「所以你是誰？是我自己嗎？」

「這名男性」沒有直接回答達也的問題。

「深雪，我不是妳哥哥達也。」

他向深雪這麼說，藉以否定達也的疑問。

「但你也不是和我毫無關係的外人。」

「我不是人，所以不該稱為『外人』。」

這名男性在酷似達也的臉上露出面具般的空白表情平淡回答。

原來我平常看起來這麼冷漠嗎？看見對方表情的達也稍微反省。

「我是這個世界打造出來的影子。」

達也「二號」的回答不算是非常親切。雖然隱約明白他想說什麼，卻可以進行各種解釋。

「若要說是影子，我與深雪肯定都不是實體才對。我們總不可能穿越到和地球不同的異世界來吧？」

「當然不是。但你劈頭就說是異世界嗎？我覺得正常來說應該會先認為這裡是日本以外的某個國家。」

「地球上任何地方的月相都一樣。說來不巧，滿月是八天前的事。」

達也「二號」就這麼面不改色舉起雙手。

「了不起。不過這種事如今一點都不重要。」

「我有同感。現在這種事一點都不重要。」

看著這樣的兩人（？），深雪不知為何笑咪咪的。

「深雪，怎麼了？」

達也轉身詢問，深雪隨即加深笑容。

「因為，現在就像是有兩位哥哥在這裡。我會開心也是在所難免吧？」

深雪說完之後，改為以冰冷視線看向達也「二號」。

「看來你沒有惡意，也沒有以哥哥長相欺騙別人的意圖，所以我不過問你的外型。但是如果你可以改成別的外型，可以請你不要化為哥哥嗎？」

「原來如此，看來深雪妳可以區別我與達也。」

達也「二號」以佩服的語氣輕聲說。

「但是很可惜，我無法回應這個要求。我說過我是『影子』吧？影子只會映出本人的外型，無法自己變更外型。」

「這件事就算了。」

達也打斷依然想說些什麼的深雪，向達也「二號」搭話。

「不提這個，你剛才說這個空間並非和『夢境演算器』無關，說明一下是什麼意思吧。」

「沒問題。因為我原本就是為了說明這件事而輸出的影子。」

「二號」以這句話當成開場白開始說明。

「若要理解這個空間和『夢境演算器』打造的劇場空間有什麼關係，前提條件在於你必須知道我是什麼樣的存在。」

「不是影子嗎？」

「確實是影子。」

聽到達也這樣挑語病，「二號」毫不慌張點頭回應。

「不過這單純只是名稱。我的核心是從司波達也的潛意識領域抽取的『知識』。」

「知識為什麼會是我的外型？」

「這個空間和我們魔法師稱為『閘門』的領域相鄰。『閘門』位於意識與潛意識之間，意識領域最底層暨潛意識領域最上層，是自身精神和情報次元接觸的區域。這裡是鄰接『閘門』的領域，所以可以透過虛擬分身和你與深雪的精神溝通。」

「換句話說，我與深雪跳過情報次元，正從自己的精神內部和你這個獲得意識的虛擬分身進行交流嗎？」

「這個理解大致來說沒問題。別問我為什麼不斷言哦？我只不過是你的知識，所以你不知道的事情我也不知道。你清醒的時候從潛意識領域以資料形式調出來使用的知識，如今塑造為同樣的形體出現在你的虛擬分身面前，說穿了就只是這麼回事。」

「嗯……」

達也（的虛擬分身）以清醒時的同樣動作點頭回應。

「感覺這個技術也能應用在心電感應。我已經理解你和我外型相同的原因以及這個空間的性質。換句話說，『夢境演算器』打造的『劇場空間』，也是建立在和『閘門』相鄰的領域吧？」

「正是如此。你的潛意識從一開始就理解『夢境演算器』的機制，只是你沒試著探索自己的潛意識領域罷了。」

「你說得好刺耳。沒想到我居然會被自己的『知識』說教。」

「這有同情的餘地。說起來，人類無法自由使用潛意識領域的能力。即使有魔法師知道如何活用潛意識領域裡的魔法演算領域，也不可能自由取出『我們』這種沉眠在潛意識領域的知識。你在這一點表現得很好。因為雖然有限，但你能以自我意識使用潛意識領域的思考能力。」

「被『自己』說教感覺怪怪的，不過被『自己』稱讚的感觸更奇怪。」

「說得也是。停止這種毫無建設性的行為吧。我的職責是將知識傳授給虛擬分身，如今這個職責也完成了。要怎麼活用這些知識是你今後的職責。」

影子轉身背對達也。

光是踏出一步，他的身影就迅速遠離。這是夢中特有的不合理光景。

「……『夢境演算器』只是使用了一開始就存在於『閘門』前方的庭園(garden)。至於利用『庭園』的方式，即使不依賴聖遺物，以現代的魔法技術也足以重現。這是我們『知識』做出的結論。」

「『庭園』嗎？這個命名真沒品味。」

「因為我們就是你。」

「二號」的聲音已經幾乎聽不到了。

在最後的最後酸溜溜地回嘴，達也覺得很像是自己的作風。

「人的精神會透過『閘門』影響情報次元。人們作的夢也很可能會投射到情報次元吧。這些夢會在『庭園』接連創造新的世界。」

達也自己說出「二號」應該已經說出來的話語。

「換句話說即使聖遺物沒失控，還是有可能再度被拖進夢的世界嗎？」

「是啊。總之可以說成『旅程永無止境』吧。」

轉身回應深雪這個問題的達也，明顯是深感興趣的模樣。

◇ ◇ ◇

西元二〇九六年八月某日。

「……看來又被捲入了。」

「……說得也是，哥哥。」

兄妹倆再度被捲入聖遺物打造的「劇場空間」。

達也記得自己大約九個月前在夢中對深雪說的那句話。

深雪沒提到這件事，應該是基於妹妹的溫柔。

（……「旅程永無止境」是怎樣？）

當時像是置身事外般這麼說的自己實在討人厭。

（總之，先確認為什麼會陷入這種事態……）

幸好這次兩人從一開始就擁有自我意識。

即使是達也一個人無能為力的狀況，只要和深雪同心協力就肯定能克服難關吧。

為了尋找逃離的線索，達也將「眼」朝向這個「世界」。

（完）

後記

這部《魔法科高中的劣等生 Appendix》是《魔法科高中的劣等生》系列十週年的企畫，重新收錄當成BD、DVD套組特典以及劇場版特典而撰寫的外傳與短篇。其中的第一集是電視動畫〈入學篇〉到〈橫濱騷亂篇1〉的BD、DVD特典小說。

這部外傳命名為〈夢幻遊戲〉系列。正如各位閱讀到的內容，不是以尚未成真的科學技術，而是經由魔法被吸入遊戲世界，光是這樣就可以知道實質上是VR遊戲小說。

然而這不是多數作品採用的MMORPG（大型多人線上角色扮演遊戲）。雖然是同時捲入複數玩家的RPG，卻連MORPG（多人線上角色扮演遊戲）都不算。

並非「沒有以網路連線」的技術性問題，是因為這部外傳的〈夢幻遊戲〉裡，玩家無法選擇「角色」。

系統強行分配角色給參加者，強迫參加者扮演系統賦予的角色。與其說是遊戲應該更接近戲劇吧。參加者與其說是玩家應該說是演員。

強制分配角色又強迫玩家扮演，感覺以遊戲來說不成立。只不過，打造這種夢幻世界的聖遺物被劇中的現代文明人認為是遊樂器，然而製作聖遺物的遠古文明人當時是否拿來玩遊戲就不得而知了。

單方面分配角色，強迫扮演這個角色，不允許脫離角色定位——在現實社會也看得到這種光景。上班族社會正是如此。感覺現在比以前自由了一點點，但是考慮到為了自由所付出的代價，能夠脫離「角色」的人應該只是少數吧。

最近（雖然這麼說卻也是從很久以前了）少年少女的世界好像也被這股風潮侵蝕。我覺得校園階級制度正是最好的例子。能夠自由選擇「角色」的線上遊戲如此流行，或許就是這股風潮的反作用力。

如果真的是這樣，「單方面分配角色強迫扮演」的小說，或許需要投注更多的心思撰寫……我也不禁思考這種事。

進行校潤工作而重新閱讀這份原稿的時候，我冒出一個疑問。就是「我身為小說作家該不會正在退步吧……」這樣的疑惑。沒在意細節寫成的這部外傳，我覺得以有趣程度來說勝過我最近的作品。

或許最近總是只在意劇情邏輯而忘了幽默感。我想要好好反省。

寫這篇後記的令和四年三月底，世間依然持續處於不能掉以輕心的狀況，但是希望各位都能過著不忘幽默感的每一天。

第二集也請各位多多指教。

（佐島勤）

魔法科高中的劣等生 1~32（完）

Kadokawa Fantastic Novels

作者：佐島 勤　插畫：石田可奈

魔法校園本傳故事堂堂完結！
最強魔法師達也與最強敵手光宣展開決戰！

為了水波，名副其實成為「最強魔法師」的達也，與擁有妖魔與亡靈之力而成為「最強敵手」的寄生物光宣，將在東富士演習場激戰！另一方面，就讀魔法科高中三年，達也與深雪風波不斷的高中生活也終將落幕。兩人戀情的結果是——

各 **NT$180~280/HK$50~80**

奇招百出的維多利亞 1 待續

Kadokawa Fantastic Novels

作者：守雨　插畫：藤実なんな

頂尖諜報員銷聲匿跡後遠走他鄉
夢想過自己的小日子！

　　維多利亞是手腕高超的諜報員，因上司的背叛決定脫離組織，過著一般市民的自由人生。憑藉著諜報員時代的長才，她在新天地得以大展身手，然而組織怎麼可能放過她！許許多多的危機正悄悄逼近——重拾幸福的人生修復故事，拉開序幕！

NT$260/HK$87

賢者大叔的異世界生活日記 1~16 待續

Kadokawa Fantastic Novels

作者：寿 安清　插畫：ジョンディー

獸耳派布羅斯搭上愛玩大叔傑羅斯
將揭開反攻梅提斯聖法神國的序幕！

在魯達・伊魯路平原上領導獸人族的凱摩・布羅斯面對與梅提斯聖法神國的大決戰，正計畫要請某人來幫忙……當很會鬧事的大賢者・傑羅斯遇上保護獸耳不擇手段的野蠻人・布羅斯，一行人將揭開反攻梅提斯聖法神國的序幕！

各 **NT$220~240/HK$73~80**

Silent Witch 沉默魔女的祕密 1~4 待續

Kadokawa **Fantastic** Novels

作者：依空まつり　插畫：藤実なんな

莫妮卡面對校慶明裡暗裡忙得不可開交！
此時卻有咒具流入校園!?

為確保第二王子能正式公開亮相，校方無視於棋藝大會的入侵者騷動，強行舉辦校慶。莫妮卡與反派千金及〈結界魔術師〉對此構築縝密的護衛計畫。然而就在以為準備萬全的當天清早，七賢人〈深淵咒術師〉卻忽地傳來了咒具流入校園的情報……

各 **NT$220~280/HK$73~93**

怕痛的我，把防禦力點滿就對了 1~15 待續

Kadokawa Fantastic Novels

作者：夕蜜柑　插畫：狐印

對抗戰進入白熱化連頂尖玩家也退場！
敵軍將梅普露設為頭號目標還以顏色！

嚴苛無比的大規模對抗戰開始還不到一天就白熱化，連頂尖玩家也一個接一個地退場！只以梅普露、莎莉、芙蕾德麗卡等三人執行的閃電戰術，使敵陣大為混亂。

認識到梅普露果真是頭號目標後，敵軍也還以顏色……！

各 NT$200~230/HK$60~77

菜鳥鍊金術師開店營業中 1~6 待續

Kadokawa Fantastic Novels

作者：いつきみずほ　插畫：ふーみ

珊樂莎從平民搖身一變成為貴族!?
才從學校畢業第二年的她竟然要收徒弟!?

與艾莉絲結婚的珊樂莎從平民搖身一變，成為了貴族。久違回到王都報稅的她，卻收到一份要她基於貴族義務掃蕩盜賊的命令!?此外珊樂莎與在學時期的後輩鍊金術師——蜜絲緹重逢，而蜜絲緹竟希望珊樂莎能夠收她為徒弟——？

各 **NT$240~250/HK$80~83**

異修羅 1～4 待續

Kadokawa Fantastic Novels

作者：珪素　插畫：クレタ

為求真正勇者之榮耀，寶座爭奪戰白熱化！
2021年《這本輕小說真厲害》雙料冠軍！

決定「真正勇者」的六合御覽，接下來輪到第三戰，柳之劍宗次朗對決善變的歐索涅茲瑪。面對一眼就能看出如何殺害對手，身懷連傳說都只能淪落為單純事實之極致劍術的宗次朗，充滿謎團的混獸歐索涅茲瑪所準備的「手段」則是──

各 **NT$280~300/HK$93~100**

國家圖書館出版品預行編目資料

魔法科高中的劣等生Appendix/佐島勤作；哈泥蛙譯. -- 初版. -- 臺北市：臺灣角川股份有限公司, 2023.09-

冊；　公分. -- (Kadokawa fantastic novels)

譯自：魔法科高校の劣等生Appendix

ISBN 978-626-352-909-0(第1冊：平裝)

861.57　　112011250

Kadokawa
Fantastic
Novels

魔法科高中的劣等生 Appendix 1

（原著名：魔法科高校の劣等生 Appendix 1）

2023年9月25日　初版第1刷發行

作　　者：佐島 勤
插　　畫：石田可奈
日版設計：BEE-PEE
譯　　者：哈泥蛙

發 行 人：岩崎剛人
總 編 輯：蔡佩芬
編　　輯：黎夢萍
美術設計：黃永漢
印　　務：李明修（主任）、張加恩（主任）、張凱棋

發 行 所：台灣角川股份有限公司
地　　址：104台北市中山區松江路223號3樓
電　　話：（02）2515-3000
傳　　真：（02）2515-0033
網　　址：www.kadokawa.com.tw
劃撥帳戶：台灣角川股份有限公司
劃撥帳號：19487412
法律顧問：有澤法律事務所
製　　版：巨茂科技印刷有限公司
ＩＳＢＮ：978-626-352-909-0